U0744532

· 私 体 验 旅 行 丛 书 ·

ИДУ, ШАГАЮ ПО
МАСКВЕ

洪子锐 著

漫步莫斯科

暨南大学出版社
JINAN UNIVERSITY PRESS

中国·广州

图书在版编目（CIP）数据

漫步莫斯科/洪子锐著. —广州：暨南大学出版社，2015.5
（私体验旅行丛书）
ISBN 978 - 7 - 5668 - 1374 - 9

Ⅰ.①漫… Ⅱ.①洪… Ⅲ.①游记—作品集—中国—当代 Ⅳ.①I267.4

中国版本图书馆 CIP 数据核字（2015）第 060802 号

....

漫步莫斯科

著　　者：洪子锐

出 版 人：徐义雄
丛书策划：崔军亚　杜小陆
策划编辑：陈绪泉
责任编辑：徐晓俊
责任校对：焦　婕

地　　址：中国广州暨南大学
电　　话：总编室（8620）85221601
　　　　　营销部（8620）85225284　85228291　85228292（邮购）
传　　真：（8620）85221583（办公室）　85223774（营销部）
邮　　编：510630
网　　址：http://www.jnupress.com　http://press.jnu.edu.cn
排　　版：广州良弓广告有限公司
印　　刷：佛山市浩文彩色印刷有限公司
开　　本：787mm×960mm　1/16
印　　张：17.5
字　　数：262 千
版　　次：2015 年 5 月第 1 版
印　　次：2015 年 5 月第 1 次
定　　价：58.00 元

（暨大版图书如有印装质量问题，请与出版社总编室联系调换）

心动一刻（代序）

结束了在俄罗斯的第二次旅游，回到家乡。从前在大学里曾同习俄语的一些老同学、我工作过的师范学院里的同事以及身边的亲戚朋友，都鼓励我将访俄观感写下来。他们希望通过阅读这些文字和欣赏这些照片，可以从另一个角度认识和了解我国的这个近邻。

特别是对于年事已高、疾病缠身，不便或无法亲身前往这个他们从小便对其怀有特殊情感的国家看看的人来说，更是渴望通过对书籍的阅读，来满足自己的这一心愿。

旅游中，许多闻名遐迩的景点常常使我在亲临其境时想起发生在它们身上的历史故事。更能触动内心，使自己感动和思考的，往往是一些不经意见到，且容易转瞬即逝的事物。这种情况，在莫斯科碰到过，在别的地方亦然。在这里，我想谈谈的是在圣彼得堡旅游期间的几个令人心动的瞬间。

在莫斯科开往圣彼得堡的"青春"号列车上，与我同处于十二号卧铺车厢的两位俄罗斯男乘客，热情地给我介绍了圣彼得堡这座城市的旅游特色。从他俩口中，出现频率最高的是 архитектуры（建筑）、ансамбль（建筑群）、скульптуры（雕塑）以及 красота（美）这几个词。

当我走下列车，步出车站，站到出口的台阶上，最先冲击我的视觉的是广场对面宾馆上的那条白色标语："列宁格勒——英雄的城市。"而当我将它与列车上那两位旅伴的话联系到一起时，建筑、雕塑、美与有

"三次革命的摇篮"之称的城市革命传统，便像名片上的关键词一样，深深地印入我的脑海中，成为观光活动的方向标。

一天，我沿着涅瓦大街的人行道，随着熙熙攘攘的人群，朝阿尼契柯夫桥方向走去。突然在我右侧传来了金属撞击发出的清脆的哐当声。循声望去，只见街边的一幢房屋的墙脚下，有位瘦骨嶙峋、穿戴寒酸的盲眼老妇人站在那儿乞讨。有个七八岁大的男孩，正从老人的身边返身跑回人行道。刚才的响声，就是男孩在将一枚硬币投进妇人手中的铁碗时发出来的。在这穿红戴绿、衣冠楚楚的人群中，男孩这一举动让人心动。这是一种类似于无条件、不自觉、近乎本能的善举。男孩没有在他的施爱对象身边作片刻的停留，相反，他匆匆地跑着离开。他想将自己隐藏起来，用无形的手去抚慰盲眼妇人的哀伤。

在喀山大教堂左侧小广场上的一处流动公厕里，我又经历了一次心动。这事说来可能令人发笑，但却是实实在在的。

入内之后，我随手将身后的门掩上，小小的厕所里，顿时回荡起一支悦耳动听的乐曲，直透心灵。我说不出它对心灵的拨动是有如轻柔的和风，还是和煦的阳光；是鸟儿婉转的啼鸣，还是夏日里清冽的甘泉。只觉得它宽广流畅、优美和煽情。它不仅能使浮躁的心平静，且能将一切的烦恼和不快从心里驱除出去。这乐曲简直把我迷住了，以至于小解完毕之后，我还呆呆地站在原处，忘神地听着，仿佛有一股神奇的魔力，将我牢牢地钉在原地一样，尽管那儿的气味并不好闻。过了好一会儿，待曲子转换时，我才回过神来，想到外面因内急而心急如焚排队等待的人们，这才匆忙离去。但那支让我心神摇荡的乐曲，一直在我的心中回响，成为我长久记忆中的一部分。

圣彼得堡的美难以用笔墨来形容：笔直整洁、色彩和谐的涅瓦大街，气势雄伟的冬宫广场，坚固浑重的彼得堡罗要塞，秀丽多姿、绿树成荫的华西里耶夫斯基岛，河水滔滔的涅瓦河，着实是美不胜收！

在夏宫，我再次与众多来自俄罗斯国内外的游客一起，被喷泉的美所感动。8月里的一个早晨，离9时还差几分钟，大阶梯的上下左右早已人头攒动，原先窸窸窣窣的说话声，此刻消失得无影无踪，谁都不再言语，大家全都屏息注视着眼前的一尊尊镀金雕塑，等待着从雕塑人物旁边的喷泉瓶，从怪兽的头和口里，从喇叭口里，从石头堆中喷涌出水柱来。夏宫里的喷泉数量和设计样式堪称世界之最。9时，乐声骤起，根根水柱或以直立，或以交叉，或以斜抛等方式一齐喷射出来，纷纷扬扬，很是壮观。直冲的水柱，洒落开去，化成茫茫银雾般的水帘，在阳光下闪闪发亮。喷泉最终经一级级阶梯，流进底部的一座宽广的半圆形大池中，这一刻，我听到了人们从心底里发出的声声赞叹。

离开夏宫，七拐八拐之后进入了五角街。这街名，听起来有些奇怪，待走到街尾的十字路口，我们才明白过来，原来从不同方向延伸而来的四条街道，就在这儿汇合。在这个汇合点的一端，耸立着一座基督教教堂。人们常说"条条大道通罗马"，在这里，这个"罗马"是圣彼得堡人心中向往的地方。在俄罗斯的历史上，儿童是在朗读《圣经》的"诗篇"中学会阅读的，是"圣经"和礼仪的语言锻造了民族语言，并由此产生出斯拉夫语。在公元988年罗斯受洗后，俄罗斯的灵魂很自然地常常感受到上帝永恒的临在。俄罗斯人不用"伟大"或"美丽"来称赞自己的国家，而是称赞它为"神圣的俄罗斯"，用陀思妥耶夫斯基的话说，它是指，绝对的理想是使俄罗斯人民万死不辞的唯一力量。在俄罗斯，最引人注目的建筑物是教堂，在农村，这种情况就更为普遍。每

一位农人，不论他家位于村子里的什么地方，都可以通过窗户看到教堂和它上端的十字架。

在这里，还可以列举出不少"心动一刻"的例子来。譬如，当我得知琥珀宫天花板上的云端天使的图画，是战后苏联画家以自己的辛勤劳动，根据被战火焚毁的作品重新复制出来的，以及多达六七位画家，因长久仰视作画而致使颜料溅滴进眼睛，最终导致失明时，心中的感动更是难以形容。美善之事最容易感动人心。

在本书中，除了"心动一刻"的内容外，我以旅游线路的先后为顺序，从自己的视角与视点出发，对各主要景点的外观和它们背后的历史故事进行较为详尽的描述。这些历史事件，大多是根据它们的参与者或目击者的回忆整理和归纳出来的，材料真实可靠，可读性强，并且其内容几乎涵盖了自然地理、环保、历史、绘画、雕刻、歌曲、戏剧、体育运动、文化艺术和教育、古代和现代建筑、名人生活故事、宗教信仰、战争和墓园文化以及日常生活等。

在写作过程中，我充分使用了二十世纪八九十年代新华社提供的苏联社会的文化信息，俄罗斯友人玛丽娜·扎伊尔采娃和弗拉基米尔斯拉夫所提供的图书与建议，从而丰富了本书的内容。他们对我的热情帮助，让我时刻心存感激。我特别不能忘怀的是，玛丽娜只身一人，千里迢迢，从圣彼得堡拎着一只大皮箱，来到我居住的粤东小城，将里面装着的几十本图书送给我；而弗拉基米尔斯拉夫，则陪我到圣彼得堡的书店，帮助我挑选合适的图书。在写这本书的过程中，我常常想起他们。

为了帮助读者对书中出现的关键人物有更清晰的了解，本书在最后安排了"相关人物介绍"，人物介绍次序按章节中出现的先后顺序排列。

目 录

心动一刻（代序）／1

第一章　引子 ／1
　　一、飞往莫斯科 ／1
　　二、伴我同行 ／5
　　三、当一回"民间外交"的小使者 ／9
　　四、在伊尔库茨克上空 ／13
　　五、初抵莫斯科 ／17

第二章　最初的印象 ／21
　　一、霍登卡练兵场惨案 ／21
　　二、"新切列姆什卡"问世始末 ／24
　　三、奥寥卡的眼睛 ／29
　　四、由卢日尼基体育场所想到的 ／32

第三章　地图上的神思遐想 ／36
　　一、绿荫环布的莫斯科 ／36
　　二、莫斯科运河的血泪与荣光 ／40
　　三、莫斯科的"梅采纳特"们 ／ 44

第四章　红场漫步 ／49
　　一、红场漫步 ／49

二、"红场在太空中" / 52

三、红场上的白石台 / 58

四、两座民族英雄纪念碑 / 62

五、俄国的第一座平民剧院 / 67

第五章　感受风舒云卷的历史画卷 / 72

一、走进国家历史博物馆 / 72

二、在古军事装备展柜前 / 75

三、俄罗斯民族之父——谢尔盖·拉多涅日斯基 / 79

四、从斯大林的大元帅服说起 / 83

五、"时刻准备着!" / 90

第六章　花落春犹在 / 95

一、在拜谒列宁陵墓的队列中

　　——与孩子们一起过新年 / 95

二、在拜谒列宁陵墓的队列中

　　——最后的敬礼 / 98

三、"塔拉斯·布尔巴"和"苏霍夫同志" / 103

四、"你的名字不闻于世,你的功勋永垂不朽" / 107

五、一座奇特的历史事件纪念碑 / 111

第七章　在红墙后面 / 116

一、嬢娜 / 116

二、领略圣母之光 / 122

三、"钟王"史话 / 127

四、永不褪色的"创举" / 130

五、"炮王" / 132

第八章　艺苑留香 / 136

　　一、一颗"出轨的慧星"的故居博物馆 / 136

　　二、普希金造型艺术博物馆拾零 / 140

　　三、在乌克兰宾馆 / 143

　　四、并非仅有这三支歌 / 147

　　五、俄罗斯人物雕像纵横谈 / 152

　　六、特列济亚科夫——"梅采纳特"们的典范 / 159

　　七、在歌曲发源地听《海港之夜》 / 164

　　八、歌曲《喀秋莎》与它的主人公 / 169

　　九、大剧院的由来 / 172

　　十、人才摇篮——莫斯科大学 / 177

　　十一、大教堂的悲欢史 / 182

第九章　审美与实用——难以穷尽的建筑话题 / 189

　　一、斯大林的莫斯科：越来越高 / 189

　　二、独树一帜的地下艺术宫殿 / 192

第十章　胜利公园遐想 / 197

　　一、在胜利公园里的战争小径 / 197

　　二、剑悬莫斯科 / 199

　　三、"参加民兵去！" / 202

　　四、从惊慌失措到镇定自若 / 204

　　五、克留科沃阻击战 / 207

　　六、战败者的"检阅" / 211

　　七、续写辉煌 / 213

第十一章　千姿百态，揭示人生价值的墓园 / 215

　　一、走进纳沃捷维奇公墓 / 215

二、一面镜子 / 219

三、"不作英雄归来，便作英雄死去!" / 223

四、胜利的报讯者 / 227

第十二章 在符拉迪沃斯托克 / 231

一、再见，莫斯科 / 231

二、你好，符拉迪沃斯托克 / 243

三、想起斯拉夫语言、文化节 / 247

四、在符市书店里 / 250

五、壮哉，英雄潜艇，英雄的心 / 255

六、在游艇上 / 259

相关人物介绍 / 264

第一章　引子

一、飞往莫斯科

某年仲夏，一个酷热异常的傍晚，一辆开自粤北、行驶了近七百公里的中巴，徐徐驶进潮州宾馆的停车场。刚一停稳，车门倏地被打开，十三位旅客从里面鱼贯而出，他们都是我四十年前在中学教过的学生。

十三张疲惫的笑脸，黑发中冒出秋霜点点，眼角边已出现鱼尾纹。虽然多年未见，但他们的一颦一笑，还是将我沉睡多年的记忆唤醒："你不就是那嘴尖舌利的小丫？"我逐一对他们加以辨认，"你——你，应该就是'泡泡糖'啦？"当年任班学委的小刘见状，忙在一旁对我作现况介绍。他半开着玩笑半认真地说："小丫已长成了枝叶茂盛、果实累累的树干。"又说，"'泡泡糖'是位能说会道的小学高级教师。"

晚间，在下榻的宾馆里，我们又重新沿着时光隧道，返回到昔日沸腾的学校生活中，寻找着记忆中那一道道流光旧痕。有人用英语唱起了《我爱北京天安门》，有人举起攥紧拳头的右手，演示着当年课堂上的情境，喊着"Down with the new Ttsar!"（打倒新沙皇！）的口号，声音还是那样的洪亮，话语还是那样的流畅，只是没了当年那份澎湃的激情。

当话题转到苏联时，有位男生提起了他的父亲——曾任解放军第四

野战军某部团长——1991年听到苏联解体的消息时，泪水夺眶而出。这位从战火中走过来的老革命军人，对着话筒那边的老战友，哽咽着："难道苏联就这样，说没有就没有了么?!"我听着，心里想，他们可是身经百战的革命战士，是烧不毁的荆棘。他们的眼泪绝不会轻弹，更不用说当着家人的面。他们震惊，他们悲痛，他们不理解，是因为那面业已陨落的红旗，是他们曾经为之奋斗的理想的标志！后来，在莫斯科红场上国家历史博物馆里，一次不经意的抬头让我发现从克里姆林宫顶上降下的那面苏联国旗，正无声无息地悬挂在天花板上，孤单地俯视着从它下边走过的为数不多的参观者，当时心里真不是滋味，那一瞬间，竟无法让心情平静下来，更不知道该对它说些什么话好。

　　我读过A. 别雷谢夫写的

一篇文章，作者写道：五十年代的一天，一批中国朋友登上阿芙乐尔号巡洋舰。当他们走到舰首甲板上的那门大炮旁，有一位满头银发的老者，出人意料地伸出双手，将炮管揽到怀中，低下头去，亲吻起它来，滴滴热泪顺着他的脸颊，溅落在炮管上……

七十年代初的一个秋天，我带学生上当地的一家变压器厂"学工"。有天晚上，在厂里的一位技术员家中做客。闲聊中，技术员的妻子，一位中学英语教师，突然问起我来："还记得瓦尔瓦拉吗?"那语气，就跟提起我们的一位熟人一样。

瓦尔瓦拉·瓦西里耶夫娜是苏联影片《乡村女教师》中女主角的名字。那部影片成为我们那个时代师范院校新生的入学思想教育课的教材内容。瓦尔瓦拉毕业后，放弃在大城市里的生活，甘愿到偏僻的乡村，教农民的子女学文化。这种精神感染着我们中的许多人，震撼着我们青春的心灵。不少同学在毕业后，奔赴当时广东最为落后的粤北山区和海南岛，在山寨和海岛中从事教育工作，瓦尔瓦拉成了我们的榜样，如同"保尔·柯察金与吴运铎们"，"巴莎与梁军们"，以及小说《勇敢》及《远离莫斯科的地方》中的主人公与共青团员、

科学工作者一样。

2011年夏末秋初的一个细雨蒙蒙的下午，我站在圣彼得堡华西里耶夫斯基岛的河岸街边，隔着河水丰盈、泛着深蓝色微波的涅瓦河，遥望对岸彼得保罗要塞里教堂的金色尖塔，心中想起离开圣彼得堡的前夕，与自己所熟悉的这座城市作默默告别的情景。

那天，我开启电脑，点击妻子当年的知青农友的"风雨同路"网页。当一张张记录她们昔日"战天斗地炼红心"的旧照片呈现在我的眼前时，我听到电脑在播《窑洞里》这首苏联战斗歌曲："……在这困难的日子里……心中能听到我的歌声，歌声寄托我无穷的想念……"她们选用这支歌，作为展示旧照的背景乐，或许是为了重温过去心中"燃烧着不灭的爱"和对未来"幸福的召唤"吧。

记得在五六十年代，夏天的傍晚，在我家乡的小镇环城公路上，大杂院里，公园的小径上，树荫下，草坪中，乃至小巷深处，榕江岸边，常常可以听到一支支曲调优美、意境深邃的俄罗斯民歌及苏联歌曲。歌唱者大多是正值青春期的少女少男，尤其以女性为多。他们三五成群，一边散步、纳凉，一边用歌声表达内心对美好生活和甜蜜爱情的向往。

那个时代的年轻人，常常根据自己心灵的需要和所处的环境选唱或欣赏曲目。《山楂树》便是其中被广为传唱、经久不衰的一首，即便时至今日，它仍然以其优美的曲调、和缓的节奏和浓浓的诗情画意，获得许多年轻人的青睐。歌曲唱出了一个正常人生的必经阶段：异性交往与择偶。即便是老年人唱着它，往事的美好记忆也会浮现于心头。二十世纪八九十年代，我在一所师范学校任教时，几乎每一年的年级歌咏比赛中，小学英语专业班的同学都会因为挑选并出色地演唱了这首歌而夺魁。

欢庆节日之时，人们爱唱《我们举杯》、《五月的莫斯科》；爱国的热情激荡时，爱唱《祖国进行曲》、《共青团之歌》；思念亲人时，爱唱《在那遥远的地方》；而《道路》这首有着不朽旋律的永恒之歌，则适合任何时候吟唱，难怪它能那样长久地留在人们的心中。

新中国成立后，在相当长的一个时期内，中国的中学语文课本里常常选编一些来自苏联革命文学作品中的故事、文章。在我的印象里，我读过的就有《海燕之歌》、《母亲》片断、《古丽雅的道路》、《列宁的通行证》以及《伟大的创举》等。

记得有一回上《海燕之歌》这一课时，语文老师组织部分学生，通过有节奏地上下扇动，表现海浪翻滚的样子，并用手电光和声响摸拟电闪雷鸣。有一位身材瘦小的女生，伸开双臂，穿行在这电闪波涛之中，就像一只海燕一样。别的同学，则齐声朗诵或背诵起课文。那情那境那声音，给我们留下了终生难忘的印象。苏联革命文学作品里的主人公，帮助我们看清了一个现实：个人的价值直接取决于他参与生活的动机、热情和程度，无论是尼洛芙娜、"海燕"、古丽雅还是革命导师列宁，他们都以自己的行动证明了这一点。

俄罗斯苏维埃精神文化，就这样以各种形式，有形或无形地、润物细无声地进入我们那一代人的生活中，融入我们的思想里，在与我们固有文化的相融、同化中实现共情。这样一个具有伟大精神文化的地方，很早就像磁铁一般吸引着我和我的俄语系同班同学，现在我们终于有机会踏上那片土地，去走走、看看、触摸和感受一番。这种体验，虽说还不够深刻，但却是书籍或其他媒介所无法替代的。2009年和2011年，我先后去了俄罗斯两次，实现了期盼已久的愿望。

二、伴我同行

念小学时，每年放暑假，街边的租书摊便成为我打发时间的好去处。有时一连几个小时，我都会沉浸在连环画引人入胜的故事里，以致忘记回家吃饭。常常是这样的：当天色渐暗，我才依依不舍地站起身来，伸展一下因久坐而发麻的四肢，揉揉干涩的眼睛，付过租书钱，告别生活在这些无声世界中的人物，动身回家。

那时究竟看了多少册图书，它们的名字和内容，大多已难以记清，但仍能记得一些俄罗斯故事类图书的内容，比如《童年》、《在人间》、《神父和他的长工巴尔达的故事》、《马列耶夫在学校和家里》、《卓娅

和舒拉的故事》等。连环画构图精美，人物形象生动，文字叙述简洁达意，特别是它那摄人魂魄的故事情节，更能搅荡着我的心，让我产生无穷无尽的想象。

首次赴俄时，在莫斯科的纳沃捷维奇公墓里，当我站在苏联英雄舒拉的墓前与镶嵌在碑石上的遗像对视时，舒拉那张稚气尚未完全脱尽，嘴角露出些许调皮微笑的面孔，一下子打开了我记忆的闸门，小时读过的连环画里的一页，梦幻般地浮现在眼前：一天，姐弟俩像往常一样，与邻居的一位同学结伴上学。对方照例要卓娅为她提书包，卓娅直言相拒。事后，舒拉对姐姐说："姐，你做得对，她不爱劳动。"儿童时代会给一个人贮存起心灵所不可缺少的东西，这些东西会影响人一生的言行。

在节衣缩食的年月里，父母难以满足孩子看电影的心愿，尽管他们深知电影对儿童有强烈的吸引力。暑假里，每当夜幕降临，我常常独自跑到电影院门口，央求去影院的单身叔叔或阿姨把我捎带进去。那时，我的身高尚未达到凭票入内的高度。这种在别人眼里近乎死皮赖脸的纠缠的行为，有时也会招来对方的厌烦，但对于一个为能看上自己喜爱的电影而几乎置一切于不顾的儿童来说，如此的乞讨是不会在心里产生羞耻感的。大多数情况下，获益于叔叔阿姨们的爱心，我总能如愿以偿地看上免费电影，特别是当他们的目光与我那充满无限渴求的目光相遇时，愿望的实现往往十拿九稳了。如今想起，我对这些不认识的长辈仍然心存感激。

也就是从那个时候开始，我似懂非懂地看了不少苏联电影，只不过看过的大部分影片，都只停留在对它们的故事内容的粗浅记忆上。例如

《沙漠苦战记》：当着前来谈判的白军代表的面，红军指挥官佯装用"救命"水洗澡。红军用两挺马克沁重机枪，击退白军为夺得水源的轮番冲锋……《山中防哨》：驻守在中亚地区的苏联边防军，智擒偷潜入境的伪装敌特；《童年》：有一首韵味十足、易记易上口的童谣歌曲《卡马河畔有座城》；《驯虎女郎》：勇敢的姑娘与老虎成了好朋友……长大后，看的电影多了，觉得那个时代的苏联影片，所表现的大多是在生活和斗争中人们的崇高情感，许多先进的英雄人物个性鲜明、心地善良、品质高尚，令人无限钦佩和向往。

上了中学，我逐渐培养起从阅读中获得知识和感悟的爱好。在我所居住的小镇里，有一座颇具规模、气势不凡的孔庙，镇图书馆就设在庙里的大厅中。

那时的周六下午，我们还要上一节课。一下课，我便迫不及待地赶往图书馆，从那一排排红色书脊中挑选出想要借阅的图书。不用说，那大多是苏联革命文学作品。盖达尔的《学校》就是在那时读的，它留给我很深的印象，至今仍然记得作品的尾句："……远处传来了低沉而又悲哀的军号声，救护队来了……"而主人公鲍里斯·葛烈科夫、红军战士丘蒲克和葛烈科夫的同学法捷加的形象，也一直刻印在我的记忆中。

生活里，伴我同行的不仅有作品中的人物对艰辛的生活泰然处之的态度，还有作家对生活道路的哲学思考。读卡维林的《船长与大尉》时，萨尼亚与他年龄相近的小伙伴彼季卡在教堂花园里一起许下的誓言"奋斗、探求，不达目的，誓不罢休"，在相当长的一段时间里也成了我工作的座右铭。当我的学生毕业，走上山区小学教师的工作岗位时，我用它作为对他们的临别赠言。

作家阿·班捷列耶夫的短篇小说《切实的诺言》中，那个在军事游戏中扮演哨兵的不知名的七八岁男孩所表现出来的守信品质，让我终生难忘。第二回赴俄时，当同伴在礼品店里购物时，我在华西里耶夫斯基岛还专门独自去寻找书中故事里描绘的那座小公园。当然我心里清楚，我的举动近乎可笑，因为小说中免不了有虚构的成分存在。

至于诗人马尔夏克的儿童诗"愿你的智慧更加良善，愿你的心灵更加聪慧"，以及诗人让我们把时间放天平上称，思考为什么"有些钟点异常短促，有些分秒毕竟很长"，更是成为我生活里必不可少的警示。毕竟我们的生命是由有限的时间构成的，而心智的成熟则影响着我们生命价值和质量的提升。

在我的集邮册里，收藏着一套题为"作家、战士、共产党员"的苏联纪念邮票。方寸票面上的人物有盖达尔、奥斯特洛夫斯基和法捷耶夫。在苏维埃文学史上，这些作品与生活都无愧于时代要求的作家还有许多，他们因文如其人而赢得众多读者的敬仰和爱戴。

当然，还有另一类作家、诗人，他们的意识形态虽然与前者不尽相同，但他们的生活和作品仍然闪耀着俄罗斯民族性格的光辉。在二十世纪三十年代的中后期，这些有良知和正义感的作家，不愿按照党在文学里的指令，在自己的作品中造假，去违心地粉饰现实生活，当"党的自动枪手"。他们因此而成为政治狂飙中的牺牲品，在苦闷和哀伤中被"噤声"。有的被迫远离祖国，或被关进劳改营，甚至丢掉自己宝贵的生命。虽然这些当时没有走上所谓"社会主义现实主义康庄大道"的作家被孤立、遭冷遇，受到不公的对待，但他们中的一些人，如同莱蒙托夫的诗《帆》中的叛逆者一样，在"浪在跃，风在吼"的生活大海中，"在暴风雨中求得安宁"。2011年夏，在从符拉迪沃斯托克（海参崴）机场前往市区的路上，我透过车窗，望着那一片红土裸露的荒地和远处起伏的海岸，心中想起诗人曼德尔施塔姆。他于1938年12月27日在这附近一处集中营里去世，终年仅47岁！

几年前，我在韩山师范学院的图书馆里，看到苏霍姆林斯基写的几本书，在它们身上都不同程度地留下了过度使用的痕迹。随手翻开《怎样培养真正的人》，在第35页上读到这样的句子："我认为教育上一条重要的目的，就在于使每个人在童年时代就能体验到人对义务顶峰的追求是一种魅力和美。"时至今日，苏氏所耕耘的教育园地并未荒芜，仍然果实累累，这可能是因为这位基洛夫格勒州帕夫累什中学前任校长、长期从教的社会主义劳动英雄，所深切关注的教育理念是人的高尚精神的培养和形成吧。

在从教的漫长岁月中，除了研读一些西方教育家们的论著外，我也读乌申斯基、克鲁普斯卡雅和巴班斯基的著作，读、译《苏维埃教育学》中的一些文章，译介苏联实验教育学家阿莫纳什维利的作品。在他们的帮助下，我得以攀登教育领域的一座座山峰。当我站在上面，我的视距在伸展，视野变开阔，居高临下，眼前见到的是一个宽广明媚的天地……

2006年秋天的一个早晨，受居住地一家出口公司经理的委托，我到宾馆接一位来自圣彼得堡的女商人玛丽娜·扎伊尔采娃到厂洽谈生意。玛丽娜是我在2005年的广交会上认识的俄罗斯人。五十挂零的年纪，看上去仍然精力充沛、神采奕奕，走进宾馆大堂，一眼就见到她坐在落地玻璃墙角的一把安乐椅上，手里捧着一本烫金封面的书，聚精会神地读着。阳光透过墙外树木的枝叶，经玻璃墙照射进来，在地板上编织起奇妙的斑影。这景象让我不由自主地收住脚步，默默地欣赏起她那身披朝霞、脚踏光点忘情读书的美姿。

在接下来的几天相处中，她给我讲圣彼得堡，讲普希金城，讲那儿的建筑和美。讲到得意处，她的眸子深处闪烁着明亮的光点。从她娓娓动听的介绍中，我隐约感到有一股看不见的魔力向我袭来，将我攫住，拽着我的思绪，顺着她的话往前走，就像神话里的魔笛所吹出的乐曲一般。这时，我更加渴望到俄罗斯，到莫斯科、圣彼得堡，尽快将多年来让我魂牵梦萦的愿望变为现实。2009年，我终于登上国际航班，飞向那个曾经大胆地开展过史无前例的轰轰烈烈的社会制度改造实验，充满美好理想、激情迸发的国家。两年后，我再次踏上俄罗斯国土，漫步在莫斯科。

三、当一回"民间外交"的小使者

飞机憋足劲，开始向前滑行，加速，再加速，随着一声轰鸣，机身微微地抖动，终于挣脱了大地母亲的拥抱，像一只大鹏，展翅斜插入蓝天，朝北京的西北方向，风驰电掣般飞奔而去。

我坐在靠窗的一个座位上，不一会便昏昏入睡。也不知道过了多久，待我再睁开眼时，前面座位后背上的显示屏提醒我，飞机已飞越蒙俄边境，进入俄罗斯的领空。那一刻，我脑子里的第一个反应是：终于进入了俄罗斯，之前苏联的境内了。发生在半个世纪前的一段往事也渐渐地浮现在我的眼前。

在三年的高中生活中，许多校方组织的、饱含着时代政治色彩的活动，并没有给我留下多少深刻的印象，倒是与苏联学生通信交友的那段经历，长久地存留在我的记忆里。交友、友谊，对于正步入青春期的高中生来说，是令我们无限向往的神秘字眼。

1962年的春天，开学没多久，南方的空气中就已飘溢起初夏的温热气息，那一年的夏天似乎来得特别早。

一天下午，下课后，我与几个要好的同班同学一起去校图书馆更换图书。刚入内，迎面墙上不久前刚挂上的世界地图引起了我们的注意，大家不约而同地走到它面前，驻足观看。正当我们看得入神时，瘦高的刘伟华同学不知什么时候已站在地图前，右手举着一根细枝条，将它指向符拉迪沃斯托克（海参崴），侧身转头，像地理课教师一般，向我们介绍起苏联的城市来。他手中的树枝，沿着那道细红线，缓慢地自东向西移动。每当它在一个蓝点处停下时，我们便齐声读出所代表的城市名字：哈巴罗夫斯克（伯力）、伊尔库茨克、克拉斯诺亚尔斯克、新西伯利亚……

突然，我的脑海里冒出一个大胆的主意：各人何不沿着这条铁路线，任选一座城市，再与那儿的学生建立起通信联系，建立友谊，促进俄语学习。这个主意刚一出口，便立刻获得大家一致的赞同，没花多长时间，各人便选好了自己的通信点。几天后，五封国际邮件便先后从我们居住的南方小城飞向苏联。每个信封上的收信人地址都写着"寄×市一中，随便一位17～19岁的男（女）学生收启"的字样。

心中有盼望，腿脚也勤快。从那以后，我们有事没事总往学校的收发室跑，在陈列信件的玻璃橱窗前转悠。十多天的时间眨眼便过去了，苏联那边仍然音讯全无。在焦急的等待中，许多猜测、想象和幻想不时在我的脑海里出没游荡：时而怀疑邮局将我们的信件弄丢，时而认为对方的学校不让他们的学生与我们通信；有时也会说服自己耐心等待，或者幻想着我的笔友将会是一个金发碧眼、高鼻梁的帅哥或靓女……等待使人烦心，却让人心存希望，不断编织着许多五彩缤纷的梦。就这样，一周又过去了。

周二的上午，做完课间操，我因事返回教室。半路上，远远听到课室里人声鼎沸，我三步并成两步，直奔课室。刚欲举步入内，就与伟华打了个照面。只见他意兴勃发，脸上写满"！"号。不用说，准是苏联朋友来信了。我的判断果真没错，他刚收到了来自伏尔加格勒的一封信。这座城市便是曾经闻名遐迩的斯大林格勒。信封上的几枚精美的苏联邮票特别惹人注目。

伟华的这位新朋友是个女生，名字叫伊拉。信和捎来的她本人的照片早已在同学们手中传开了。有人大声、结结巴巴地念起信文，一点也不顾及当事人的隐私；有人对着照片里伊拉俏丽的模样品头论足，发出会心的赞叹。每个人都沉浸在从未有过的激动和喜悦中，就连班里那几位平时不苟言笑、不凑热闹、性格文静的女生，也都按捺不住心中的好奇和激动，加入到"争夺"信件和照片的行列中。她们发出了一阵阵从未听到过的难得的笑声。这个场面一直持续至面容清瘦、表情严肃的物理教师出现在课室门口。

不久，我和其他几位同学也都先后收到对方的回信，我们学着对方的说法，称这些信件为"温暖的信"（теплое письмо），至今回想起来，这一封封远方的来信，的确是暖人心窝的。

我的通信朋友名叫卓娅·基里特拉索娃，家住古比雪夫市，即现今的萨马拉市。城市坐落在萨马拉河注入伏尔加河的汇流处，人口过百万。卓娅那一手浑圆、饱满、工整的俄文使我感觉她可能是属于那种谦和、易与人相处的女生。

那时，在苏联国内，正值开展"共青团探照灯队"活动，党团组织号召在生产建设岗位的共青团员挖掘生产潜力，提高产量，同时要求学校共青团员利用课余时间，在为民众服务中发挥自己的光和热。

卓娅是她所在学校学生会的干部，在她给我的信中，她激情满怀地谈到她对社会工作的热爱。我那时也负责学生会体育部的工作，共同的学习和生活内容拉近了我们谈话的距离，为我们的通信找到了共同话题。

用俄文写信，对于当时尚未学过多少俄语的我来说，困难实在不小。好在当年在大连科研所工作的三姐因患淋巴结核病在家休养，在学校的俄文教师和她的帮助下，我才好不容易地写好每一封回信。

当身边的题材日渐枯竭时，我便从教科书中挖掘可以利用的内容。记得那时，史地课教师讲古比雪夫水电站，其内容始终没能超过书中不足几百字的介绍。应我的请求，卓娅在信中对电站和水库作了具体形象的描述，还给我寄来电站及水库的照片。这样，原先以文字感知为基础的信息也就直观、生动了起来，并且令人自然而然地想起那曾经脍炙人口的革命口号：共产主义=苏维埃政权+电气化。这一口号，至今还写在俄罗斯乌利格奇水电博物馆的入口处。西方记者多报之以讪笑，但在我的心中，激起的是与他们不一样的情感和记忆。

1920年，俄罗斯的卡希纳还是一个偏僻、贫穷、落后的村庄，那里的村民世代靠点煤油灯照明。当时，内战尚未结束，国内物资奇缺。可是，卡希纳村的村民响应列宁的号召，硬是靠自己的力量修路、伐木、立线杆、架电线，四处寻购罕见的发电机。当所有的一切准备就绪之后，大家给列宁寄去一封信，热情邀请他参加电站的落成典礼。

十一月十四日下午，一辆小轿车徐徐驶进卡希纳村。从车上走下他们盼望已久的列宁和他的夫人克鲁普斯卡娅。列宁听完村代表向他介绍电站建设的经过之后，向他们表示了热烈的祝贺。

傍晚，电闸闭合前，列宁向村民发表了热情洋溢的讲话，称卡希纳村建电站是一件了不起的大事情，又说，这仅仅是一个开端，接下来要做的事是保证让全国的每一个地方都用上电。人们齐声唱起《国际歌》，在雄壮的歌乐声中，电工闭合电闸，霎时间，被暮色笼罩着的乌黑的村子灯火通明。卡希纳村人无不自豪地向前来观看的邻村的村民夸耀："我们这里点的是伊里奇的灯泡！"

当列宁和他的夫人乘坐的轿车在凛冽的寒风中驶离卡希纳村时，

列宁禁不住内心的喜悦，透过车窗，回眸凝视车后那座被灯光照亮的村子。

四十年后，在一套纪念列宁诞辰九十周年的邮票中，有一枚邮票的票面上就绘制着苏联电气化的成就。方寸中，列宁正习惯性地眯着眼睛，远眺灯光闪烁的苏维埃大地，当年卡希纳村的星星之火，如今已经"燎原"。

不知不觉之中，我们已飞临中西伯利亚重镇伊尔库茨克上空，机外一片光明。"喝点什么吗，先生？"过道上飘过来空姐柔声的询问。我要了一杯绿茶，啜吸着，细细品味着齿颊上的留香和舌底的回甘，心想，不同的国家和民族之间稳定和谐的关系，不正是始于老百姓之间的接触和了解吗？这种接触最好从童年或青少年时代开始，或许这就是今天所说的"公共外交"、"民间外交"的组成部分吧。而我和我的同学，多年以前，在未经任何官方"授权"下无意间扮演了一回"民间外交"活动的小使节。

我们从前、今天所做的，以及今后仍要坚持下去的事情，可以用伊尔库茨克民俗博物馆馆长的话来概括："你们到我们这里来，我们到你们那里去，大家交往越多，了解得越深刻，世界就越稳定。"

四、在伊尔库茨克上空

打开遮光板，透过舷窗，我见到窗外全是团团絮絮的云堆，飞机像一只银白色的大鸟，一动也不动地静卧在云堆上。蜂鸣似的发动机声，单调匀称却不扰人，倒像是一支没有停止的催眠曲，哄人沉沉入睡。我想起电影《萨特阔》中那只人面鸟身的催眠怪，她那轻声叨念的魔咒"睡吧，睡吧，幸福就是睡觉，幸福就是安眠"不知迷昏了多少入侵者，只有心神淡定的勇士萨特阔除外。已睡足了午觉的我，又继续梳理着昔日旧痕。

当1964年的脚步渐渐远去，新年的钟声即将敲响时，我收到了瓦列金娜·波波娃的一封来信。她告诉我，新年里，她就要出嫁当新娘了。

瓦列金娜是伊尔库茨克市一所高校的学生，是我考进师范学院后结识的苏联新笔友。她要结婚的消息，让我觉得既兴奋又惊讶，心里想，她那时的感受应该如同文学作品中所描写的那样：幸福像春天的小树林一样在头上喧闹，世界豁然开朗，在她的面前展现出奇妙的景象——一条蔚蓝色的道路，一直伸向无限遥远的地方……

我拿起她随信寄来的近照，仔细端详起来。雪白的女式绒帽下，鹅卵形的脸蛋上，一对棕色眼睛炯炯有神。在这对秋水般的眼睛上方，有一对正展翅飞翔的海鸥。挺秀的鼻梁、微微翘起的鼻尖下，是一对丰满红润的嘴唇。最能吸引人的是她的那对眼睛，里面盛满了青春的热情，让人觉得她仿佛有许多温存细语，要与亲友倾诉似的……

当我的心情平静下来时，猛然间觉得似乎有些地方不对劲。在我国，有一条严厉的校规：大学生在校学习期间，一律严禁谈恋爱。我开始怀疑自己的眼睛，又将信读了一遍。"我生命里美好的时刻就要到来……"没错，瓦列金娜是这样告诉我的。

我们往往习惯拿自己的生活准则去衡量其他的人和事，在这件事情上也不例外。刚进学院门，我们便被告知，必须严格遵守这一规定。警钟响过之后，理想教育紧锣密鼓地展开。"先立业，后成家"、"胸怀远大的目标，树立崇高的志向"、"不做绕梁盘旋的家雀，要当展翅高飞的雄鹰"之类的口号成为我们大学生们的生活准则和目标。尽管当时的中苏关系，在国家层面上，已出现了裂痕，但"苏联的今天，便是我们的明天"的观念仍然深入人心。苏联的在校大学生可以恋爱、结婚，而我们却不能，这种现象让我迷惘了一段时间。

今天回想起来，让人为的法则更多地服从于自然界的秩序，是一种值得充分肯定的理性思考。只要有恰当的教育、引导和良好的榜样，学业与恋爱，并非是水火不相容的两件事。人处于青春期，必然会产生对异性的向往和对友谊、爱情的追求。中苏两国在这件事上所采取的截然不同的做法，主要在于对人的认识上的差异，同时也与形势和国情有关。在那个时候，即使是国内出版的文学作品里也鲜见像苏联文学中那样有深度描写两性间"生命的火花、友谊的升华和心灵的吻合"的力作问世。

九十年代初，念国际关系学院的儿子假期回家度假，常常听到他在哼唱电影《卡萨布兰卡》中那支《随着时光流逝》的主题曲。歌中唱道："……谁都不会否认，男需要女，女需要男，到头来还是老调重弹。为了爱情和荣誉战斗，要进行到底，世界总是欢迎情侣，随着时光流逝。"

在校纪严明的那些日子里，仍然有一部分同学，敢于"背临悬崖"，悄悄地开展着谈情说爱的"地下活动"。在这条隐蔽战线中，外语系的条件得天独厚。一个教学小班中，男女生的人数往往平分秋色。更有甚者，比如我所在的俄语专业班里，只有15名学生，其中男生仅有5名。

在我们系的低年级教学活动中，有一项"结对子，练会话"的传统活动。每天晚上，自习课上课前的半个小时里，常常可见到一、二年级的学生，出现在课室周围，或徜徉在树荫下，或徘徊在池塘边。这种近距离的面对面接触，不但有利于提高口语运用能力，而且增进了相互之间的了解，进而引起相互间感情的变化，碰撞出爱情的火花。我的一位同学后来告诉我，他最初感到后来成为他的妻子的那位女生向他传递的爱意是来自称谓的变化。起初，他们彼此用"вы"（您）相称，后来有一天，对方改用"ты"（你）称呼他，而且谈话的语调与态度也发生了微妙的变化。这种称谓的改变，很有可能是一种爱慕的暗示。

虽然校园里不时有"莽撞汉"与"粗心女"不慎引火烧身，最终受到校方的严厉处分，有的甚至还卷起铺盖，打道回府。但是，诗人那"三步之内遇上伟大的爱情，死神都得绕道而走"的预言，使地下情侣们一个个勇气倍增，铤而走险。

毕业分配的时刻终于到来了。昔日的秘密情侣纷纷摘下面具，从"地下"走到地面上。他们大胆地向毕业生分配工作小组亮出准夫妻关系的底牌，提出让他们"彩蝶双飞"的请求。对于一心避免遭遇"孔雀东南飞"的厄运，决心实现"鸳鸯同戏水"的愿望的学生，早已成家立业的教师们很难不产生同情心。况且在这些老教师们之中，说不定还有人至今仍然过着"牛郎织女"般的生活呢。

目睹情侣们心想事成、满脸朝霞灿烂的样子，从前听话、循规蹈矩的学子们，这才认识到自己过去一次次地躲闪丘比特的箭，甚至刻意怠慢、压抑自己内心情感所付出的代价；而对于在缔造幸福爱情的过程中曾经担惊受怕的情侣来说，过去的这段经历一定会成为他们刻骨铭心的记忆。

毕业三十年后，当我们这批鬓发斑白的老同学，重逢相聚于母校时，知情者不忘指着从前"爱的地下工作者"们谈情说爱而如今却高楼林立的地方，向我们讲述起发生在当年"秘密接头点"那梦幻般美丽的往事……

思绪回来时，伊尔库茨克早已落在我们身后，我想，不论在什么地方，只要有人聚居，便能够听到歌颂爱情的动人的歌曲。在苏联，不仅普通的大学生，就连后来成为苏共领导人的那个群体，同样在阿尔布佐夫的剧本《伊尔库茨克的故事》里，认识到爱情是可以改变人们对生活和劳动的态度的；在苏联国内战争时期，俄罗斯海军上将高尔察克，在离伊市不远的安加拉河的一片冰窖边，被布尔什维克处决。临刑前，这名白军将领为他的爱妻季米廖娃留下了一首浪漫爱情曲《燃烧

吧，我的星星》。上将唱道："你是我唯一的星星，永远也不会对我背叛……你那天使之光，照亮我的一生；但愿在我离去之时，你还会在我的坟墓上空闪烁。"

伊尔库茨克的记忆，永远留在我的心中。爱情是一支古老而又美好的歌曲，不论在过去还是今天，要唱好它并不容易。秋天的泥泞，冬天的雪，这支歌，是要男女双方合唱一辈子的。我相信，瓦列金娜和她的丈夫会唱好它的。

我记得，童年时妈妈对我说道：

炉灶里只一根木柴便不会燃烧，
可把两根木柴放在一起，
它们便烈火熊熊，
直烧到最后的火星闪耀。

我们投身火海，而且我相信，
在爱情的熔炉里我们会心心相印，
愈烧愈旺，愈热愈近，
直烧到在日日夜夜的烈火中，
尚未成为灰烬。

炉灶里只一根木柴便不会燃烧，
但我俩在一起应发出通明的火苗，
让我们的心灵、命运和火焰般的翅膀，
成为人们的希望和温暖的炉灶。

——法·加·阿利耶娃《让我们一起燃烧》，王守仁译

五、初抵莫斯科

"各位旅客，飞机已飞抵莫斯科上空，很快就要降落，请大家系好

自己座位上的安全带。"广播里的话音刚落，机舱里顿时响起一阵热烈的掌声。有人左右转动着脖子，伸伸腰，蹬蹬腿，舒展起因久坐而发酸的四肢。窗边的乘客，更是迫不及待地将目光投向窗外，注视着朝我们奔来的、越来越清晰的大地。莫斯科热情地张开双臂，要把远方来的客人揽进自己宽阔温暖的怀抱中。

二十世纪六十年代，与我一同学习俄语的几位同班同学，先于我在几年前结伴游览了俄罗斯，回来后，他们兴高采烈地对我谈起他们的感想和体会。从前的同桌告诉我，在俄罗斯，不论你置身于湖水浩渺、林木葱茏的贝加尔湖畔，还是穿行在笔直整齐的涅瓦大街；不论你徜徉在圣彼得堡的夏宫，还是漫步于壮丽的宫殿广场，都会感到自己被美紧紧地包围着。这位从小便在广州少年宫里学习舞蹈的女生，还仔细地介绍了他们如何在冬宫的小剧场观赏著名的基洛夫芭蕾舞剧团的演出。听着她不停地絮絮叨叨的描述，真让我产生了亲临其境的感觉。我在想，在世界性的艺术体操、花样滑冰和水上芭蕾的竞赛中，俄罗斯姑娘们屡屡夺冠，这可能与她们从小生活在美的环境中，在生活中接受美的熏陶有关。

班长对我说，人生中最令人激动的莫过于"见到"自己心目中崇敬的人物，即便他们已不在人世间，但如果能够造访他们的故居或墓地，也是一种心灵上的满足。班长向我介绍他们在莫斯科的纳沃捷维奇公墓里如何与契诃夫、果戈理、卓娅以及电影《乡村女教师》中的主角扮演者等人"面对面"时，激动之情溢于言表。

班长着重向我提起教育家马卡连柯的墓地。这是一座集壮美和秀美、形象与思想于一身的极具个性化的雕塑墓地。在马卡连柯的雕像前，有一位坐着沉思的少先队员的雕像。他应当就是二十世纪二十年代，在马卡连柯创办的"高尔基工学团"或是在"捷尔任斯基劳动社"中接受教育的大批街头流浪少年儿童的代表吧。少年的脸上，流露着觉悟和怀念的表情，他或许正忆念这位恩师对他与他的伙伴们的教育和帮助，他的恩师使他们懂得：每一位少年儿童都应当昂起头来，仰望人生的高峰，而不该只低头凝视地面上的坑洼或堆积着腐枝败叶，发出龌龊臭气的烂泥塘。这个高峰，就是崇高的革命理想。只有这样，才能懂得哪些行为对他们来说是"可以"，哪些是"不行"，哪些是"应该"。也只有这样，才能在自己的成长过程中，体验对亲人的高尚情感和意识到自己在祖国母亲面前的责任。

现居美国，念书时因喜欢独自闭目遐想而被我们称作"索妮娅"（Соня）的女生，则深有感触地说："在俄罗斯，只要你抬头，稍作张望，就会见到教堂顶上的光灿灿的十字架。十字架给人们带来了恩典，救赎和指明了人生的道路。"俄罗斯人，或者与上帝同在，或者也会反对上帝，但却永远不能没有上帝。

离开谢列梅捷沃第二国际机场的入境大厅，跟着导游，我们穿过机场的一道侧门，来到外面的一处空地等着接待的大巴到来。空地的小径旁，长着许多叶子肥大、绿莹莹的车前草，纤细的花梗上顶着朵朵黄白色的花蕊，随风摇摆，朝我们频频点头。我想起高尔基的外祖母，这位大自然的挚友，在夏秋两季，常常带着外孙阿廖沙到林子里采集野果和草药，其中就有这种车前草。外祖母将这些大自然的恩赐换钱补贴家用。在缺医少药的战争年代，草药浸剂成为伤病战士的救星。后来，在从圣彼得堡开往莫斯科的快车中，透过车窗，我看到了沿途连成一片的茂密的林木、草地和湿地。俄罗斯有多么丰富的植物资源啊！

大巴尚未到来，这时已是莫斯科时间晚上八点多，天空仍然亮光闪烁。大自然对这座北方名都似乎格外恩赐，在夏日里为人们带来了充足的阳光，以此作为在漫长的冬日里，对不得不饱受风餐雪虐的莫斯科人的一种补偿。

身边一对老年夫妇的谈话传入了我的耳朵。他俩同是东南大学的退休教师。谈话的内容与我们刚才见到的签证厅中一间出入境宗教事务办公室有关。那是一间只有十来平方米的小房间，从半掩着的门往里瞧，一张办公桌与两把座椅已占去它的大半空间。椅子上坐垫的外包皮已经破损，露出脏黄的海绵填料。墙上霉点斑斑，有些地方的涂料已经掉落。那副样子，有点像个蓬头垢面、衣衫不整的流浪汉。两位身穿蓝色制服的海关壮汉，在里面正与一位来客交谈。

丈夫似乎在批评作为国家对外窗口的机场的残破模样，妻子则认为这恰好是"公开性"在人们心中得到确认的例证。俄罗斯无须对在生活中存在的缺陷加以刻意掩盖，也不必再违心搞宣传社会主义优越性的形象工程。诺贝尔文学奖得主，法国作家纪德在二十世纪三十年代访苏时，他希望能够随便到各处走走的要求并没有得到满足。反之，纪德眼中所见到的全是一些在主人看来是"美好"的东西。

1989年，时任苏共总书记的戈尔巴乔夫在会见文艺科学界人士时，在场的莫斯科儿童音乐剧院的艺术指导萨茨发言道："我认为，对于我们的时代，最主要的品质应该是诚实。"卫国战争前夕，苏军根据与希特勒签订的瓜分波兰密约，在波兰俘虏了二十多万波兰军人，并将其中两万余名军官押回苏联，在斯摩棱斯克附近的卡廷森林中秘密枪杀。事后，斯大林及其后任对这件"见不得人"的事矢口否认。直到戈尔巴乔夫时才不得不承认事实。这难道是社会主义国家"老大哥"该做的事情？

不远处传来了大巴发动机声，我们迎了上去，我跟在队伍最后边，登上了大巴。

第二章　最初的印象

一、霍登卡练兵场惨案

大巴开上列宁格勒大街，刚才还铺洒在路面上的霞光，此刻已收起它最后的一抹余晖，公路两旁的路灯为它披上橘黄色的光衣。从我所在的车尾部的高位上往前望去，车里人的举动大都一目了然。

一上路，所有的人无一例外地凝眸注视起窗外的景物。尽管无法看到每张脸的表情，但我想应该与作家鲍·波列伏依在《我们是苏维埃人》中的一篇短篇小说中的一位主人公的表情相距不会太远。这位年轻的主人公，是卫国战争中的一名女侦察员，化名"白桦"。作者写道："她长得窈窕、轻盈，黝黑的脸庞还未失去小孩的丰腴。睁着圆圆的眼睛，硕大、明亮，掩盖在细长的睫毛之下，愉快而惊奇地望着，仿佛在问：'不是吧，同志们，周围的一切，真的是这样美好吗?'"

然而，五分钟过去了，十分钟过去了。从大家的表情举止上判断，似乎窗外没有什么东西能引起他们的好奇心。一路所见的是掩盖在苍茫暮色中的稀稀疏疏、外表毫无特色的普通住宅和树木。不过，大巴经过的地方，并不是莫斯科的繁华地段。当然也就难以见到预盼中的都市夜景，比如高耸入云的建筑、穿织如梭的车辆、摩肩接踵的人群或是五颜六色的霓虹灯了。

当大巴转入列宁格勒大街时，导游对我们说，莫斯科的不少地方都与历史事件、历史人物的活动有着千丝万缕的联系。比方说，西边的红色普列斯尼亚区的关卡广场，曾经是1905年12月起义时发生激烈战斗的地方。而在我们这儿附近，即列宁格勒大街的起点处的霍登卡练兵场，在1896年5月18日这一天，就发生了令人极为震惊、恐惧和悲痛的踩踏惨剧。

1894年，年仅四十九岁的沙皇亚历山大三世因肾病早逝，王位由其子尼古拉·亚历山德罗维奇·罗曼诺夫继承。按照传统习惯，新皇加冕礼之后，仍须在户外举办规模盛大的庆典活动，地点就安排在当时还是城市郊区的霍登卡练兵场。

那天，作家尼·德·捷列绍夫起了个大早。淋浴、进餐、浏览当天晨报之后，便整装出门。跟许多人一样，作家也希望能够一睹新皇与皇后的风采。

五月和煦的清风吹拂着他的头发，摩挲着他的脸庞，暖洋洋的阳光抚弄着他的脖颈，听着鸟儿悦耳的啁啾，捷列绍夫心情格外舒畅。他听说参加盛典的人数将多达几十万。17日夜间，许多市民提前赶到练兵场，在门外的草坪上"安营扎寨"露宿过夜，以便次日一早占个好位置，抢先领到沙皇颁发的礼物。男人的礼品是印有罗曼诺夫家族双头鹰徽章的瓷杯，女人的则是印着相同标志的手绢。此外，他们还可领到少许的啤酒和几小块蜜饯糖果之类的点心。

此时，练兵场里到处张灯结彩，人头攒动，热闹非凡。名目繁多的文艺活动令人目不暇接。这边，身穿银线缝制背心的杂技演员，以其一连串快速翻滚的动作为观众制造银光闪烁的视觉效果；那边，魔术师的一举一动将众人的目光紧紧地吸引住，谁都希望用自己的慧眼识穿魔术中的秘密；这边，戴着雪白手套、一身燕尾服打扮的独唱歌手正引吭高歌，歌声时而高亢激越，时而低沉舒缓，让听众久久不想离去；那边，民间舞蹈团的团员们，正忘情地将哥萨克舞表演得淋漓尽致，舞者头部高仰、踏点、蹲踞、跳跃、旋转和击掌，快速变换着的舞步令人眼花缭乱，使观者无不心潮澎湃，跃跃欲试。在这样的场合，高唱《上帝保佑沙皇》的节目是必不可少的重头戏，它由御用歌唱团来完成。此外，还有许多寓竞赛于玩乐中的游园活动。而让青年男女最为动心的莫过于双人荡秋千了。身穿锦缎长衫的少男与头戴盾型头饰、身着无袖萨拉凡的少女，面对面站到踏板上荡起秋千，随着踏板的升高、下降，欢笑声、尖叫声不绝于耳……

然而，谁能料到，在这么一处莺歌燕舞、嬉笑喧闹的地方，几个小时后，却发生了莫斯科有史以来最悲惨的事件。当时，一个未经证实的传言在等待领取纪念品和啤酒、点心的人群中传播开来：今天派发的啤酒不多，只有排在队伍前面的人有份。于是，后面的人开始向前涌，他们不断地推搡、踢打站在他们前面的人。预先用木板围住的入口通道，外大里小，呈漏斗状，最末的入口处仅能容纳一两个人通过。

事件发生之初，入口处前的一排哥萨克士兵正努力维持着秩序，但潮水般的人流不断地向前冲挤，将哥萨克步骑兵冲散。起初是几百人的挤压，后来有上千人挤得乱成一团，许多人跌倒在地，爬不起身。在人流的冲挤中，原先临时搭建在冲沟上的舞台轰然倒塌，将周围的人带进沟中。混乱中，急于逃生的人不顾一切地践踏着倒地的人……惨剧发生时，有不少人自发将儿童举到他们的头顶，或让他们骑到自己的脖子上、肩膀上。直到哥萨克的增援部队急速赶到，局面才得到控制。

在这场骚乱中，据官方统计，死者为 1 389 人，1 300 人受重伤，轻伤的更是不计其数。噩耗传来，新皇与皇后十分震惊和悲痛。年轻的沙皇立刻要赶赴现场，但被他的母亲和叔叔劝住了。他们劝告他无须与这个悲剧搅在一起。相反，他应为力图恢复作为一个新君王在臣民眼中的形象而努力。第二天，噩耗传遍莫斯科，死难者的家属、亲友闻之，泪水顿作倾盆雨。每家一千卢布的抚恤金怎能冲刷每个失去亲人的家庭心中的哀伤，更不用说对无价生命的补偿了。俄罗斯有句民谚："头里的东西要比头上的东西更重要。"历史在列宁格勒大街的起点处——霍登卡练兵场，为我们上了这么一课。

二、"新切列姆什卡"问世始末

大巴不紧不慢地沿着列宁格勒大街继续向前行驶。街道两侧出现整齐的住宅群，一幢接着一幢，绵延不断。一样的高度，一样的外观，一样的颜色。

从车窗望出去，影影绰绰间，好像两排夹道的士兵正列队肃立，静候检阅的开始。房子背后，可见到黑乎乎的树木，绿树成荫。归巢的小鸟停止了聒噪，它们与住宅里的主人一样，在经过白昼的劳作之后，开始享受夜的宁静和家的甜蜜。

在人的一生中，房子，特别是家居，永远是人们心中美好的向往，是个让人谈不完、说不尽的话题，因为它们与家庭往往存在着割不断的联系。以前，课上给学生讲词汇辨识时，常常在黑板上画一幢人字形的房屋，再在里面添上父母与子女，以此说明词汇 Home 的含义，以别于Family 和 House。

一幢住宅的里里外外，随处印着主人的足迹，保留着他们的气味，显示着他们的生活习惯和爱好。当你走进去时，家居中的一切，会争先恐后向你述说它主人的生活，家庭的沉浮兴衰和成员的悲欢离合。

家往往是爱的处所。信仰基督教的俄罗斯人，谈起家时，更多的是注重家庭成员之间的关系。他们认为，基督徒最先的见证与基督徒的爱一样是显示于他们的家人之中的。

美国电影《外星人 E.T.》中，E.T.的心中所想和口里所说的便是"E.T. go home"，尽管他在地球村中受到孩子们的热情欢迎和友好对待，但有什么能比自己的家更有吸引力呢？

千篇一律、公式化的住房建筑开始使我的眼睛产生审美疲劳。正当我打算闭目养神时，一幅色彩明快的壁画从临街的一幢房子三楼朝街的墙壁上跳进我的眼帘中。这幅画占去这堵外墙的大半空间。它的主题鲜明，着色浓厚，畅神达意。用红、黄、橙三种颜色绘画出来的飘着流苏的旗帜、闪亮的五角红星和很有立体感的镰刀加锤子，在一轮从地平线上喷薄欲出的朝阳的映衬下，透射出融融的暖意。画的下端，写着"CCCP"四个大写字母。

我心中思忖，这幅宣传画肯定是创作于苏联解体前，可能是为配合庆祝某一年的十月革命节而制作的吧。它向人们传递的信息，可能就是巩固好这个政权的基础：工农联盟。诗人勃留索夫早期创作的一首诗中这样写道："镰刀，把我们这金色的秋实收拢；铁锤，把我们锻造成磐石般的整体观念，犹如那春绿的明媚，常绿。心灵将永葆青春的活动，磨快镰刀，以待来年的收割；备好铁锤，以迎接新的战役。"但如今，对美好未来的盼望，已是一去不复返了。

柔和的灯光，从家家户户的窗户流泻出来，宛如一对对明眸，扑闪闪的，流溢着使人感到温馨和羡慕的风采。静夜里，这种并不眩目、溶溶的光芒，曾经扣动着过去难以获得住宅的伴侣们无限渴望的心扉。

为了实现"居者有其屋"的梦想，一百多年以来，莫斯科人一直为此作着不懈的努力。"莫斯科很大，房子都是老爷们的……"契诃夫笔下的九岁小凡卡，在给他的爷爷的信里，是这样写的。这是十九世纪后半期莫斯科的住房情况的真实写照。

那时，从早到晚为生计辛劳的人，夜里只能栖身于阴暗潮湿的地下室，或简陋不堪的贫民窟中。而工人，则只能在厂里拥挤不堪的统铺上过夜。工业的发展，对劳动力的需求日增，首都的居住人口也随之而迅速膨胀起来。人们对住房的要求日益迫切，而中产阶级则呼吁提升住房的居住质量。他们提出，家居应当满足人们对休息、社交活动和享受家庭天伦之乐的需要。近代以来，莫斯科对住房的改革，至少经历了四个时期。

从十九世纪末开始，一批八至十二层的公寓楼便从原来贵族的独家宅上建立起来。二月革命前的二三十年间，先后建起的这类公寓至少有五百多幢，可供五万多人居住。但这对于拥有一百五十多万人口的莫斯科来说，也只是杯水车薪，于事无补。

苏维埃政权建立后，新政府不但提出对住房建筑功能和质量的新要求，而且将使居住在市中心地下室和贫民窟里的人尽快迁进新居列为政府工作的"当务之急"。很快，莫斯科刮起了修建"集体公寓"大楼的旋风。在市区的沙鲍洛夫卡、乌萨切夫卡、加威里夫卡和列奥勃拉任卡等区域，在短短的几年里，一大批外观简朴、配备有基本生活设施的住宅群像雨后春笋般地拔地而起。仅仅在1930年这一年里，包括一些二至四层的简易临时性木质小屋在内的房子，便使新增的住宅面积达到十月革命前莫斯科住宅总面积的十分之一。

关于这些新建的"集体公寓"，苏联作家布尔加科夫的前妻，同为作家的拉娜曾这样回忆：

1921年至1924年间，我们居住在大花园街十幢五十号住宅楼里。这幢住宅仅有一个进出口，一条公用走廊将若干单间分隔在相向的两边，每户人家往往只有一间可供居住的房间，外加一间公用厨房。公寓里没有配备浴室。我们家住在入门算起的第三间房。第一间的房主是位党员，其次是警察和他的妻子；杜丽娅家住在我们隔壁，她家只有一扇窗户，而我们家则有两扇，所以光线很充足……一般来说，住公房的人都是属于普通劳动者阶层。

六十年代末七十年代初，我到武汉医学院和北京大学探望在那儿任教的两位哥哥，他们当时所住的宿舍的样式就与布尔加科夫家的一模一样。我想，这必定是学习苏联"老大哥"的产物吧。

拉娜继续介绍道：

隔着走廊，与我家相向的房间里，住着柯里亚切娃。她常常打骂自己的儿子安奴什卡。孩子的哭声搅得大家不得安宁。在这里，喝酒喝得酩酊大醉的丈夫打妻子的事并不罕见。听到女人号啕大哭，高呼救命时，布尔加科夫总会抢先跑到外面的街道上领来民警。但当他们赶到时，经验老到的惹是生非者早已经锁上房门，偃旗息鼓，房内鸦雀无声，仿佛什么事也不曾发生过似的，但谁都知道，处理此类家庭纠纷常用课以罚金来收场。

尽管大杂院似的居住环境给住户的生活带来了诸多不便，但它同时也让生活在里面的人，亲身体验到邻里之间那种互敬互爱、患难相助以及人际关系中难得的浓情蜜意。

在苏联文学作品中，常常可以读到与此有关联的描写：

1941 年夏天，德军威胁着苏联首都莫斯科的安全。家住集体公寓楼，即将满 18 周岁的伊哥里克的母亲来到楼梯口，为她的儿子送行。母亲倚在门框上，用攥成拳头的手抵住自己的嘴角，泪水夺眶而出，顺着干瘦的双颊刷刷地往下流。在母亲的身旁身后，是邻居们五张悲怆的面孔。（鲍·瓦西里耶夫：《展品第＿号》）

后来，这五个家庭的女主人大多成了寡妇，为了保卫莫斯科，因为那万恶的战争，她们牺牲了丈夫和儿子。活下来的人，在相互搀扶中度过了生命里那段最为艰难的时光。

战争结束后，居住难的社会问题再度严峻起来，政府开始在首都的一些地方，甚至近邻的整座城镇、整条街道中大兴土木，修建新的住宅楼。就在我们大巴即将到达的地方——伊兹玛依纳沃和雷罗舍夫斯克公路，至今仍可见到一些当年兴建的房屋。

五十年代初期，在莫斯科的佩斯恰纳街、西南城区的伏龙芝河岸街一带，大规模建造五至七层高住宅楼的序幕揭开了。迅速建起的公寓住宅群，一下子将首都装扮得青春靓丽、婀娜多姿起来。到了这个年代的中后期，一个街区的名字一下子红遍全国，无人不知，无人不晓。它便是"新切列姆什卡"。

1954 年，堪称是苏联民用住宅建筑的"高速度"、"大跃进"的年月。组装式钢筋混凝土建筑构件大显身手。首先，工厂对其进行成批生产，再将这种预制板运至建筑工地组装。较之以往的砌砖法建房，这种建房方式大大缩短了建筑周期。落成的住宅，用当时的审美观来看，外表还算整齐、美观。这项工程计划，是时任苏共总书记的赫鲁晓夫的杰作，民间将这种五层居民楼，称为"赫鲁晓夫五层楼"。当年，这位雄心勃勃的总书记响亮地提出，要"让俄罗斯人在五层楼里迎接共产主义的到来"。

在首都，"赫"式建筑初期的面积只有三十万平方米，后来又增至五百万平方米。新切列姆什卡街区就是因最先建起了十六幢这类住宅楼而声名远播、家喻户晓。在这一建筑群的周围，建有与住户的生活相配套的各种服务设施。"新切列姆什卡之风"开始从首都刮遍全国各地。我在作家冈察尔的小说《你的朝霞》中读到这样的描写："公路上，满载着水泥预制板和钢筋混凝土构件的多轴牵引车发出雷鸣般的轰响，驶向哪个不知名的遥远的地方。""不知名"、"遥远"这些字眼，似乎在向读者暗示着这样一种信息：新切列姆什卡牌的安居工程，已在全国遍地开花。

尽管"赫"式公寓的人均面积只有区区九平方米，天花板距离地面也仅为两米半，但在当年栖身于地下室里，如今被人戏称为"鼠族"的人眼中，"赫"式住房无疑就是天堂，即便在长久以来一直生活在"为共产主义的美好明天而奋斗"、"无私奉献，造福子孙"的口号中的苏联人看来，首次获得属于他们自己的独立住所真是令人感到无比幸福。多少年来，他们日思夜想的安居梦终于变成了现实！

但是到了八九十年代，这种阴暗、狭窄、缺乏个性化特征的住宅已远远无法满足现代人对住房质量的要求。"赫"式公寓成为人们嘲讽的对象。莫斯科人开始对它发起新挑战。他们决心在 2010 年前使"赫"式住房从人们的视线中消失，并重新美化首都的建筑风貌。首期的改建方案涉及四十五个街区，第一批被列入改造名单中的包括一些历史古迹。其中有红场上著名的喀山大教堂、耶稣基督救世主大教堂、克里姆林宫的红门柱廊和阿尔巴特广场……

这时，我们眼前又出现了新的住宅群，它们应当是莫斯科人美化首都的新成果吧！在上海世博会上，俄罗斯建筑师们参照苏联儿童文学作家诺索夫早期创作的童话故事《无知孩子和伙伴们历险记》中描述的世界所设计并展示的建筑样式，似乎在向参观者表达这样一种信念：在未来的家居设计中，不能没有丰富的想象、个性化和情感元素的参与。后来，当我在远东的符拉迪沃斯托克（海参崴）市苏维埃区的一片树林里参观一幢刚竣工的私人别墅时，发现这种信念得到了充分的验证和应用，只不过所需的建筑经费增加了许多。

三、奥寥卡的眼睛

暮色苍茫中，我们的大巴驶进大切尔基佐大街，又从它的一条叉道上徐徐拐向伊兹玛依纳沃公路，最终在一幢巍峨漂亮的建筑物前面停了下来，这就是我们当晚要下榻的宾馆。宾馆有个响亮的名字，叫"织女星"。在夏季北方的夜空中，织女星的亮度最高，在繁星闪烁的天幕中，最容易将它辨认出来。据说，这座不久前装修粉刷一新的建筑，还是1980年第二十二届莫斯科奥运会的奥运村。

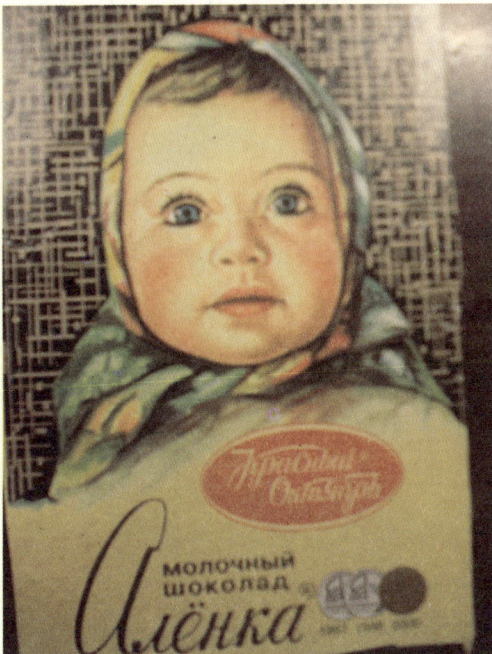

伊兹玛依纳沃过去是个默默无闻的小村落，直到1935年才归莫斯科市管辖。十七世纪在这儿建起的沙皇庄园里至今仍可以找到它的一些遗迹。宾馆左侧与文化休息公园毗连。苏联时期兴建了许多这类公园。从宾馆左边的高层房间的窗口往下瞧，密密麻麻、亭亭如盖的树冠清晰可见。

趁导游为我们办理入住手续的间隙，我独自朝着隐藏在角落里的一处小卖部走去，看看有些什么糖果、画片或小工艺品之类的东西可以买下回国送人。

一进门，玻璃柜里的一张女孩子的脸吸引了我的目光。这张脸丰腴饱满，一双秋水似的硕眼清澈明亮。女孩头上扎着头巾，一副农村女娃的模样，与我们后来在商店里见到的玛特寥什卡（套娃）的外表有些相似。那双大眼直勾勾地望着我，露出稚气、好奇和渴望探索的光彩。"哇，多可爱的奥寥卡！"我不禁用俄语出声赞叹道。身穿天蓝色工作服、体态丰盈的女售货员微笑地打量着我，轻声将奥寥卡这个名字重复了一遍。我这才意识到，刚才自己将名字的重音位置念错了，照着对方的暗示，我又将它念了一遍，眼前这位"俄文教师"冲我微笑地点了点头。

我最早接触到这样以"卡"字结尾的名字是在小学课本中的课文《凡卡》中，凡卡是俄罗斯作家契诃夫的同名小说中主人公的名字。后来，在所接触的俄罗斯文学作品中，又读到了像玛琳卡、薇拉切卡、马克西姆卡、尼娜切卡、冬妮娅切卡、邬利切卡等名字。在有这些名字出现的情节中，往往伴随着人物之间亲密、友爱的情感，很有人情味。

在一首有趣的姑娘择偶歌曲中，唱到了一位集体农庄的挤奶老妈妈。老妈妈有五个女儿，其中有三位分别起名波琳卡、奥琳卡和阿廖奴什卡。这些名字，念起来响亮、清脆，充满青春气息，往往用于人名的爱称上。

再到后来，另一位名字与"卡"字有关的人物形象，一段时间以来一直出现在我的心中。她便是任卡。

任卡是不久前去世的俄罗斯著名作家瓦西里耶夫的战争小说《这里的黎明静悄悄》中的一位苏军女兵。在作家笔下，任卡的性格不同于她的其他四位战友：沉着审慎的丽达，不喜言语、勤勉可靠、弱不禁风的城市姑娘索妮娅，护林员、老游击队员的女儿、朴实憨厚、时刻对美好的未来充满无限向往的莉扎和经过战争的洗礼、在性格上成长起来的加莉娅。任卡活泼美丽、乐观，甚至有点调皮。在战斗中，她英勇无畏，有罗曼蒂克的冒险性格。最后，为了掩护战友，把德军的火力引到自己身上，壮烈牺牲……

至于奥寥卡的"身世"，说来颇有来头。早在半个世纪前，这已是莫斯科"红十月"糖果厂的巧克力拳头产品的名字。"红十月"也因它而出名后，倒将它的前身，建于1867年的艾涅姆公司的名字给忘记了。

国外许多巧克力糖也曾给我留下不少美好的回忆，特别是比利时和瑞士的巧克力。那一颗颗惟妙惟肖、造型几乎达到以假乱真程度的海螺状糖块，让人舍不得将它们放进嘴里融化掉。我心想，把这些美丽的艺术品毁灭掉简直无异于犯罪。但就外包装而言，我仍然喜爱"奥寥卡"，它太具有人情味了，而且图案所包含着的内涵也很丰富。

奥寥卡的这双眼睛最先使我想到的是"希望工程"兴起之初，在极为简陋的泥房课室里，那位山村女童的那对眼睛。从那对眼睛中，可以看到苍凉的黄土高原上偏远闭塞的山寨里，我们的父辈曾经浴血奋战过的革命老区的孩子们对文化知识的渴求，以及他们心中对实现永远告别贫穷和愚昧的梦想的追求。

这样的眼神，如此的目光，并非只能从孩子们的眼里才能见到，在一些老人的眼睛（尽管有些已老花混浊）里仍然可以见到。

2003年，在庆贺韶关学院韶州师范分院成立一百周年的纪念活动上，在帽子峰下校园的一角，我邂逅了嘉宾——北京大学教授钱理群先生。趁典礼仪式尚未开始，在一处垂柳细叶的斑驳阴影下，我们几位教师一起围在钱老周围闲聊。钱老谈到他与几位同行，不久前在希腊、埃及和意大利等地旅游的经过。他从初时如何选择旅游线路、确定参观景点、选择合适导游讲起，一直谈到他们的兴趣、发现和感悟。听着他娓娓而谈，望着眼前这位脸色红润、面容和善、精神矍铄的老人，我想，在他的脑海里不知积聚蕴蓄了多少知识、学问和智慧！他仍然用他那双孩子般、饱含着求知与探索热情的眼睛，执着地观察着这个世界和人生，努力发现生活里的种种美好和人性中的善良。

钱老的形象渐渐淡出我的意识，另一个人的身影悄悄地走了进来。从他眼镜片后面的眼睛里，我又感受到一束束热情的探索光芒。他是广州美术学院雕塑系的退休教授潘绍棠先生。2005年，我们有段时间曾一起在广州某所高校以教学督导员的身份开展工作。有一回，他给我讲了他的访俄见闻，特别介绍了他在那儿的一处地下室里参观苏联解体后从一些公共场所中撤下并堆放在那里的人物雕塑的经过。他讲后来又被重新竖起的捷尔任斯基雕像，讲雕塑家基巴里尼柯夫、安德烈耶夫和穆希娜等人的作品。应我的要求，还给我讲了雕塑品的构思与寓意，讲观众的审美心理。他很喜爱苏联时期的一些雕塑作品，给了它们很高的评价。早在1953年，只有24岁的他已在他任教的中央美术学院雕塑系开设了"苏联雕塑欣赏课"。从二老身上，我深切感受到他们孩童般强烈的求知欲望和孜孜不倦的探索热情。

明天，我就将参观俄罗斯的景点，漫步在莫斯科，我多么希望自己也有一双像奥寥卡一样好奇心十足的眼睛、像二老一样的探索热情，去发现这个国家灿烂历史文化中的珍宝，将感官的印象传递给思维，通过深加工以有效地丰富自我。

带着买下来的八块"奥寥卡"巧克力，我走进了电梯。

四、 由卢日尼基体育场所想到的

走进1045号房，我习惯性地将房间打量一番：长条状的住房，入门的右侧照例是卫生间兼浴室。浴缸上方的喷头，离地足有2米多高。再看看衣柜、睡床和写字台，无不与"长"和"高"这两个字联系在一起。

放下手中提着的行李，和衣躺到床上，伸手敲敲床沿，这种用精选原木做成的床铺质量的确不错，坚实耐用，而且很"环保"。唯一不足之处是它过于狭长，双臂蜷曲置于胸上，胳膊肘还伸出床沿外，而我的身高只有1.68米。不知多年以前，哪个国家的哪位运动员曾在这张床上休息过。

墙角天花板下方，悬空吊着一台21寸彩电。人躺在床铺上，将松软的枕头垫在头下，视线恰好不偏不倚地落在电视屏幕上。房间里不见安装有空调，只见一台小型转头风扇，一声不响地立在写字桌上，对着我张望。窗户的上部有一扇楣窗，俄文里称之为 фрамуга，通过它可以保证房间里日夜都有新鲜空气流通，能让入住的客人亲身享受这莫斯科郊外的含氧量丰富的优质空气。看着想着，心中不由响起《莫斯科郊外的晚上》："……夜色多么好，心儿多爽朗，在这迷人的晚上。"

淋过浴，精神格外地清爽，坐到写字台前，扭亮台灯，稍微抬头，便与墙上的一幅卢日尼基体育场素描打了个照面。这幅用单色、洗练的线条勾勒出来的画，以明暗相宜的笔触，毫不夸张地将体育场的外貌真实地表现出来。建筑物造型沉稳，不见任何锋利的线条，向上的开放度、空间性都恰到好处；远远望去，酷似天空中一只不明飞行体，或是一只静卧于海床上的软体动物。几年后，当我再次在初冬之夜登上麻雀山远眺这座迷人的建筑时，又觉得它更像一只四周镶嵌着闪光宝石的月光宝盒。在它里面，积聚着一代代人对体育运动的热爱，对健康和美的追求。直到今年夏天，我才从电视上真真切切地看到这座体育场的真容，见到了在第十四届世界田径锦标赛上，俄罗斯体育健儿的出色表现。

卢日尼基体育场建于 1956 年，那时叫莫斯科列宁体育场，是世界最负盛名的大型体育运动综合体，建筑师是 A.弗拉索夫和 E.罗任等人。看台座位达十万三千个，许多大型的田径、足球和马术竞赛都在那儿举行。在它的四周，建有一批体育运动设施，比如小型体育场、"友谊"多功能体育馆、游泳场及各种运动项目的训练中心等。卢日尼基体育场见证了第二十二届世界奥林匹克夏季运动会的全过程。

1979 年，苏联出兵入侵阿富汗，引起众多国际舆论的谴责。美、日等西方国家带头抵制那一届奥运会。在国际奥委会承认的 147 个国家和地区的奥委会中，有五分之二的奥委会会员国加入抵制的行列。结果，与会国家和地区的总数仅有 80 个。

为筹备那一届奥运会，苏联政府可以说做足了准备。在莫斯科西南端的克雷拉特斯克修建体育运动综合设施，在离奥斯坦基纳不远处建起"宇宙"奥运村。1980 年 7 月 19 日下午，在奥运会开幕前的几个小时，莫斯科上空一度浓云蠕动，大有降雨之势，于是六架飞机紧急升空，喷洒化学药剂驱云，从而保证了开幕式在晴朗的天气中顺利举行。

进入体育场的火炬手是连续三届奥运会三级跳远金牌获得者、苏联田径运动员维克多·萨涅耶夫。在绕场慢跑一圈后，他将火炬传给另一位著名的苏联男篮队员谢尔盖·别洛夫。苏共总书记勃列日涅夫宣布第二十二届夏季奥林匹克运动会开幕。

接着举行的是运动员入场式。令人不可思议的是参加入场式的八十支队伍中，竟然有十六支没有在他们的队伍前亮出本国的国旗，而只以五环旗代替。新西兰代表团甚至举着一面黑色的五环旗。这还不算，在随后展开的各单项竞赛中的颁奖仪式上，获奖选手拒绝升本国国旗、奏唱本国国歌的现象时有发生。有的评论称，那一届的奥运奖牌，价值减半。在大会的赛场内外，不时发生抗议苏军入侵阿富汗的活动……

但是，这种种令人感到不快的政治举动并没影响苏联人对莫斯科奥运会的热爱和自豪感。2005 年，在广州进出口商品交易会上，在我们的摊位，来自莫斯科的商人瓦洛夫与我们做成了一笔交易。离别前，他从自己的背囊中摸出一枚莫斯科 1980 年奥运纪念币送给我作为留念。币面上有立于市政府前特维利广场上的尤里·多尔戈鲁基的骑马纪念雕像的浅浮雕，还有"第二十二届奥运会"、"莫斯科"、"1980 年"等字样。

在莫斯科奥运会过去多年之后，苏联人仍然像瓦洛夫一样，为此而感到无比的自豪。当年的体育评论员巴尼亚特便是其中的一员。他深情地这样回忆起当年的那段经历：

……奥运会最后的一天晚上，米丘林大街奥运村文化中心，举办了一场告别音乐会。音乐会结束后，谁也不想离开，大家唱起歌来，一支接着一支，有的人起劲地跳起民间舞蹈，有的人彼此交换纪念章，互留通信地址，签名留念。但是，时间不会让人的情感支配它自己的脚步，告别的那一刻最终还是到来了。当漆着蓝白相间颜色的大巴满载着运动员徐徐开动时，欢送的人群再次跳起轮舞。大家依依不舍地目送着大巴朝机场和车站驶去。这十六天的经历，正如运动员们自己所说的那样："终生难忘！"

巴尼亚特还回忆起莫斯科的志愿者们如何在奥运会期间，热情地为各国朋友奉献他们的服务。当熊熊燃烧了十六个昼夜的火炬上的光芒缓慢地、一点一点地由强转弱、由明变暗时，苏联人因为世界体育事业作出的重大贡献而产生的自豪感也同时达到了最高潮。

由著名的儿童书画家维克多·切兹可夫设计的奥运会吉祥物——充气小熊米沙，这时也开始双脚离地，向来自世界各大洲的朋友们依依不舍地挥手告别，飘进首都的夜空中。整个卢日尼基体育场内外全都沸腾了，人们的眼里闪烁着激动的泪花……

奥运会期间，莫斯科和列宁格勒（今圣彼得堡）的各大商场里，货物的供应前所未有地充足，以往排队购物的现象也随之销声匿迹。著名的熏制切片芬兰香肠、美国的百事可乐、喷泉牌饮料以及当时还相当罕见的带吸管的袋装果汁随处可见。莫斯科的市容也焕然一新。

在这一届的奥运会结束后的第二年，苏联国内上映了一部新影片《哦，体育，你就是和平》。在古代，奥运会举行期间，一切战事都必须停止，休战期直至奥运会结束。在第二次世界大战中，没有哪个国家会比苏联人更能深切体会到和平的价值。在伟大的卫国战争中，在 1922年、1923 年和 1924 年出生的苏联小伙子，从前线返回的只占百分之三！

在看完俄罗斯影片《第九突击队》后，没有谁不会对在那场侵阿战争中失去丈夫和儿子的妻子和母亲所遭受的伤害感到无限的同情，没有谁不对世界上的极权国家主义者们的倒行逆施深恶痛绝。

列夫·托尔斯泰的《战争与和平》是写到俄罗斯的边境便收笔了，俄罗斯士兵继续朝前行军，而伟大的作家并没有与他们同行……

第三章　地图上的神思遐想

一、绿荫环布的莫斯科

像以往出差到外地一样，我总会在出发前查看目的地的地图，以便预先对那个地方的概况有所了解。这一回也不例外，我从背囊中取出莫斯科市旅游图，在熟悉上面注明的各种符号和标志物的指代后，便开始以从整体到部分的方式查阅起来。

地图是现实生活必不可少的工具。政治家用它思考地缘政治，军事家照着它制定战略和战术决策，科学工作者从中了解自然资源的分布状况。尽管卫星定位系统如今已成为驾驶员辨别方向的工具，但从广义上说，这种系统仍然是活动着的地图指路标。至于教育工作者，他们可以通过地图了解那个地区的自然地理环境，乃至文化风俗和经济发展水平，而这是影响着少年儿童成长的一个重要因素。俗话说，"一方水土养育一方人"。

有一回，我到中山市开展教研活动，广州外语艺术职业学院的惠老师对我说，她们学校学生的认知品质可用"勤"、"灵"和"新"这三个字来概括。她说，广东东部梅州地区的学生生活俭朴、学习勤奋；东南沿海地区潮州一带的学生脑子灵活，思维敏捷；而包括广州地区在内的珠三角一带的学生则容易接受新事物，视野开阔。我想，学生的这些学习品质，可能与他们从小接触的生活环境有着密切的关系。

地图上有些地方，景点的名称读起来既有着让人展开想象的魅力，也让人对它们所表示的意义捉摸不透。比如说圣彼得堡（Санкт-петербург）吧："神圣的"一词来源于拉丁语；"彼得"一词是基督耶稣一位使徒的名字，它出自希腊语，词的意义是"磐石"；"堡"字来自德语或荷兰文，其意义是"城市"。而这里的"彼得"，还代表着沙皇彼得一世。可见这个简简单单的城市名字中，包含着多少文化因素。使徒彼得在这里成了这座城市的保护神。

在这张以淡黄色为底色的地图上，绿色区域的面积至少占城市总面积的四分之一。较大成片的地方有北边的"骆驼鹿岛"国家天然公园，南边的"比察公园"，东南边的"伊兹玛依纳沃"森林公园，而西边的鲁布寥夫公路两旁则是一片茂密的林带。此外，在城市各处，还散布着许多大大小小的园林和墓地。比如"科学院植物园"、"季米里亚泽夫农业科学院公园"、"科索尔尼亚文化休息公园"以及"十月革命六十周年纪念公园"等。

二十世纪三十年代，莫斯科启动市区改、扩建工程。在一次有关的会议上，斯大林强调要重视城市的绿化工作。他指出，不仅要规划和修建小面积的绿化带，使它们成为方便市民休息的地方，而且还要学会建造大面积的森林公园，在市区和郊区都要发展这类天然公园。我骤然意识到"伊兹玛依纳沃"森林公园不正近在咫尺么？于是，便站起身来朝窗边走去。从窗口探出身，用相机将底下森林公园的一处浓荫蔽日的树冠拍摄了下来。

关于"森林公园"，当时苏联人的一般看法是指分布在城市里，特别是工人新村周围的大片林木。这样的林区，有利于改善居民点的卫生条件和生活环境。在"伊兹玛依纳沃"森林公园里，林荫道、文化休息公园、体

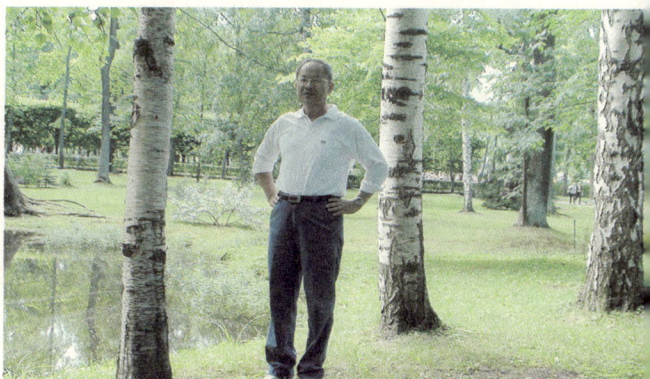

育馆、儿童城、森林饭店、马术学校，一应俱全。有的森林公园里，还建有影院和庄园。

俄罗斯人对大自然怀着炽热而且浓厚的情感。许多乡镇都用河流或植物的名字来命名。人们对飞禽走兽也有着一份特别的情感。许多人倾慕某些动物身上的优点，纷纷以它们的名字来给自己命名。它们已成为人类生命里的一部分，毕竟我们的祖先亚当和夏娃就是从伊甸园中走出来的。

在日常生活和文艺作品里，常常会遇到以动物名称为自己命名的人。比如，奥尔洛夫（鹰）、索科洛夫（鹰）、列别杰夫（天鹅）、索伊金（松鸦）、格拉乔夫（白嘴鸦）、茹拉夫寥夫（仙鹤）、沃罗比约夫（麻雀）、库库什金（杜鹃）、德罗兹（百舌）、梅德韦杰夫（熊）等。有趣的是，我们熟知和喜爱的苏联歌曲《莫斯科郊外的晚上》、《共青团员之歌》以及《海港之夜》的作曲者索洛维约夫，其姓的意义是会唱歌的夜莺！真是人如其名。

几天后的一个傍晚，路过维尔诺茨街时，我发现路边有一座开放式公园。出于好奇，我决定进去走走。时值晚间八时左右，落日的余晖照耀着的天空依然明亮，不过，大地也渐渐变凉了。问过路人，才知道公园叫"共青团四十周年纪念公园"。苏联人喜欢用修建公园的方式来庆祝和纪念重大的节日。这种做法很有创意，它不但使百姓受益，而且还会给后代留下忆念。

纪念公园长约百米，宽约三四十米，呈长方形状。公园与一栏之隔的街道平行，从里面就可以见到街上的车辆和行人。我想起斯大林所说的："要使绿化带成为方便市民休息的地方。"领袖的指示真正落到了实处，且被不折不扣地执行了。

公园中央，有一条贯通南北的小路。路边每隔一段距离便摆着两张靠背长凳，方便游人坐着休息。我进去时，好多凳子上已坐满了人。这儿虽然临街，园子里也不见有百花盛开及蜜蜂和蝴蝶在花丛中翩翩起舞的景象，但大片绿油油的草地更有利于人们休息。有些人将随身带来的大浴巾铺到草地上，一家几口，或坐或躺在上面聊天，孩子们则在草地

上追逐、嬉笑、玩耍。他们那清脆的童音、灿烂的笑容，人见人爱。不时有爷爷奶奶推着童车，带着孙儿，来往于小路中。

我身边的游人，换了一拨又一拨。后来，来了两男一女共三位年轻人。坐在我旁边的是一位身穿白衬衫和黑长裤，双腿修长，头发有些蓬乱，面容有些憔悴的男士。穿裙子的姑娘，一手拉着这位男士的手掌，另一只手搁在椅子上，背朝着我，半侧着与她的另一位同伴说话。不一会，小伙子朝我侧过身来，主动开口与我搭话。他半锁双眉，说得很慢，断断续续的，似乎不够力气，又似乎在对他要说的每句话加以细斟慢酌似的。他谈到生活的不如意和身心的疲惫。我注意到，他膝下的姑娘不时用手按着他的手腕，好像在向他暗示什么。但他对此并没有什么反应，照样吞吞吐吐地向我表达着可能连他自己也不明白的事情。我终于恍然大悟：这小伙子准是喝多了。再看看离我们不远的圆筒状金属垃圾桶，伏特加空瓶子早已冒出桶面。

他们起身离去后，空位被一位穿着翻领浅色衬衣的年轻男子所填

补。他刚一坐下，也对我打开了话匣子，滔滔不绝地谈起2008年他在我国青岛观看奥运会帆船竞赛的经过和感受。从他口中带出的气味又让我心中一动，又一位狄俄尼索斯的信徒。听闻俄罗斯男人爱喝酒，今天一见，果然如此！

看到归队集合的时间快到

了，我从凳子上站起身来，与这位口若悬河，似乎仍然不想停止说话的年轻人道别，一个人朝园子的深处走去。经过园中央立着的劳动妇女群雕时我停住了脚步，想走近看个究竟。雕像的基石上，刻着"劳动之歌"四个字。我想，这应该就是作品的主题了。再看看雕像人物，她们应该都是五六十年代苏联的女共青团员。这三位青年头扎头巾，身穿工作裙衣，肩荷锄铲之类的劳动工具。她们身材粗壮，脸庞瘦削，皮肤呈古铜色，且一脸倦相。这应该就是那个时代苏联劳动妇女形象的写照。

在战后百废待兴的年代，广大苏联妇女为国家、为社会也为家庭承担着无比艰巨的责任。由于她们是家庭和社会生活的积极参与者，她们对生活中的欢乐与不幸、物质的丰富和匮乏、心灵的愉悦和创伤具有敏锐的感知，因此，也就能够容易发现生活和劳动中的真、善、美。

我再次环视这座位于闹市区的休息公园，心里想，政府当年关心莫斯科人的生活福利所作出的努力，七十年来一直在产生着积极的作用，虽然公园日益苍老，但功能依旧。这种对待城市建设所表现出来的人性化观念和远见卓识，通过到这儿来的莫斯科人的表情，我深有感触。

二、莫斯科运河的血泪与荣光

一条天蓝色的缎带，从北向南，自上而下，蜿蜒穿越莫斯科的大半个市区，经图申诺、霍罗舍沃、昆采沃、基辅、列宁、莫斯科河、普罗列塔尔斯基、柳布林诺和红色近卫军等九个行政区域，最终向市郊逶迤飘逸、荡漾而去。这条缎带，就是我在地图上看到的莫斯科河。莫斯科河与乌格拉河、克利亚济马河同为奥卡河的支流，全长 473 公里，其流域面积达 1.76 万平方公里。像世界上许多傍河而建的城市一样，莫斯科几百年来，源源不断地从她的这条母亲河中汲取生命的力量，哺育了一代又一代的莫斯科人。

1147 年，当尤里·多尔戈鲁基大公征战至此，可能因这一水绕绿、古木参天的佳景而动心，最终决意在此建城立都。当时，大公派人给在斯摩棱斯克地区作战的斯维亚托斯拉夫送信，对他说："来吧，兄弟，到莫斯科这儿来!"就这样,莫斯科这个名字,第一次出现在史书上。

思绪跳到明天进行的观光活动上,我心中思忖,要是能够乘船游览那该多好,既可以任凭河上清风吹拂,又能尽情饱览水色风光。如果在库图佐夫码头登船,那么在新救世主修道院的整段航程中,就能见到临河的不少建筑景观:令昔日苏联人自豪的巍峨雄伟的尖塔高层建筑——乌克兰宾馆、耸立在它前面小山岗上的乌克兰诗人舍甫琴科的全身雕像、莫斯科建筑艺术博物馆、卢日尼基滨河街一带的列宁中央体育场综合设施、伏龙芝滨河道上历史悠久的莫斯科苏维埃剧院等。但最美的还是克里姆林宫河岸。不论你在哪个季节乘船,是春江水暖还是夏天水盈,是秋江如练还是冬天水寒,都会有风采各异的美景令你赞不绝口。

在丹尼洛夫的壮士歌中,莫斯科河从前叫斯莫罗金河。据说它是一首民歌中一个命运不济的善良小伙的名字。莫斯科河水,年复一年,川流不息。它的每一次涌动、每一回淌流、每一个旋涡、每一团混浊,都会使人产生许多复杂的情感,引发种种思考。

莫斯科有个别号,叫五海之港。一个内陆城市,成为海港,源于一条著名的运河——莫斯科—伏尔加运河。1947 年以后,此运河便简称为莫斯科运河。从莫斯科开出的轮船沿着运河能够直达北海、波罗的海、里海、黑海和亚速海。它的起点位于杜希纳河口上游 8 公里处,全长 128 公里,其中的 19.5 公里通过水库沿河建有闸门 8 座和水电站 8 座。最大的水电站是伊万科夫水电站。主要的运河码头有大伏尔加、德米特罗夫、亚赫罗马和莫斯科北港码头,运河于 1937 年通航。

当年运河的建设者被称为"运河军"。它的绝大部分成员是来自德米特罗夫斯克劳改营的刑事犯和政治犯。A. 科玛拉夫斯基便是这支大军中的一员。他曾在西勃拉加监狱中坐了 3 年牢,出狱后在多番谋职未果之后不得已受雇于运河工地劳动部,成为一名管理人员。从他的介绍中,我们可以了解当年挖掘运河的一些情况。

1936 年,运河工程临近竣工,工地上的劳动进入了紧张的最后阶段。每天中午,地方广播电台会按时播出在过去的一昼夜间挖掘河床硬土的土方量和混凝土的浇灌情况。在科玛拉夫斯基看来，这些工作成果是囚犯用自己的生命换来的，每一个数字都被他们的鲜血所染红。非人的强制劳役，不但夺去了许多囚犯的生命，而且极大地刺激着与他们一起工作的普通工人和一般管理人员的神经，削弱他们的判断力。为了使这些人，特别是那些劳改释放犯，不因为经常面对与他们一起劳动的囚犯的悲惨命运而使他们的精神日益颓丧，当局给他们安排了其他的普通临时性工作。

那时工地上最热闹的地方是大食堂。像我们这样招聘来的人，不但能在食堂里吃到价廉物美的饭菜，而且还能在午间进餐时聊天、交换新闻、读点书和定下约会的时间与地点。距离食堂不远的地方有个广场。广场上筑有花坛，里面栽种着各种花卉，看上去这个地方更像一个理想的工人俱乐部。每天，从下午4时开始至傍晚，是工作人员休息的时间，期间放映免费电影。

1936年夏天，全国的目光都聚集到运河的建设上。各路名人以不同的方式访问了德米特罗夫建设工地。其中，有著名的苏联演员、人民艺术家柳博芙·奥尔洛娃。她所参演的影片《快乐的人们》、《大马戏团》和《伏尔加——伏尔加》等曾受到国内外许多观众的热捧。另一位家喻户晓的人物奥托·施米特也到了工地。他是苏联科学院院士，北极考察活动的组织者。1933至1934年间，他乘坐著名的"切柳斯金"号科考船赴北极考察，后科考船遇险，苏联英雄米·沃多皮亚诺夫与华·莫洛科夫两位飞行员驾机前往营救，他俩也都访问了运河工地。

随着完工的日期日益临近，工作的紧迫感也与日俱增。这时，部门的负责人经常会在某个周六出其不意地现身于工地，宣布取消周末休息，让大家继续加班。夏去秋来，以人民委员雅戈达的名义开展的名目繁多的活动更是频繁。对于大家来说，这些活动只有一个含义：休息日泡汤了！这还不算，午班时间还经常延至晚间十时，夜班延至午夜十二时。如果你想获得"突击队员"的称号，则必须另外加班一个钟头。没等这一活动月结束，雅戈达突然变成了"人民公敌"，雅戈达挂在墙上的肖像被摘了下来，换上尼·叶若夫的照片。在公共场合挂谁的照片成

为大家不得不小心谨慎对待的
事情。稍有疏忽，便会将"人
民公敌"的画像错挂于墙上，
后果可想而知。虽然叶若夫上
来了，但活动月的决定却没有
撤销，休息日照样被工作日所
取代。

只有当严冬来临时，工程的
进度才有所放缓。但当天气刚
一回暖，往日紧张的气氛又重
新笼罩着工地。四月二十日，
在预先未发通知的情况下，斯
大林带着随从突然到运河工地
视察。在距离亚赫罗马站不远
的第四和第三号闸门，该地段的负责人、总工程师，顺便说说，他与我
同姓，也叫科玛拉夫斯基，当时刚好值班，因而出乎意料地为斯大林作了
有关建设方面情况的汇报。第二天，几乎所有的报刊都登载了他向斯大
林汇报工作时的照片。人物的背景是美丽的三号闸门……斯大林记住了
这位精力充沛，说话带浑厚乡音的工程师。不久之后，科玛拉夫斯基便
升为将军。

临近六月，莫斯科——伏尔加运河工程终于顺利竣工，正式通航。六
月十五日，在莫斯科文化休息公园举行了盛大的庆祝典礼。同时，每个
闸门的所在地区都向莫斯科开出首航轮船。清晨，船体洁白如雪的第一
艘轮船驶离伏尔加河河岸，从巨大的花岗岩斯大林纪念碑下驶过，开始
了她开往首都的处女航。接着，第二艘轮船也从二号闸门开出，与第一
艘会合，一起向前进发。引领着这支由七艘轮船组成的船队的是一艘叫
"约瑟夫·斯大林"号的轮船。

苏联解体后，一些过去属于机密的档案陆续被披露，使人们对那个

时期的社会政治和经济生活状况有了更真实的了解。早在八十年代中期，红军剧院的美工彼·别洛夫创作了一幅名叫"白海运河"的油画作品。画面上，有一大群人鱼贯走进揭了封口的"白海运河"牌烟丝盒。烟盒的右边围着一排铁丝网。作家索尔仁尼琴在他的《古拉格群岛》中写了斯大林作出挖掘白海—波罗的海运河决定的初衷。他要用这条长227公里，深度平均5米，设有19个闸门的运河，把白海与奥涅加湖连接起来，同时，让它吞噬无数罪犯的生命，在功劳簿上为自己添上血红的一笔。莫斯科—伏尔加运河重演了白海运河的悲剧。许多身强力壮的人都无法熬过这繁重的劳役，手无缚鸡之力的知识分子，更是很快支持不住，最终魂归离恨，永远安息。即便是侥幸熬过来的人，也个个都气若游丝。饥寒、劳累、孤独和绝望，在一点点地啃食着他们的肉体和心灵。当运河工程最终完成之后，这些劳工囚犯依然在劫难逃——他们已没有什么利用价值，许多人在枪口下命丧黄泉。

俄罗斯学者安那托里·别尔什捷依和德米特里·卡尔采夫认为，用苏联经济现代化或为战争做准备来解释大清洗是无力的根据，没有任何东西可以为大清洗进行辩护。

三、莫斯科的"梅采纳特"们

动身前，三哥告诉我，到了莫斯科可多去博物馆参观、学习。博物馆是搜集、保存、研究和普及自然科学、人文历史，对物质文明和精神文化方面的文物进行科研活动，并将其向公众进行普及教育的机构。不论什么时代、什么社会，博物馆发挥的社会功能都是毋庸置疑的。

早在十九世纪末期，莫斯科大学艺术系主任茨维塔耶夫就提出建立博物馆，以便保藏和研究世界艺术精品的主张。他的建议得到沙皇亚历山大三世的响应和支持。十月革命胜利后，在1918年召开的第三次全国苏维埃代表大会上，与会代表通过了关于发展国家博物馆事业的决议。列宁指出，必须使文化珍品成为全民享用的博物，并使它们成为教材。苏联时期，博物院的工作性质有了改变，它成为教育和启迪民众的场所。对三哥的提醒，我深以为然。

当我将注意力集中在地图上的莫斯科中央城区时，我发现，在以红场和克里姆林宫为中心的二环线内，各类博物馆和纪念碑不下十座。比如说，红场的国家历史博物馆，瓦卡卡街上的市历史博物馆以及人类学博物馆和动物学博物馆等。此外，还有不少为名人建立的纪念馆和纪念雕像等。当所有这些发现集中到一起时，便很自然地得出了这样的结论：这地方是一座大型综合露天博物馆。

2007年夏天，我在春交会上认识了俄罗斯姑娘尼娜，那时她陪一位莫斯科女商人到潮州洽谈生意。我陪她俩游览市郊的一些名胜古迹。在滨江长廊上，我们海阔天空地谈了起来。我给她们讲湘子桥的传说，讲祭鳄台背后的故事。尼娜对我国的历史有一定的了解，她问起了韩愈与屈原的政治命运的异同。当她听说我打算到俄罗斯看看时，她叮嘱我一定要到特列济亚科夫美术馆参观。接着，她对我介绍起巡回展览派画家的作品，讲他们的风俗画、风景画、肖像画及一些历史题材的作品。我听着，心里暗暗称奇，想不到一位普通的公司职员竟会有如此精深的艺术修养。也许是她发现我脸上有诧异的表情，便解释道，在俄罗斯，许多人从小就受到家庭的艺术环境熏陶。

我想起瓦列金娜·波波娃给我寄来的明信片，其中一张印制着画家奇斯佳科夫的作品《扎红头带的姑娘头像》。这幅原画保藏在特列济亚科夫美术馆中。也是在那一年的春交会上，有几位俄罗斯年轻人光顾了我们的门店，谈得投机时，一位叫维谢科娃的姑娘送给我一幅用白桦树皮粘贴而成的水粉画。这幅装在木质相框里的画署名为"八月"，大小只有18×24厘米。在画面中，我们可以领略俄罗斯大自然中秋的气息，湖面小岛上林木的倩影格外迷人……我们相互欣赏着，有人称它是一幅"环保画"。我想也是，因为除了画的内容，甚至连所用的材料和相框全都是天然材料。

谈到博物馆，不能不使人想到一批被人们称为"梅采纳特"的有识人士。梅采纳特（меценат）是指将自己的财产无偿用于收藏艺术品，从而促进了文艺事业发展的商人或企业家。他们最后都把自己的收藏品无偿捐赠给地方的博物馆。在他们中，最有影响的是特列济亚科夫兄弟、休金家族、瑟京、索尔达坚科夫、捷尼舍娃、莫罗佐夫与马蒙诺夫等。

彼得·伊万诺维奇·休金酷爱收藏古艺术品和民间小工艺品，他收藏的俄罗斯历史书籍及手稿十分丰富，仅 1812 年卫国战争资料文献就有三大册。谢尔盖·伊万诺维奇·休金则热衷于收藏二十世纪初期法国画家的写生画，其中有莫奈的《干草垛》和《里昂大教堂》，印象派画家雷诺阿和德加歌颂美好生活和欢乐景象的作品，比如《红磨坊街的舞会》和《萨玛丽像》等。此外，还可见到马蒂斯、塞尚和高更等人的一些作品。德米特里·伊万诺维奇·休金的藏品为外国画家美术作品，其中许多都保存在普希金艺术博物馆里。

至于伊万·德里特里耶维奇·瑟京，他在对俄罗斯人民的启蒙教育工作上作出的贡献是难以估量的。他从一个半文盲的农家孩子，成长为有名的教育家。努力让书籍进入千家万户，是他毕生所积极从事的事业。瑟京经营的出版社，专门印刷出版通俗科普读物和面向大众的教科书。这些书质量上乘、价格便宜。比如，屠格涅夫和托尔斯泰的故事小册子，每本的售价仅为 80 戈比。他将书批发给走街串巷、深入乡村的货郎，让他们以更便宜的价钱卖给平民和农户。通过这种方法，果戈理、普希金、契诃夫和莎士比亚走进了普通人的家中。瑟京印刷出版的还有面向农民和城市手工业者的应用技术小册子。一部十四卷的《民间科学实用知识百科大全》受到了工匠们的热烈欢迎。瑟京凡事精细规划，多方面考虑得失，生财有道，从而为他的文化善举提供了有力的经济保障。为了纪念这位"梅采纳特"所作出的突出贡献，人们在他的故居——莫斯科特维尔斯基街 18 号门口的墙上挂起一块纪念牌匾；在他的另一住处，即 274 号住宅，成立以他的名字命名的展览中心。另一位文学作品出版商，库兹马·索尔达坚科夫，以其不懈的工作为他的祖国俄罗斯赢得了骄傲。瑟京和索尔达坚科夫当年出版的图书，至今大多都保存在莫斯科和圣彼得堡的大型图书馆里。

在"梅采纳特"们中，玛丽娅·捷尼舍娃是一位伟大的女性。她有艺术天赋，与当时的许多俄罗斯文化名人过从甚密。巡回展览派画家马科夫斯基、列宾和谢罗夫都曾为她作过肖像画。十九世纪七十至九十年代，她的阿克萨柯夫家族庄园曾一度成为俄罗斯艺术生活的中心。画家瓦斯涅佐夫、列宾、波列诺夫、谢罗夫、科罗温等人都曾先后在那儿工作过。庄园里设有雕刻和彩陶作坊。庄园在 1918 年被改为博物馆，到了 1977 年又成为国家历史文艺博物馆。

捷尼舍娃于 1894 年开始收集国内外知名画家的水彩和素描作品，她的藏品中有基普连斯基、费多托夫、艾瓦佐夫斯基、布留洛夫、弗鲁别利等人的作品。后来，她在成为一位大工业家的妻子之后，仍然对她所钟爱的事业乐此不疲。在离她居住的圣彼得堡不远的地方，她为希望进入艺术学院的青年创办了一所免费的培训学校。学校的日常工作委托画家列宾负责。

在捷尼舍娃的家庭剧场里不时举办音乐会，演出俄罗斯民间歌剧。著名歌唱家夏里亚宾也曾在那儿歌唱过，而作曲家伊哥里·斯特拉文斯基的有名乐曲《春之祭》就是在塔拉什基纳庄园中创作完成的。素享盛名的巴拉莱卡琴手乐团也出自塔拉什基纳。这个乐团的组织者和领导者是这种乐器的演奏家 B.安德烈耶夫。在十八世纪至十九世纪，巴拉莱卡琴是俄罗斯普及面最广、最受欢迎的民间乐器。在俄罗斯民间故事、歌曲与对句歌中都常提及它。捷尼舍娃收藏的十四架巴拉莱卡琴曾在 1900 年的巴黎世博会上展出。这些琴上还有她本人及其他一些名画家的签名和题词。捷尼舍娃婉拒想高价收购这些乐器的人的要求。她认为，由人们的心灵创造出来的这些物品是无价之宝，它们映照着祖国。

"梅采纳特"们收藏的文化艺术品的种类繁多，有名画、手工、书籍、乐器、雕塑，无不与戏剧艺术相关。在离巴维列茨卡雅地铁站不远之处，有一所孤零零的老房子。一百多年来，它一直吸引着来自各地的人们，它就是 A.巴赫鲁申的故居。这位做皮革生意的商人牢记祖训："忠实生活，热心助人。"他不但在生活上乐于助人，而且出资建画院，收藏图书。1894 年，巴赫鲁申在自己家中办起世界第一所家庭戏剧博物馆。他倾一己之力，收集了一百五十万件与戏剧相关的展品。这番成就，令人叹服。巴赫鲁申节衣缩食，将钱用于收购藏品上。戏剧的古旧海报，剧作者的笔迹与纪念册，有影响的社会活动家谈论戏剧艺术的珍贵信件，他们的版画、漫画以及名人用过的服饰、道具，都成为他收藏的物品。

俄罗斯人不会忘记那些为保护祖国文化而尽忠尽责的先辈爱国者。1991年，莫斯科举办了庆祝俄罗斯工业家、慈善家萨瓦·伊万诺维奇·马蒙诺夫诞辰一百五十周年纪念活动。人们高度赞扬他为俄罗斯文化事业所作的杰出贡献。来自全国和世界各地的许多学者、研究人员聚集到以他的名字命名的科学中心，在那儿开展观摩和研讨活动。他的部分特别珍贵的藏品还被运往国外展出。

要对俄罗斯的"梅采纳特"们作一一介绍是很难做到的。在十月革命前后出现的"梅采纳特"们中，工厂主萨瓦·济莫菲耶维奇·莫罗佐夫的事迹很值得一提。这位只活了四十三年的艺术剧院股东是一位布尔什维克党外人士，他曾出资资助《火星》报的出版、发行，是高尔基的好友。契诃夫与托尔斯泰认为，萨瓦的善举源于他对人民的热爱和对民族精神发展的重视。在他的努力之下，在奥列霍沃祖耶沃建起俄国首屈一指的体育场；俄罗斯的首支足球队也是他亲手创建的；他花了大量的钱财修建起莫斯科艺术话剧院。

今天，新一代的"梅采纳特"们，继承了他们先辈的这种优良传统，为俄罗斯文化艺术的发展而发光发热。几年前，一些富商响应普京的号召，曾斥资数亿在莫斯科西郊打造了两所一流的商学院，以解决苏联解体后俄罗斯商业管理人才短缺的问题。

夜已深，我将莫斯科地图收叠好，重新放进旅行袋中。在刚刚结束的"专题"查阅中，我总觉得在自己眼前产生了一种以地图为背景迭现出来的事件与人物活动的景象，就像是见到概括表现剧情的镜头一样。它们给我留下了深刻的印象。这是我那即将展开的漫步莫斯科的有效的"热身"活动。

第四章　红场漫步

一、红场漫步

　　大巴在莫斯科河畔停了下来，下了车，我们走过短短的一段地下过道，拾级而上，来到地面。猛一抬头，一片彤红扑面而来，让人不由浑身为之一震：红的宫墙、红的塔楼、红的宝石星、红的陵墓、红的博物馆、红的喀山教堂，使我顿时觉得眼花缭乱、应接不暇。身边的姐姐和女儿也像我一样，被眼前这片嫣红震慑住了，谁都没有出声，只怔怔地对着蓝天白云映衬下的这幅从未见过的壮观图画出神。

　　在我的一生中，这是我第一回见到由这么多美丽的红色建筑物，如此协调地汇集在一起；并且也无法说清，究竟是何种美把我们的注意力如此长久地吸引在这儿，又让我们的心情久久不能平静。是那一片脂红、鲜红、赭红、桃红，还是充满俄罗斯民

族情调、轮廓清晰、线条明快、色彩鲜艳的艺术建筑？是比例均衡、恰到好处的红场建筑群的布局，充满力度的不同类别和功能的建筑物，还是从它们之中隐隐约约透露出来的正气凛然的英雄气概？

不是吗，你看那雄伟的斯帕斯克塔楼，以其坚实浑厚的基座，稳稳当当地托负着在它上头的塔身，让塔尖上那重达一吨的宝石红星傲岸地指向蓝天，仿佛是瓦斯涅佐夫笔下那横枪跃马的三勇士在守卫着克里姆林宫。

坐落在红场北端的国家历史博物馆，远远望去，似乎略带沧桑之感。白色的塔尖和正面中、下方塔状白色浮雕，看上去更像是一位身披赭红色长袍、饱经岁月风霜的智慧长者。他正热情地引领着到这儿来的客人进入他的家门，准备着对他们讲述这个国家的历史风雨和人间世事的悲欢离合。那多达四百万件的各种文物，数以万计的照片和档案，争先恐后地向客人介绍发生在它们身上的桩桩往事。

在不同的民族文化中，每一种颜色都有它们自己确切的含义。在十七世纪的斯拉夫语中，"红"有美的含义，这种暖色能使人兴奋。在俄罗斯的建筑艺术中，这种表意成分和载体在红场中被建筑师运用得得心应手、淋漓尽致。

长方形的红场，自北向南延伸，它的四周被各种古建筑物所环抱：西边是克里姆林宫带垛的高高红墙，墙脚上长着一棵棵整齐的冷杉及枞树，红绿相映，分外妖娆。在克里姆林宫红墙的中央塔楼前，坐落着庄严、朴实的列宁陵墓，它的两侧设有观礼台。红场的北面，是厚重雄伟的国家历史博物馆，与南面的瓦西里·布拉仁大教堂遥相呼应。这座造型奇特、色彩斑斓的十六世纪古建筑是俄罗斯建筑史上的骄傲。与博物馆并排，中间隔着通道的是著名的喀山圣母教堂，教堂因于 1612 年帮助俄罗斯摆脱了波兰的武装干涉的喀山圣母像而得名。它于 1620—1636 年间依靠德米特尔·巴沙尔斯基公爵的资金修建而成，也成为俄罗斯阵亡战士的特殊纪念。1936 年，教堂被拆毁，现在的教堂是于 1993 年在原址上修复建立起来的。红场的东边是有名的"古姆"国贸商场。

早在十八世纪，那里为尼科里斯基和伊里英卡商业街。

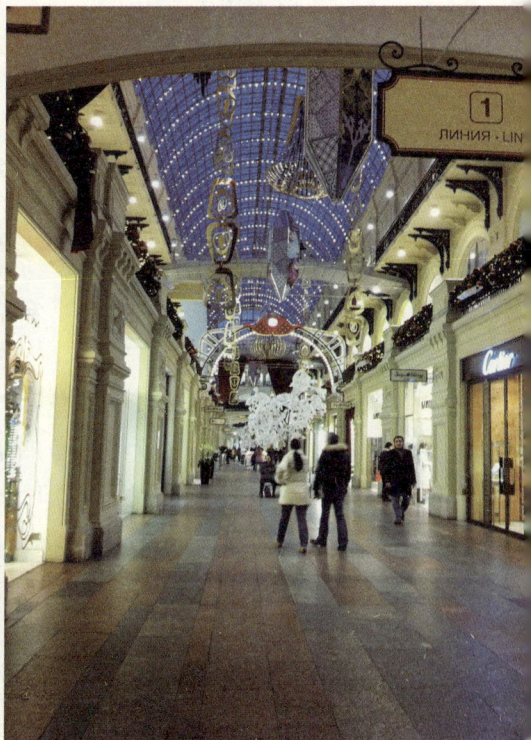

1886 年，旧街道被拆除，在它们的原址上建起一座三平面、垂直交叉型的商场。商场内分隔成一千多家小铺面，所用的建筑材料基本是混凝土、玻璃和铁，装饰用的大理石产自芬兰。商场于 1893 年竣工，同年的 12 月 2 日，举行了隆重的开业仪式。

几百年来，红场见证着发生在她身上及周围的许多大小历史事件。在她那广阔的胸腔中，积聚着各种复杂的情感：苦痛、悲伤、屈辱、不屈、喜乐、豪迈、自信或失落……漫步在这片九万平方米的广场上，我在想，不论从什么地方来的人，只要认真，而不是走马观花般地去察看，细心聆听，积极感知，活跃思考，那么都可以获得有益的启示和宝贵的收获。

世界上，每个国家的首都广场往往是历史思想、民族情感、文化符号和国家象征的汇集地，红场也不例外。漫步在红场上，你可以了解到宗教、军事、历史、文化、经贸、建筑艺术等方面的知识，获得美的感染和熏陶，并从中衍生出人生意义的感悟。

二、"红场在太空中"

我开始凝神屏息地倾听红场声情并茂地对我讲述发生在她身上的故事。

她给我讲的第一个故事是发生在十七世纪初、一个多事之秋的斗争事迹。1611 年秋天，是俄国大动荡时期的后期，下诺夫哥罗德商人库兹马·米宁在教会提供的财物的支持下，在各地招募民军以抗击外国干涉者。第二年，贵族与城市的手工业者结成联盟，在德米特里·扎波尔斯基和库兹马·米宁的带领下，联合德米特里·特鲁别茨基的哥萨克军队，一举将波兰干涉者赶出莫斯科。1612 年 10 月 22 日，适逢喀山圣母像纪念日，民军队伍高举着圣像收复了克里姆林宫附近的"中国城"。四天之后，盘踞在克里姆林宫里的波兰人投降。由社会各阶层民众组成的民军的胜利证明了祖国是神圣力量源泉的真理。

接着，红场讲述起她的第二个故事。1762 年 9 月 22 日深夜，在克里姆林宫的圣母安息大教堂里接受新皇加冕和膏油仪式之后，33 岁的新皇叶卡捷琳娜身穿紫色长袍，一手执权杖，一手托着象征君主权力的小球，在群臣和随从的簇拥下，踏着红地毯，穿过斯帕斯克塔门，从克里姆林宫缓步进入红场，接受等候在那儿的民众的欢呼。红场目睹了俄罗斯历史上所谓"开明专制"鼎盛时代的开始。

红场收起挂在脸上的微笑，以一种复杂的表情讲起另一桩近乎悲壮的事件。

1812 年，一场令法国入侵者始料不及的大火在莫斯科燃烧起来。火借风势迅速蔓延，火焰映红了城市的夜空。莫斯科人的这一以牺牲家园换取尊严和胜利的非常举动，让法军统帅拿破仑大惊失色、背脊发冷。面对正渐渐迫近克里姆林宫的大火，他无可奈何、气急败坏地嚷道："烧掉自己的家园！……多么野蛮！这是什么样的民族啊？"129 年之后，当另一个国家的法西斯军队踏进苏联的土地时，作家阿·托尔斯泰在他的短篇小说《俄罗斯性格》中，对拿破仑的困惑作了形象的解答。

讲完了这个故事，红场沉默了。过了一会，她凝眸注视着列宁墓，用一种低沉悲惨的语调对我讲起伊里奇的葬礼。

1924 年 1 月 27 日下午，与弗拉基米尔·伊里奇最后告别的时刻终于来到了。送葬的仪式就在红场举行。黑压压的人群带着镶了黑边的红旗，带着发红的眼睛，为了不跌倒，他们肩并肩肃立着。葬礼在悲痛、庄严、肃穆的气氛中进行。当斯帕斯克塔楼上黑色圆盘上的指针指向 4 时时，大地肃静无声，万物凝然不动，仿佛失去了生气。突然，千门礼炮齐鸣，炮声伴着呼啸哀鸣的风雪，沉闷地从人群头顶的上空滚过。伊里奇的遗体被缓慢地抬进陵墓中。飘扬的红旗低低地垂下，这是最后的致敬。"别了，同志，你忠诚地度过了英勇而崇高的一生。"列宁生前最爱唱的一首歌《你已经牺牲》，此刻响彻在红场的上空。

红场化为红旗，霹雳一声升上了天！

从这面红旗上，

从每一个褶纹里，
活着的列宁
又在发出召唤：
"无产者，
参加最后的斗争！"

这以后，我发现，红场被欢乐充溢了心头，红扑扑的脸上挂着笑容，她开始滔滔不绝地向我介绍着另外几则欢乐的故事。

1945 年 5 月 9 日零时，胜利日庆祝活动的帷幕徐徐拉开。当克里姆林宫上的宝石红星的光芒逐渐被初升的朝霞所取代时，人们发现红场甚至莫斯科全市都换上了节日的盛装。人们将一盆盆绽开的鲜花放到屋外，将五颜六色的地毯垂挂在阳台栏杆外。放眼望去，莫斯科到处五彩缤纷、花红柳绿、气象万千。红旗随风招展，书写着战斗革命口号的横幅到处可见。大街上、广场上挤满了笑逐颜开的人群，到处一片欢歌笑语。胜利日一直是俄罗斯各族人民感到无限自豪的真正的全民性节日，即使在苏联已成为历史的今天也一样受到全社会隆重的庆祝。

Это Белоруссия.
День шахтера
День шахтера — профессиональный праздник шахтеров — был учрежден в тридца-

2012 年的 5 月 9 日这一天，我一早到女儿工作的工厂，在会客室里见到从俄罗斯来的两位年轻客人。一见面，我便向他们致以节日的祝贺。从客人的脸上，我见到了从未见到过的最灿烂的笑容，听到了他们发自内心的最诚挚的感谢。纪念胜利日的传统已经在几代人的心中扎下了根。善良的人们热爱和平，憎恨战争。而和平必须通过人们不懈的努力来获得。胜利日，让我们时刻提高警惕。

　　另一个同样让人感到兴奋和无比自豪的故事发生在 1961 年的 4 月 12 日，当春之神迈着欢快轻盈的脚步走近莫斯科时，二十七岁的苏联宇航员尤里·加加林成功地完成了人类历史上的首次太空飞行。他在宇宙空间的飞行时间一共为 108 分钟，返回地球后，在红场上受到他的同胞们的热烈欢迎。那一刻，不但莫斯科，而且整个国家甚至全人类都沉浸在欢乐和自信之中。

　　后来，当我们驱车沿着韦尔纳茨基大街行驶时，见到了加加林纪念碑。雕像上的他，身穿雪白宇航服，笔直地站立着。双臂直垂体侧，微微向后，昂着头，仰起脸，双眼注视着蓝天。看上去，无异于一枚即将点燃升空的火箭。加加林的探空壮举跨出了人类走向宇宙空间的第一步，将美丽的梦想变为了现实。

　　从十六世纪开始，红场便是举行庆典的地方。在苏联时期，许多全民性、行业性和国际性的节日及一些重要的庆祝活动也都安排在红场上举行。其中以十月革命节、五一国际劳动节最为隆重。

　　俄历 10 月 25 日布尔什维克领导圣彼得堡的工人和士兵对冬宫发起的攻击，最终武装起义演变成为革命，苏维埃政权在革命中诞生，而资产阶级最终失去了地位、权利和资产。十月革命节便是为了纪念这次革命。1991 年苏联解体后，这个节日的辉煌已不复存在，它随着苏联的消失而消失了。起初，"伟大的十月社会主义革命节"被"民族和解与和睦节"所取代，后来又改名为"人民统一团结日"，但节日的性质和内容已变了味。如今，倘若想再感受原汁原味的十月革命节，就只有前往白俄罗斯的明斯克才能目睹庆祝十月革命节的盛况。

苏联国旗上的镰刀与锤子的图案，表明了这个国家的政权基础是农民和工人。那时的"五一节"的确是一个全民欢庆的节日。这天早晨，男女老少一齐上街，大街成了人的河流，广场成了人的海洋。人们举着红旗和标语牌，挥舞着手中的花束，五颜六色的气球在头顶轻荡，看上去如同欢快的流水腾起浪花。妇女穿着节日盛装，孩子们朗诵着诗歌，唱着歌曲。红场上，歌声、乐声、口号声、欢笑声交汇成一首气势磅礴的交响乐。游行队伍中，猎猎飘扬的旗帜、各种政治宣传画和标语、生产模型以及一张张喜气洋洋的笑脸组成了"五一节"游行的动人画面，人们几乎不是自己往前走的，而是被节日浩大沸腾的浪涛卷着走。而孩子们则激动得满脸发红，眼睛闪着光，由于始终仰着脸，头上的帽子也溜到后脑勺去了。今天，这个让劳动者扬眉吐气的节日在俄罗斯成为一个没有革命色彩的"春天的节日"，只有俄共等共产主义者们仍然坚持着以先前的含义和思想来庆祝这个节日；而不同政见者，则利用它来宣传自己的政纲以扩大党派的影响力。

我站在"古姆"商场的台阶上，红场一览无遗，一拨又一拨的游人在我眼前走过。他们时而围在一起听导游给他们讲红场的故事，时而分散开在建筑景点前面拍照留念。多少年来，红场不知接待过多少素不相识的国内外游客，他们的脚印与俄罗斯人的脚印叠印在一起。红场不仅观看、倾听着，将许许多多发生在自己身旁的历史故事记在心中，同时也感受着从她的胸脯上走过的战士们的脚步所发出的荡气回肠的震撼。

1941年11月7日，又一个十月革命节到来了。红场在张牙舞爪的德国法西斯野兽面前，举行了一场具有历史意义的阅兵式。这是一次在国家生死存亡的关头，安定民心、振奋士气的战前动员和勇士出征的誓师仪式。阅兵式的准备工作是在高度保密的情况下进行的。秘书 H. 弗拉西克对此进行了回忆。

11月7日清晨，斯大林起得很早，天尚未完全放亮，街上的暴风雪发出阵阵凄厉的呼啸，刮起的风将雪堆成雪堆。8时整，我将斯大林送至红场，在那里，他与党和政府的其他领导人一起登上列宁墓检阅台。

红场上，接受检阅的各兵种战士已列好队，翘首等候仪式的开始。阅兵式的总指挥是莫斯科军区 A.阿尔捷米耶夫将军，检阅部队的是元帅布琼尼。仪式开始前，斯大林把我叫到他的跟前，询问能否通过无线电转播整个过程，然后将红场的情况发向太空。我从负责通讯工作的人员那儿得到肯定的答复。返回时，斯大林已经开始那具有历史意义的演讲，我只得对站在一旁的莫洛托夫做了汇报。为了让斯大林也能听到，便故意抬高嗓门："红场在太空了！"

此时，不论在前方、后方还是敌占区，不论在国内还是国外，谁都可以从无线电收音机中听到斯大林在红场上发表的讲话，听到坦克发动机的轰鸣声、履带辗过红场的轧轧声、战士整齐的脚步声和他们发出的阵阵"乌拉"的欢呼声。

在那次讲话中，斯大林不无自信地提到了苏联的建设成就和日益增强的国防力量，指出苏联进行卫国战争的正义性和红军战士们身上担负着的作为解放者的崇高使命。讲话的最后，斯大林对参加阅兵的苏军将士说："让我们伟大的祖先的英勇形象在这场战争中鼓舞你们吧。这些祖先是亚历山大·苏沃洛夫、米哈依尔·库图佐夫……让列宁伟大的胜利旗帜庇护你们吧！"

这种利用爱国主义传统鼓舞红军战士的宣传鼓动工作在 10 月 13 日就已展开了。比如，以列宁的名字命名的莫斯科军政学校混成营接受了 1812 年俄军戈利诺吉尔团团旗；由莫斯科"镰刀和锤子"工厂工人组成的第 231 教导团领受了 1812 年莫斯科民兵队旗；而苏军第三机械化旅，则要用俄军卡尔多夫骑兵军的军旗引领他们卫国杀敌，走向胜利……

斯大林的讲话结束后，在捷尔任斯基师军乐队演奏的战斗进行曲的乐声中，莫斯科第三步兵师的步兵、骑兵和炮兵及坦克部队，依次从红场的北入口进入红场，接受检阅。他们从列宁墓前走过，直奔前线。

红场和全世界都直接感受到那震耳欲聋的"乌拉"声和战士们脚踩

地面的声音的力量。红场将俄罗斯大地母亲的力量源源不断地输入到每位出征战士的身体中，帮助俄罗斯"安泰"勇士们抗击强大的敌人。那一个个身穿白色伪装服的战士，如同一头头力大无穷的北极熊，他们将挥起积聚千斤之力的熊掌，扇翻莫斯科城下的敌人。那次阅兵让苏联和世界上热爱和平的进步人士看到了地平线下胜利的曙光，尽管它当时离他们仍很遥远。

红场，这两个字联系着多少思想，多少情感啊！这是世界上成千上万人曾经向往的地方。

三、 红场上的白石台

在红场南端，离"古姆"商场出入口不远，有一座白石砌成的高台，四周用矮墙围着。登上十来级台阶，便可隔着栅栏自上而下将它看清。

这座建筑物在离它不远的瓦西里·布拉仁大教堂的映衬下，显得近乎寒酸。教堂气势非凡、装饰艳丽，具有明显的象征意义；白石台平淡无奇、毫无生气。要不是它高出地面两三米，从它旁边经过的人，很可能将它误认为是原先红场上的一口没有被掩填的老井。这样的水井，如今在我国南方一些村镇里的街道或院子里仍可以见到。

我注意到，从高台旁边经过的游客一般也会收住脚步，拾级而上，隔着栅栏探头观看。但当他们见到里面只有一块经不住岁月的腐蚀已显露出斑点小孔的环状石台时，许多人的脸上都会出现困惑不解的神色，或与同伴小声交谈几句，然后露出不置可否的讪笑，转身走下台阶，匆匆离去。如果没有资深的导游从旁讲解，高台的确很难引起游客的关注和兴趣。他们甚至可能在心中发问：为什么在如此美丽的广场上会留下这么一处貌不惊人的凡物？然而正是它，从十六世纪中期开始，让红场在很长的一段时期内，获悉了罗曼诺夫王朝的许多对外公布的沙皇谕旨、国家政令和决策。它们都是有关官员通过对广场上的民众宣读而传播的。高台建于公元1534年。现在的高台是1786年改建而成的。当时，在它旁边还建有一座断头台。

从1547年伊凡四世成为俄国第一位沙皇开始，社会改革、对外战争、对内加强统治和压迫便成为几届沙皇执政的主旋律。数不清有多少回，政务官在禁卫军的鼓声中登上高台，大声向台下围观的民众宣读着一项项政令及一道道谕旨。在伊凡雷帝时代，在那儿宣读的1550年法典的实施法令擂响了向喀山汗国和阿斯特拉罕国开战的战鼓，吹响了利沃尼亚战争的号角……

当俄国十八世纪的序幕以彼得一世举世闻名的改革运动的启动而拉开时，尽管彼得后来迁都圣彼得堡，但作为陪都的莫斯科，其政治地位仍然不容忽视。红场高台忙忙碌碌地履行着自己的职责：在争夺向西方出海口的旷日持久的战争中，在海军改革、新都建设、工商业发展、财政改革、革除陋习中，有多少决策需要让民众知晓和参与！当官员站在高台，不无威严地要人们缴纳蓄胡子税、洗澡税、抽烟税以及人头税时，相信高台下的老百姓一定会伸长脖子、竖起耳朵、仰脸聆听这一项项与他们的切身利益息息相关的法令……

在叶卡捷琳娜二世时代，我不知道高台是否继续发挥着它的职能，但她的"禁止刑讯"、"减轻刑罚"、"在地方管理上尝试分权制"、"没收教会与修道院地产"、"取消专卖制"和"设立自由经济学会"等措施，也许会通过高台宣读，或以其他新方式向她的臣民宣布。

"恩威并重"、"胡萝卜加大棒"向来是掌权者不可缺少的治国方略。我不清楚在它旁边的那座断头台是在什么时候拆除的，但清楚地记得巡回展览派画家 B.苏里科夫在他的名画《近卫军临刑的早晨》中，被镇压的斯特雷西军团的近卫军的行刑地点是红场。画面上，戴着手铐、握着犯人临刑前点燃的蜡烛与前来的亲人诀别的近卫军的后边与右面的背景，便是红场上的布拉仁大教堂和克里姆林宫城墙。

阿列克谢·米哈伊洛维奇沙皇在位期间，一次有名的农民战争被镇压，它的领导人斯杰潘·拉辛在高台上被宣判执行极刑，并在断头台上结束了自己的生命。

拉辛原是顿河哥萨克的统领，1667 年开始在顿河地区"流闯"。在积聚了大批人马之后，便发动规模巨大的"骚乱"。拉辛出众的组织和军事才能让沙皇军队备尝苦头。后来，由于力量对比悬殊，以及起义军内部的分裂，拉辛的人马最终被沙皇军队打散，他自己逃往西伯利亚，在那儿度过了一段无拘无束的自由生活。那时，他把统辖阿斯特拉罕的指挥权交给他手下一名叫切尔托夫·乌斯的信使，自己继续在草原流浪。其后，拉辛信赖的教父，他视为生父的科尔尼拉·雅可夫列夫和别的效忠于沙皇的顿河哥萨克将拉辛出卖给沙皇军队，这是拉辛做梦都不会想到的。

在察里津被出卖之后，拉辛随即被严密押送往莫斯科。途中，他仍然对沙皇怀着美好的幻想。他甚至幻想抵达首都后，沙皇阿列克谢·米哈伊洛维奇会亲自接见他，与他面对面交谈。他还确信，他所掌握的许多重要机密能引起沙皇的兴趣。

在十七至十九世纪上半期所爆发的大规模的农民运动中，农民在反抗压迫者的斗争中，常对上层权力存在着不切实际的幻想。在他们的心目中，沙皇与上帝是他们的同盟者，是使他们免遭侵害的保护者。他们习惯用宗教道德标准和沙皇的旨意来证明自己行为的"合法性"。俄国的农民起义，一般说来，并不反对沙皇制度。

与拉辛的态度形成鲜明对比的是，与他一同落入敌手的兄弟弗拉尔卡，就不那么相信他们能得到沙皇的仁慈对待。在这长达两百多里的漫漫长途中，弗拉尔卡一直垂头丧气、心灰意冷。而被广泛认为是"怙恶不悛"和应对"叛乱"负全责的拉辛，竟然天真和无知地开导起自己的兄弟来。他对弗拉尔卡说，他们进入莫斯科时会受到人们的夹道欢迎，他们将享受坐上雅致的四轮马车的待遇……

然而眼下的现实是，在前往莫斯科的途中，运送他们的是没遮没栅的普通大车，而且在车的后部赫然竖着一个绞刑架。从上面的横木上垂下一根绳套，绳套是用从"叛乱者"身穿的长绸衣上撕下的布条编绞而成。他们让拉辛坐到绞刑架下，在他的脖子上拴一根铁链。链的另一端扣在绞刑架上。他的双手用铁链锁住，双脚叉开。那个绳套，随着大车的颠簸，在拉辛的眼前不停地晃荡，就像死神在朝他挥舞比画手中的镰刀一样。

他们就是以这样的形象出现在莫斯科街头的。不错，街道两边挤满了人，不过不是来给他们以热烈欢迎的，而是把他俩看作两头被囚于木笼中的野兽。人群中，有人高兴，有人冷漠，有人愤怒，也有人对他俩的命运表示同情。幻想破灭了的拉辛站在车上，一脸沮丧，他垂下了头，一言不发。4天之后，哥俩一起被处以死刑。临刑前，有好几次拉辛将脸转向红场北端的喀山圣母教堂，朝自己身上画十字。做完这些，他朝聚集在断头台下的三个不同方向的人群，行了深深的鞠躬礼，连声说着"对不起，请原谅"，其后，刽子手用布蒙住他的双眼，首先用利刃迅速剁下他的右前臂，接着砍下他的左小腿，并在他还来不及发出哀号之前用利斧将他的脑袋砍了下来。

拉辛的遗体被安葬在通往图拉、梁赞和弗拉基米尔三条大道的分岔口。这个地方是俄罗斯诗人莱蒙托夫笔下的那位同样被沙皇处死的勇敢商人卡拉希尼科夫的葬身之处。诗人写道："这儿垒起了潮湿的土坟堆，这儿竖起了槭木十字架。雄健的飒飒风声，在他无名的坟堆上空回旋。善良的人们打这儿南来北往：老头儿路过，伸手画着十字；小伙子路过，精神蓦地抖擞；年轻姑娘路过，不禁黯然神伤。路过的若是古丝理琴手，他们便高歌一曲……"

当我离开高台时，它那几乎被人们所忽视的一身苍凉似乎一下子充溢起丰富的精神寓意。历史的烟波在它头上袅袅飘过，引领我们认识过去，思考现今和未来。

四、两座民族英雄纪念碑

在红场上，有两座有名的纪念碑。许多游人在它们前面驻足观赏，议论拍照。南边的一座立于瓦西里·布拉仁大教堂前，是为了纪念1612年俄国民军的两位领导库兹马·米宁和德米特里·波扎尔斯基；北边的一座立于红场入口处的复活门前，是为了纪念在苏联伟大卫国战争中的苏军统帅格奥尔吉·康士坦丁·朱可夫元帅。他们所建立的功勋，都与国家、民族的命运紧密相连。在国家遭外族入侵、民族生死存亡的日子里，每个人的人生价值都直接取决于他们保家卫国的热忱和对这一事业所作出的贡献。对他们功绩的评价，不仅是授予他们各种称号、勋章或职务，最可贵的是人民将他们放在心坎里，心存感激和怀念。在他们可能陷入人生的逆境时，人民对他们的态度成为他们最在意和最有意义的评价。

战后，当朱可夫被贬到乌拉尔军区时，他常常遇到这样的事：在因公出差的路上，他有时会被人认出来，并受到许多人发自内心的热烈的欢迎。不论他本人，还是他的随行人员都一再感受到人民对统帅的真挚的爱。每逢遇到这种情况，为了不惹麻烦，朱可夫不得不极力把人们对他的欢迎和掌声，控制在适当的程度内。有时，这位身经百战的老军人也会热泪盈眶，因为被最亲近的人所理解是对他最高的奖赏。

我是在 2009 年 7 月底的一天到红场的。那天，天气特别迷人：蓝天白云，阳光灿烂。我们站在"米宁和波扎尔斯基纪念碑"前欣赏着雕刻家马尔托夫的这件杰作。马尔托夫选择战斗中的一次短暂间隙，通过人物自然动作和形态，将他们的爱国热情和英勇气概合理地表现出来。

1610 年，波兰干涉军在若尔克夫斯基的指挥下占领了莫斯科。敌人像狮子扑向羊群般地大开杀戒。他们纵火焚烧教堂和民居，追杀基督教徒，侮辱圣母圣像，抢劫宫廷财宝。他们的暴行使无辜者血流成河。侥幸逃脱的人，也大多因饥饿、严寒和疾病而倒毙在逃难的路上。

1611 年，旨在解放莫斯科的民军宣告成立。但民军首领之间因意见分歧而发生的争吵，给了波兰人可乘之机，使他们得以加固在克里姆林宫的防御工事。翌年，第二支民军队伍在下诺夫哥罗德诞生，它的领导人便是平民出身的商人库兹马·米宁和大公德米特里·波扎尔斯基。10月 22 日，民军从波兰和立陶宛干涉军的手中解放了莫斯科。

我们站在这座纪念碑前，猜测着雕像人物当时所处的情境。姐姐说，这是米宁在给波扎尔斯基描绘赶走干涉者之后莫斯科美好的前景；女儿以为，这两位统帅在分析当时的战况，商量着驱敌的战术……后来，请教了行家我们才知道，雕像所重现的是：平民米宁在他将宝剑授予波扎尔斯基公爵的同时，振臂号召俄罗斯人民奋起拯救祖国。波扎尔斯基庄严地接过宝剑，一手扶着盾牌，带着负伤的身躯从座位上站了起来，并对米宁的呼唤作出回应。

这座纪念碑于 1803 年开始筹建，后因 1812 年的卫国战争而向后推延，它的构思却因此得到了进一步的完善，同时也赋予这一历史题材以现实的意义。1818 年 3 月 4 日，纪念碑隆重落成。它初时立于红场中央，直到 1831 年才移到大教堂前面。

俄国著名文学评论家 B.别林斯基在给友人伊凡诺夫的信里这样写道："米宁和波扎尔斯基纪念碑立于克里姆林宫对面的红场上。雕像的台座用一块完整的花岗岩雕琢而成，高度不会低于四俄尺，雕像用青铜铸成。波扎尔斯基成坐姿，他的一只手倚在盾牌上。米宁站在他的面前，抬起一只手，指着前方的克里姆林宫。台座的正面用青铜浇铸而成的浮雕，表现着男女老幼踊跃捐献钱物给国家的场面。在它的上方，刻着'俄罗斯向公民米宁和公爵波扎尔斯基表示感谢'的字样。"

别林斯基接着写道："当我经过纪念碑时，我对它仔细地察看一番，顿时觉得它十分神圣。我体内的血液在沸腾，一种虔诚的战栗传遍全身……是他们将火一样的爱献给了自己亲爱的祖国，他们甘心情愿地为她献出了自己的荣誉、鲜血和生命……当祖国危难时，他们决心拯救她，因为他们感到自己的体内流着俄罗斯的血……"

离开这座纪念碑，我们缓缓朝红场的北边走去，这五百多米的距离，跨越了三个世纪的时光：我们站到了在1995年落成的朱可夫纪念碑下。纪念碑的作者是雕塑师克勒科夫。纪念碑高近十米，朱可夫骑在他心爱的白色战马上，一身军礼服，胸前佩戴着在他的职业军事生涯中所获得的各种勋章、奖章。元帅的一只手向前微伸，另一只手勒住缰绳。他双唇紧闭，嘴角微微下垂，一脸的严肃和专注。朱可夫生前，特别是在战争年代里，每逢作出重要决策时，往往会出现类似的表情。这种表情往往给人以冷静、坚定和自信的印象。从纪念碑雕像的整体形象上推测，它可能就来源于朱可夫于1945年6月24日红场胜利阅兵式的一个镜头。

那天上午，莫斯科细雨蒙蒙，但谁也未加任何理会。九时五十七分，朱可夫元帅在斯帕斯克门边跨上那匹浑身雪白的战马，这时乐队奏响了令每个俄罗斯人倍感亲切的格林卡的《光荣颂》，乐曲中的每一个音符拨动着红场上每个人的心弦。《光荣颂》气势磅礴，似奔

涌的浪涛吞没、席卷一
切：“光荣、光荣、神圣
的俄罗斯！”阅兵总指挥
罗科索夫斯基元帅作完
报告后阅兵式开始。朱
可夫驱马向前，向部队
问好……

我们在纪念碑座下
边小憩。女儿到不远处
的一个流动摊档买冰淇淋。姐姐脱下遮阳帽，掏出手绢，擦拭额头、脖
子上渗出的汗水。我们彼此各想各的心事……我想着英雄的功勋是如何
建立起来，他们是如何赢得人们的尊敬和爱戴的。

朱可夫出生在一个普普通通的农民家庭。他十一岁时就只身走向
“人间”。那天，母亲送他上黑泥庄，从那儿搭乘火车去莫斯科。路上，
他问母亲：“你还记得吗，妈妈？咱们割麦子的时候，就在那片地里，
靠近三棵橡树的地方，我把手割破了。”“记得，孩子。自己孩子的事
母亲永远都会记得，只不过孩子往往相反，常常忘记自己的母亲。”
“我决不会这样，妈妈。”

年幼的朱可夫回答的语气异常坚定。他从母亲对子女的爱中感受到
母爱的博大，人要用自己毕生的精力回报母亲——祖国和人民对他哺育
的厚恩浓情。

二十世纪六十年代初，朱可夫元帅回故乡给父亲扫墓。后来，他讲
述自己亲眼见到的令人沮丧的情境：“……这些妇女，我从前的舞伴，
如今都成了老年人了。她们的穿戴极其寒酸。”当朱可夫问起她们为什
么像乞丐一般生活得如此糟糕时，她们回答：“我们就是乞丐。战后还
建不起房子，住的也不是农舍，而是小贮藏室。菜园给毁了，奶牛也被
牵走了……”朱可夫对她们说：“把我的那幢房子拿去用吧。”“没有钱
加高房子呀！”她们这样回答道。后来他让伏罗希洛夫将农民如此糟糕
的生活状况告知赫鲁晓夫。可是伏罗希洛夫回答道：“不，我还想让他

们把我葬在红场呢！"伏氏梦寐以求的愿望实现了。古巴革命文学家何塞·马蒂说过：虚荣的人注视着自己名字，光荣的人注视着祖国的事业。

学习是朱可夫毕生热爱的一项事业。他时常怀着感激的心情思念自己的恩师谢·尼·列米佐夫，是他教育朱可夫要热爱读书。从童年到晚年，"不浪费时间，多读书，努力学习"是他对待生活的一条准则，这成为他建立功勋的保证。

苏军元帅康·罗科索夫斯基回忆道："他们志同道合地一起在列宁格勒高等骑兵学校学习，谁也没有像朱可夫那么专心致志地研究军事科学。我有时朝他的房间里望一望，总是见到他在摊开在地板上的地图上爬来爬去，研究着什么。他到底在钻研些什么呢？他在掌握苏联军事理论方面的知识。"

在卫国战争的头两年，苏军损失惨重，其中的一个重要原因是指战员的军事观念僵化陈旧。作为职业军人，许多人没能更新观念、掌握新信息。因此，只有通过在战争中学习战争，包括向敌人学习，在战争实践中使思想成熟起来，并最终掌握符合实践要求的真理，才能担负起保卫祖国的使命。

朱可夫身上的另一美德是宽容。随着岁月的流逝，他宽容地原谅了当年实际上背叛他的老同事、军事将领们。1967 年 12 月 28 日，适逢科涅夫元帅 70 寿辰，朱可夫的同情者们安排了两位统帅的和解。席间，两位统帅拥抱了。在他逝世前不久，他带着地道的俄罗斯人的笑容说："他们觉得不好意思、无地自容，但是我对他们说：'我不记仇，不用向我表白'。"读书能广智，宽恕可交友，宽容了别人实际上等于提高了自己。

对于最高统帅在战争中的失误及苏军在战场上的失利，朱可夫不是以缄口不言来回避，而是怀着每位苏联人能理解的沉痛心情，坦诚直陈并加以分析。他在自己的回忆录中这样写道："我总感到人民需要我，而我却总是辜负他们，如何思考人生的意义，这是最主要的。我个人的命运仅仅是苏联人民共同命运中的一个微不足道的实例。"

离开纪念碑，我们穿过马涅日广场，朝一家超市走去。不经意回头一看，只见刚才我们待的地方又被另一群游客所占据。在红场的这两座纪念碑周围，永不会冷清。民族英雄"为自己建造了非人工的纪念碑，在人们走向那儿的路上，青草不再生长"。他们活在俄罗斯人的心中，"他们的名字传遍了整个伟大的俄罗斯"。

五、俄国的第一座平民剧院

从商场出来后，我们仍沿着原路朝亚历山大公园的入口处走去。我突然记起以前在一本书上读到，俄罗斯的第一座专为平民修建的剧院就在红场上，原来的木质凯旋门旁边。如今，多少个世纪过去了，红场早已旧貌变新颜，但我还是抑制不住心头的好奇，左顾右盼，四处张望。希望能找到剧场遗址的一些蛛丝马迹，但结果可想而知。

俄罗斯的戏剧历史悠久。它的一个最主要的传统是舞台上确立"生活的真理"和"人的精神生活"。一生孜孜不倦地从事戏剧创作的剧作家亚·奥斯特罗夫斯基，具有独特风格的剧作家安·契诃夫，都对发展和革新十九世纪后期俄国戏剧作出了巨大的贡献。前者的杰作《大雷雨》塑造了一个备受婆婆虐待、追求个性解放、以死来反抗封建礼教压迫的妇女卡捷琳娜的形象；后者的剧本《万尼亚舅舅》揭示了十九世纪晚期俄国社会中，知识分子阶层里心灵美好的"小人物"所遭受的精神摧残。

十七世纪七十年代，沙皇阿列克谢·米哈伊洛维奇亲政期间，由于国家的社会法律、人们的生活风尚和习俗、思维方式乃至国家所处的地理位置妨碍了与别国的交往，那时，皇族的娱乐方式只限于狩猎。在狩猎季节里，王室成员驱赶猎犬、施放猎鹰围捕野兽。有时，沙皇也会到郊外的庄园中度假。每逢这时，他就会让旅居在莫斯科的外国艺人为他演戏，供他与家人消遣、娱乐。当时所演的节目，大多是一些经过艺术加工的民间舞蹈和根据阿格斯菲尔——一个古犹太传说中注定要永远流浪的人物的故事改编的情节剧。

沙皇从外国使节的口中得知，欧洲国家的剧团在为他们的国君演出中有合唱和一些类似于杂耍逗笑的轻松滑稽剧，后来他看戏时也要求为他加演一些法国民间舞蹈。起初阿列克谢·米哈伊洛维奇对音乐并没有好感，渐渐地他也感到，缺乏音乐的合唱会降低歌曲的魅力。有时甚至觉得没有音乐的合唱如同舞者没有脚一样。最终，对于音乐的取舍，他恩准由戏剧团自己决定。

滑稽剧是喜剧中的一种。它的故事情节、人物形象、台词动作都非常夸张、滑稽，甚至荒诞，以此营造喜剧效果。它常用以形式和内容、现象和本质之间的荒谬相乘、失去和谐而引人发笑，达到对对象的某种否定。这种剧种源于古罗马，并在十四世纪的欧洲戏剧中发展起来。最初的滑稽剧作为穿插于宗教剧的"幕间剧"而演出，后来独立出来。它以直接反映现实生活、充满戏谑和嘲弄、生气勃勃及内容丰富的特点而得到沙皇与王室成员的欢迎。

我当然无法了解到当时为沙皇演出的滑稽剧的具体内容，但我想，它们应与我国古时的一些像以喜泄怒、借颂达斥或以美抑丑之类的艺术相通吧。记得有则笑话，说的是一个贪官鱼肉一方百姓之后要调任了。大家想出一个惩训贪官的法子。那天，贪官家里正忙着将贪赃而来的金银财宝打包。忽闻衙门外锣鼓喧天，贪官出门一看，原是老百姓给他送匾来了。贪官好不得意。只见匾上写着四个大字："五大天地。"贪官不明其意，于是问送匾者。百姓齐声回答："大人一到任上，金天银地；大人在府内时，花天酒地；大人一坐堂问案，就昏天黑地；百姓们提起老爷，就怨天恨地；现在老爷卸任了，我们真是要谢天谢地！"

演出时，沙皇独坐于台前为他专门预备的御座上，皇后与孩子们则在其后边透过悬挂在他们面前的半透明镂花织物，或在设置有窥视孔的木屏风后观看。其他的臣仆则只能站在戏台周围欣赏。渐渐地，沙皇看戏看上了瘾，几乎成为一名名副其实的戏迷。这位多情善感的沙皇，有时甚至可以连看十个钟头也毫无倦意。至于戏剧这门艺术能否对治国兴邦发挥积极的作用，他从未想过。

彼得一世登基后，新皇以其敏锐的政治眼光发现戏剧艺术会在他开创的改革宏图中发挥积极作用。1697年，他派御前大臣彼得·托尔斯泰前往西欧考察。在意大利的威尼斯，剧场里的演出让他眼界大开、感慨万千。他随即将其所见所闻和心得记录下来，回国后将它们面呈彼得一世。彼得一世将在俄国推广和普及戏剧艺术列入他的国家改革计划之中。他指示：要保证剧情生动，内容健康，能为普通市民所欢迎，让戏剧早日进入普通百姓的生活中。

作为一国之君，彼得国务繁忙、日理万机，但他常将这件事放在心中。甚至在行军途中，也没有忘记派专使到莫斯科，传达在那里建立平民剧院的命令。与此同时，他还关注着戏剧演出的水准，认为演出质量的高低直接影响着他要借此传播理念的效果。他指示多让演技高超的德国演员登台，让他们扮演剧中主角，以便向他们学习，提高本国演员的业务水平。

在彼得的直接监督下，俄国第一座平民剧院终于在红场的凯旋门旁边建立起来。起初有人担心，在光荣庄严的红场上上演媚俗节目可能有损国家的形象。后来事实证明，这种担忧纯属多余。

这座剧场的面积有 800 平方米，呈长方形，外墙涂成红色，所需费用为 1 600 卢布。1702 年，剧场正式对外公演，周一和周四各演出一次，观众无不穿戴齐整，凭票入场。前座票价每位 10 戈比，中、后座票价依次递减。至今，俄罗斯人仍然酷爱戏剧，观众上剧院时不忘将自己打扮得整整齐齐，观看时秩序井然，表现了对艺术的热爱和尊重。我们后来在圣彼得堡的小剧院里观看由著名的基洛夫芭蕾舞团演出《天鹅湖》选段时，亲身感受到这种文明的文化氛围。

当时的这座平民剧院，其陈设布置可谓近于"奢华"。观众席的地板上铺上了猩红色呢绒地毯，壁灯和天花板上的枝形大吊灯造型美观、光线柔和，舞台上挂着可以从两旁对应开闭的厚重布幕，而各式服装和道具也让人叹为观止，有绣花男式长袍、镶金色线边斗篷、插着羽毛的帽子、明晃晃的铠甲和亮灿灿的皇冠等。乐师们按所使用的不同乐器着不一样的服装。服装上的金色大号纽扣十分引人注目。剧场的里里外外无不营造着一种华丽热闹的气氛，使外在的形象符合人们内心的期盼。

平民剧院开创了戏剧在俄国普及的先河，提高了广大民众的艺术素养，丰富了他们的精神生活，同时也提高了全社会的文明程度，增强了民族的共识和自豪感。值得一提的是戏剧艺术在培养人们的爱国主义精神上一直发挥着积极的作用。

在 1812 年反抗拿破仑侵略的卫国战争中，圣彼得堡的剧院里演出不断，每天都有被挑选出来的爱国主义新剧目上演。从 6 月 12 日 61 万法军渡过涅曼河开始，经 8 月 4 日至 6 日的斯摩棱斯克战役，到 8 月 4 日至 6 日的新摩棱斯克战役，直到 8 月 26 日爆发的鲍罗金诺之战，在这些艰难的日子里，正是爱国主义情绪在舞台上表现得最为强烈的时段。观众每当听到与当时的俄军英勇御敌的战事有所联系的台词，都会报之以阵阵暴风雨般的掌声和"Браво！"（布拉瓦），即"好！"的喝彩声。

例如，在悲剧《苏格尔》的演出中，当男演员说到"为国捐躯勇士的墓地是神圣无比"时，当观众从人物传记剧《德米特里·顿斯科伊》中的台词"我们都将死去，在战争中结束自己的生命是命运的安排"，以及"被击溃的可汗逃跑了，俄罗斯自由了"时，观众自发的掌声和喝彩声常常令演员无法开口，只能默默等待至大厅重新安静下来时才继续演出。在上演由 C.维斯科瓦托夫所创作的剧本《普通民军》时，台上的剧情表现着当时的老百姓争先恐后地为国家捐献自己的财物，以支持抗击波兰干涉者的斗争。台下有位观众在这种场面的感召下，忘记了这是戏中的表演，一边将自己的钱包抛到台上，一边高声喊道："请收下吧，这是我仅有的 75 个卢布！"著名演员德米特列夫斯基已年届 70，他在剧中扮老年军士乌谢尔多夫，将角色年老体衰的形象和把从前所获得的军功章献作民军经费的热情扮演得惟妙惟肖，激发台下无数观众迸发出对神圣俄罗斯的满腔热情。不少人为之动情落泪，而演员自己也被感动得难以自己。

顺便提一提这位将自己的毕生精力献给艺术表演事业的老艺术工作者伊万·阿法纳西耶维奇·德米特列夫斯基的概况。他生于 1736 年，于 1812 年去世，曾入选为俄罗斯科学院院士。1750 年在雅罗斯拉夫尔的沃尔科夫剧院工作，6 年后转入圣彼得堡的一所群众性剧团。他是俄罗斯古典主义戏剧艺术最主要的代表人物之一。就在那次演出结束之后，应观众的一再请求，他多次回到台前谢幕，后被热情的观众送回家。次日早晨，德米特列夫斯基收到一只盖着封印的盒子，他打开一看，只见里面放着一枚贵重的宝石戒指和一张字条。字条的内容是："送给祖国真正的儿子，伟大的演员"。钻戒的赠送者是尼古拉·巴夫洛维奇大公。

当时热演的爱国主义剧目中还有瓦尔贝尔赫和奥古斯特合作的芭蕾舞剧《献给祖国之爱》、卡沃斯创作的歌剧《伊里亚勇士》、《伊凡·苏萨宁》及《哥萨克诗人》等。但最受人们热捧的还是那些歌颂俄军统帅和民族英雄的剧目，比如《波扎尔斯基》等。

第五章　感受风舒云卷的历史画卷

一、走进国家历史博物馆

国家历史博物馆的入门分别在它的左右两侧。我向身边的一位穿着宗教长袍的男子打听，得知当天不是闭馆休息日，便匆匆购票入内。转身正准备离开时，忽听身后的售票员在问："请问先生，您需要参观三楼展室吗？""那儿展出什么内容？"我回过身来问道。"那是列宁、斯大林馆。""当然。"于是，我又补买了三楼的门票。

我想起刚才在车上与司机的对话。他问我们参观完红场之后打算去什么地方看看。我满怀着期待地回答："苏联革命博物馆。"却没有料到他的答复竟使我大失所望，仿佛被一盆冷水从头到脚淋个透一样。他告诉我，该馆已不再对外开放。"今天是闭馆日吗？"我追问道。"不是，这个馆已经关闭多时了。""什么原因？"司机只耸了耸肩膀，并没作任何解释。女儿猜测道，可能是参观者人数有限，门票收入受影响吧。小石则认为，这多半是政体的改变所造成的。苏联已没有了，对苏联革命年代的军政人物的评价，乃至一些史料的真实性可能也存在着争议吧。但不论是因何种原因而闭馆，这样的结果实在让我大失所望。

苏联革命博物馆的全名是苏联中央革命博物馆。1924年在莫斯科对外开放，至今存在了将近一个世纪了。每年接待的参观者多达一百万人次。馆内收藏着从十九世纪九十年代以来的俄国革命运动、十月革命和苏联社会主义建设时期的大量历史文物。例如档案资料、传单、小册子、《火星报》和《真理报》及珍贵照片等，俄国革命运动杰出的活动家捷尔任斯基、加里宁、古比雪夫、奥尔忠尼启则、斯维尔德洛夫、伏龙芝以及苏联国内战争的英雄夏伯阳、科托夫斯基等人的个人用品和遗物，各种革命、战斗和劳动的勋章、旗帜等。此外，藏品中还可见到苏联人民的劳动成就、宇宙开发成就、文化和艺术成就等。因此，我对它的期待可想而知。

博物馆是国家的财富，它可以是属于世界全人类所有的。博物馆是属于精神领域的，而精神领域的东西是民族的土壤中生长起来的。在苏联时期，国立博物馆大约有一千七百个，根据知识领域、收藏与陈列品种的不同进行专业分类。我们所要参观的这座国家历史博物馆的内容包括社会历史、出土文物、民族史志以及一些革命军事方面的材料。

在参观出土文物时，我遇到了两个同来参观的儿童。他们在父亲的指点下，正津津有味地就一座人物石雕进行交谈。我凑上前去与他们搭话，才知道年龄大的男孩叫别佳，他的弟弟叫米佳。他们都不是莫斯科人，这次是利用暑假，随父母一起到莫斯科探望他们的外公和外婆的。

苏联时期，博物馆的工作性质发生了改变，它成为教育和启发人们，特别是少年儿童的场所。孩子们在学校教师、少先队辅导员的带领下，经常到各类博物馆、文化景点参观游览，听讲座和专题报告。我想，这位父亲可能想让自己小时候经历过的这种活动再次成为孩子们一种习惯的学习途径吧。只不过，讲解员这一角色不得不由他自己亲自来担任。我们逐渐谈得投机起来，大家一起高高兴兴地在展柜前合影留念。

我们继续从一个个展柜前缓步走过，那里展示着与昔日罗斯人的衣、食、住、行以及祭祀、狩猎、农耕、畜牧和手工劳动相关的生活和生产资料。由于时间关系，这些展品我们无法细看。不知不觉，我们的脚步已踏进了十三世纪中期罗斯的历史画卷中。

1237年末到1238年初，成吉思汗之孙拔都率蒙古大军西征，越过乌拉尔山占领了除诺夫哥罗德以外的整个东北罗斯。到1241年，西南罗斯各公国也相继被征服。1243年，因内乱而东归的拔都大军在伏尔加河下游扎营，以萨莱为中心建立了一个幅员辽阔的蒙古国家——金帐汗国。罗斯土地处于蒙古人的奴役之下。

有个展柜里所陈列的一幅彩画引起了我的注意。我走到柜前，半蹲下身仔细观看起来。在画面中，可见到被金帐汗国赐以王公封诰的各国使者，排列成行，在一名蒙古侍卫的引领下，手捧贡品，毕恭毕敬地低头前行，不敢正视端坐于高位上的统治者。这幅画记录着金帐汗国在被他们武力征服的罗斯各公国中所享有的绝对权威和专制势力。

不知在什么时候，另一幅名画《乌格拉河的对峙》浮现在我的脑海中，与上面这幅画形成了鲜明的对照，它记录着金帐汗国对罗斯公国的统治由强变弱的历史。1480年，金帐汗国的阿赫马特与莫斯科的大公伊凡三世发生交战，起因是后者在1476年拒绝再向金帐汗国纳贡。权威和势力受到挑战的阿赫马特，发兵试图强渡乌格拉河，对伊凡三世发起征讨，但直至十一月末，蒙古鞑靼人都未敢采取渡河行动，并将大军撤退，这一事件敲响了蒙古鞑靼人对罗斯的专制压迫的丧钟，从那时起，俄国开始逐渐成为一个主权国家。

我在这几个展柜前的流连，引起坐在屋角的一位女馆员的注意。她起身朝我走了过来，热情地为我讲解那个时期罗斯历史的一些情况。她讲到蒙古以间接臣属关系的方式遥控罗斯；讲到派遣代表常驻公国以对后者保持监视和控制的八思哈制；讲到税收制度与王公的废立方式以及征服者留给罗斯的驿运制度等。我们边走边谈，虽然她的介绍我没能都听懂，但对征服者对罗斯的统治方式和影响都有了进一步的了解。我发现，在这一历史时期的展品中，几乎看不到有价值的科技发明及创造成果。这正如诗人普希金所慨叹的："鞑靼人与摩尔人不一样，他们虽然征服了俄罗斯，却没有给他带来数学，也没有给他带来亚里士多德。"

二、在古军事装备展柜前

站在古军事装备展柜前，我的心头充满无边的遐想和奇异的疑询：人类生活中最初的相互残杀是如何发生的？他们又是以何种手段彼此争斗和杀戮的？

据《圣经》记载，亚当和夏娃被逐出伊甸园后，夏娃产下两个男婴，大的叫该隐，小的叫亚伯。兄弟俩长大后，分别从事农耕和放牧。该隐由于其弟因献给上帝祭物而获得了上帝的喜爱和悦纳一事心生妒忌和怨恨。他将亚伯诱骗到田野里，在那里亲手将他杀死。这就是人类历史上的第一桩谋杀案。在西方画家笔下，该隐被描绘成手握粗树枝或利石，击杀同胞骨肉的凶徒。

在石器时代，石块、木头还有兽角、兽骨都可能是人类最初用于争斗残杀的工具。为了延长与被攻击对象之间的距离，人类在此基础上发明了杖杆。杖杆的顶端安置着尖石块或骨尖，从而成为一种有效的刺杀武器。后来，石块和骨头又被换成金属利器，并成为古代和中世纪的步兵和骑兵的一种常用武器。除了这种后来被称为矛的兵器外，军队中还发明和使用了无须近战便可以歼敌的兵器：长弓和弩。所有这些兵器，都可以在展柜中见到。

我的目光落在一只普普通通的弩上面。"剑拔弩张"常常被用来描写和渲染战事一触即发的紧张氛围，可见弩在战争中的地位。这只弩对我讲述起俄国 1612 年那段动乱故事中的一个小片断：一群身穿土布衣裳的庄稼汉，在外族入侵者必经的一座木桥下和周围茂密的林木中埋伏起来。他们每个人的手里都握着一支令敌人望而生畏的兵器——弩。大家警觉地侧耳倾听远处的动静。不一会，辘辘的车轮声由远而近，这时，利箭搭到了弩上。当对方的马车行驶到桥中央时，埋伏在桥下的人用拴在绳索上的铁钩钩住车轮，然后猛拉绳索将车轮扳歪。正当狐疑不定的敌兵四处张望之际，不知从哪儿飞来的利箭纷纷射向敌兵，令他们还来不及喊出声来便倒地身亡。有个庄稼汉居然让自己没入水中，从水里向地面上的敌兵发射弩箭，令敌人防不胜防。他沉入水前的面部表情，令我久久不能忘怀：狡黠神秘的微笑、嘲弄的目光和不无自信的气概。

当我在另一展柜中见到陈列在那儿的长矛、弓箭、佩刀和用铁皮包裹着的圆形盾牌、金属片制成的甲胄和头盔时，又自然而然地想起画家瓦斯涅佐夫的名作《三勇士》。这幅画是在二十世纪五十年代，我念小学时第一次见到过的。具体在哪一年，现在已经忘记了。只记得那一年夏天，大姐从武汉回家探亲，给了我和弟弟一盆彩色铁皮盒子糖果。那是她从苏联工农业成就展览会上买来的。在这只圆形铁盒子的表面上，就印着《三勇士》。第一回尝到包装如此精美的苏联糖果，第一回见到如此精美的画像，感受到俄罗斯勇士气壮山河的气魄。如此强烈的首次感知所留下的印象是很难被岁月的泥沙所掩盖的。画像中的三勇士都手执兵器，骑着高头大马。中间一位是农民之子、老哥萨克穆罗梅茨。在俄罗斯十二至十六世纪的壮士歌中，他被当作体现人民理想的英雄形象来歌颂。左边是他的战友，文武双全的布雷尼亚·尼基吉奇，右边是智勇双全的阿辽沙·波波维奇。三勇士以自己的行动告诉自己的同胞：让我们一同为祖国母亲建立显赫的战功吧！

1223 年在蒙古大军开始的第一次西征中，加利奇、基辅、契尔尼戈夫等罗斯公国的军队，曾应波洛韦茨人的请求前去支援，在流入亚速海的卡尔卡河畔同蒙古军进行了一场激战。结果是罗斯军队惨败，但蒙古人也很快退回东方。

战场上，三勇士飞身跃上骏马，策马跃上山冈，举目远眺，眺望东方。穆罗梅茨左手握着长枪横置于马背上，右手搭起凉棚仔细观察战场的势态；尼基吉奇左手执着红色盾牌，紧握佩刀刀柄的右手正慢慢地将腰刀从刀鞘中抽出，刀刃闪烁着凛冽的寒光，他胯下的白马也与它的主人一样，微侧着头，抖动鬃毛，朝东方观望；波波维奇的棕色坐骑立于黑马的左边，正安详地低头啃食着地面上的青草，似乎一点也不在乎迫在眉睫的厮杀，与他的两位战友一样，波波维奇身披护胸甲胄，头戴金色头盔，将一支利箭搭在微微拉开的弓弦上。

传说这神圣的三勇士，带领罗斯军队奋力迎战万千敌军。他们枪挑马踏敌兵如割草，横扫入侵鞑靼之敌如卷席。这幅画的复制品在俄罗斯城乡到处可见，尤其在乡间，几乎家家户户的门口或烤面包的大炉灶上都贴有这幅画，就像我国的门神或灶王爷那样。他们是传说中的英雄，他们的

雄风和力量能使一切邪恶和魔鬼闻风丧胆。

令鞑靼人闻风丧胆的俄罗斯勇士还不止这三位将军。1380 年 9 月 8 日，史上有名的库利科沃会战在地势开阔的涅普里亚德瓦亚河与顿河之间展开，俄军方面的统帅是德米特里·顿斯科伊，蒙古大军则由马迈统领。双方采用的兵器仍然是长矛、弯刀和弓箭。

蒙军作为主将出阵的是身经百战的勇士铁米尔，俄军则派出谢尔吉修道院修士佩列斯韦特迎战。铁米尔虎背熊腰，浑身披挂整齐：他头戴金盔，身披铠甲，腰挂腰刀，手执盾牌和长枪，就连他胯下的战马也有特制的护眼、护脖的铠甲防身，其胯下的鞍垫是用上乘的皮革做成，既坚韧又柔软。单从外表看，铁米尔的气势已经压倒了佩列斯韦特。

再看佩列斯韦特，他身披黑色修士袍，手里持着一面红色的盾牌，骑着一匹壮实的雪花马，在他的胸前挂着一个小小的十字架，这是蛮夷铁米尔所欠缺，也不可能有的武器——精神武器。

交战开始，双方主将催马向前，蹄声嘚嘚，好似刮来的两团狂风。修士的这身打扮早已深深地伤害了对方的自尊心，使他觉得这是对他的奇耻大辱。只见他借着马的冲力，枪尖对准修士的心窝猛然一刺。枪尖到时，修士的身子微微一闪，趁金枪从自己的腋下穿过，奋力用臂膀将它牢牢夹住，猛地往后一拉，使没做多少防备的铁米尔在马上打了个趔趄，险些摔下马来。他忙用左手抽出腰刀，朝修士砍杀过去……就这样双方打得难解难分，两边的兵将齐声呐喊助威。当他们俩最终双双堕于马下，徒手相搏时，顿斯科伊指挥俄军突然发起进攻，早已准备好的俄军万箭齐发、战鼓齐鸣，骑兵在前、步军在后，一阵掩杀使蒙军损兵折将，死伤无数。会战以蒙军大败告终，这一战为俄罗斯和其他民族人民摆脱蒙古人的压迫奠定了基础。

我正看着、想着，突然背后传来同伴的声音："怎么会对这些十分普通的兵器那么感兴趣？"没等我回话，他又自个儿点评，说俄罗斯的古兵器虽然质坚、实用，但样式过于单调，缺乏创造性，远不如我国古代使用的刀、枪、剑、戟、棍棒、斧、锤、鞭、弩和暗器的攻守功能丰富。我想，这可能是他们习惯于大兵团作战，而较少单打独斗进行比试的缘故吧。

后来，随着火药的发明，火绳枪、滑膛枪和来福枪相继问世。到了十九世纪，这些新兵器开始在战争中唱起主角来，而造成的人员伤亡也与日俱增。

三、俄罗斯民族之父——谢尔盖·拉多涅日斯基

在俄罗斯人看来，你身上确有某种令人向往和激动的东西。静候的神贫生活丰富着你的灵性；在人间生活里，你却参与神的苦难，并以神与神的荣耀为念；你借着祷告获得神恩，为各公国之间的和睦尽力，为民族的解放尽责。随着岁月的流逝，你的外体日渐干枯，失去昔日的光润和鲜活，但内里的生命却愈显丰盛灿烂。人们常对时光流逝忐忑不安，而你却泰然处之，因为在追求永恒生命之路上，你感觉到自己正与神在一天天地接近。

在通往雅罗斯拉夫里的大道旁，有你贵族父母的领地。这与生俱来的佳美胜地是你童年生活的乐园。你蹒跚学步、咿呀学语、奔跑嬉闹，观察、倾听、模仿、尝试和思考，在与家人及小伙伴们的交往中，在游戏和劳动里，你学会了坚持和等待。性格的雏形从这里形成。从你成长的第一步，我明白，鲜亮的朝霞是从冷峻和静谧中形成，酷热和焦躁无法培养良好的性格。

1321 年 5 月 3 日，当春的脚步踏进罗斯托夫公园时，在先圣瓦尔福洛麦依的纪念日里，你的一声啼哭宣告你在世间生命的开始。那时，

牧师就用这位备受敬仰的老圣人的名字作为俗名，希望你日后以他为榜样，在属灵生命的操练中获得新生。

七岁时，你与兄弟斯捷潘同进教会学校念书。你的功夫没少下，成绩却远不如人。心高气傲、自命不凡的同学也没少对你讥讽嘲笑，你不抗辩也不争吵，只作静心忍耐。可是当你独处一方时，你眼睛里的泪水却愈积愈多，终于像断了线的珠子一般，簌簌地滚落下来。上天赐予人以不一样的生命、智慧和能力。雅各及其众子均为牧羊人，但神唯独选他其中的一个儿子约瑟，使他几经磨炼，终成埃及国的宰相；神让大卫南征北战，抗击外族侵略，而让他的儿子所罗门负起建造圣殿的神圣重任……

你不再为此而苦恼，外在的欲求和内心的挣扎离你而去。你频顾神殿，聆听宝训，渐渐地，上帝成为你生命的中心。在圣灵的引导之下，你开始参与属灵工作的实践，获得属灵的经历和体验。你知道，任何一个在属灵的事工上模糊不清的人，对于信仰的问题，他只能是人云亦云，人非亦非，随波逐流。

对于权力与财富，俄罗斯人向来有这样的一种看法：它们在宗教上从未曾得到认可。一些有产贵族和富商面对福音书的真理，在自己灵魂的深处一直思考着如何将自己所谓的财产分给穷人，然后启程上路，成为朝圣者。你渴望以他们为榜样，甘愿舍弃自己在世上的所有，轻装走上这条属灵的生命之路。

灵性的锤炼，不但需要谦虚和专一，也需要安静和耐心。当我们一旦将"心"（忄）这个字放在一旁时，我们的生活就变成了"忙"。一心忙于世俗琐事的人，怎能享受从与神的沟通中得来的平安？我想起列夫·托尔斯泰伯爵，他也为生活里的非正义而感到苦恼，自认为自己是一个靠人民养活的寄生虫。作家在晚年时，心中涌现寻找的强烈愿望，他渴望在自己人生的最后一程中，寻找到那位战胜死亡的基督。

从十三世纪初开始，蒙古大军席卷俄罗斯，战火所到之处人烟荒芜，白骨遍野。1243 年，侵略者在伏尔加河下游，以萨莱为中心，建立起幅员辽阔的金帐汗国，掌管着公国大公职位的废立大权。失去自由的民众，只能成为饱受欺凌和压迫的奴隶。这时，你遁入修道院的决心变得更加强烈。终于有一天，你和兄弟斯捷潘一起，离别温暖的家，进入山林，走上修道之路。

登上一处小山岗，你举目四望。但见苍山翠岭，林海茫茫，苍翠蔽日；抬头仰望，天上浓云蠕动，荒野中的风，唤来阵阵秋寒，落叶在风中旋转飞舞……这儿不见热闹繁华的街市，没有迎送宾客的热烈场面；这儿没有开怀畅饮的宴席，更没有嬉笑打闹的娱乐。周围的一切是那样的清幽、恬静。远望着天幕低垂的天际，不知什么时候开始，雨点撒落到树木上，发出清脆的嘀嗒声。你站在这被雨雾笼罩着的林野间，是否觉得寂寞冷清，孤立无援？你所立下的意愿，会不会开始动摇？

"不，决不会！"一个声音在你的心中响起，你认定，人的一生只不过是寄居于地球上的一段生活，而基督徒的一生，是奔向天国的历程。不论肉体上的满足是多么令人惬意，倘若它成为追求灵性丰满的绊脚石，就必须将它挪开。在你与望道支的努力下，修道小屋建立起来，小礼拜堂拔地而起……多年后，这儿成为我们今天所见的闻名遐迩的谢尔盖·圣三一修道院。可是，你的兄弟斯捷潘却难以耐住寂寞，他将开启天门的钥匙交回给了圣彼得，只身返回世俗间。那一年的 10 月 7 日，你削发为修士，在你回归天家之后，每年的 10 月 7 日这一天，在俄罗斯，被定为纪念你的圣日——圣谢尔盖日。

除了安息日，每天，你事必躬亲：做圣饼、制蜡烛、煮蜜粥、挑水、浇菜、锄地等；到了安息日，你主持礼拜。当修道院的事业蒸蒸日上，修道士的人数日益增多时，你被大家推举为院长。但你认为，学比教好，服从优于管辖。你谦逊，但不盲从。在你看来，驯服是一件自然的事，要"殷勤不可懒惰"。

传说你与圣徒尼古拉一样，行了不少神迹。你的祈祷使水洼变成泉眼，解决了修道院里的用水问题，如同当年摩西在旷野杖击磐石，流出甘泉一般。你将患病濒危的穷人孩子从死亡线上拉了回来……人们尊你为圣人，一位给人带来希望和安慰的领路人。我想，一个人的信仰若没有亲身的感受，与上帝相逢，建立正确良好的关系，他的信仰是脆弱的。

大墙后的生命欣欣向荣，蒸蒸日上。公国的国力稳步提升，而汗国的权势逐渐成为明日黄花。莫斯科公国显示出骄人的亲和力，使它成为俄罗斯的中心。在国家发生一系列的戏剧性变化时，修道院的工作没有游离于外，他们的事业与国家、民族的事业联系在一起。1378 年 8 月 11 日，向来趾高气扬、不可一世的蒙古蛮夷被德米特里·顿斯科伊大公的军队打得落荒而逃。但不甘失败的金帐汗国的权贵们，在实权人物马迈的统领下卷土重来。鞑靼大军安营扎寨于沃罗涅日河口中，他们摩拳擦掌，想与昔日的奴隶再决雌雄。大战日渐临近，在这生死存亡的紧急时刻，顿斯科伊大公亲临修道院。大公清楚地意识到那来自你的祝福有多大的分量。而你，不为任何战事祝祷，你所祝福的对象是自己的同胞和神圣的俄罗斯，是上帝所拣选的选民。

这是俄罗斯团结在基督旗帜下的庄严时刻。正当祝祷仪式进行之际，信使接二连三地赶来报信。恶战的气氛愈加浓重，而你视之等闲。与大公进餐时，你说出了他那即将披戴胜利桂冠的预言，只不过他眼下还有一条遍布荆棘的道路要走。仪式结束时，你在大公的身上画了十字，对他说："去吧，无须恐惧，上帝与你同在，他必助你！"你还将你身边的两位修士——佩列斯韦特和奥斯科亚比亚交给大公，称他俩是身穿修士袍的战士，他们胸前的十字架标志便是必胜的凭据。他们将助大公一臂之力。你的言行，实际上就已经赋予了这支军队以神圣的十字军的面貌。

1380 年 9 月 8 日，鏖战硝烟顿起，大战帷幕正式拉开。战场上，旌旗翻卷，人喊马嘶，刀光剑影，尸横遍野。修道院里，你领众修士为国家和民族的命运切切祈祷。你还叨念那些为国捐躯的战士们的名字，替他们祈求灵魂的安息。其中就有佩列斯韦特，他在与鞑靼贵族勇士铁米尔的搏斗中，与对方一起阵亡。此情此景，怎能不使人想到《圣经》（"出埃及记"）中所记载的故事：骁勇善战的亚玛力人与以色列人打仗，摩西、亚伦和户珥在山顶观战。只要摩西举手向上帝祷告，山下的以色列人便得胜，可是当他放下手时，亚玛力人便得胜。于是，亚伦和户珥搬来一块石头让摩西坐在上面，两人站在他旁边扶着他的左手右臂直到日落，约书亚带领以色列人歼灭了亚玛力人。而你，也以类似的方法，最终实现了德米特里大公凯旋莫斯科。

我默默地凝视你的画像，岁月的磨难在你的身上留下了神圣的印记。虽然你的形体枯槁，面容清瘦，沟壑般的皱纹现于额头；虽然你身处荒山野岭，身穿布衣，素食果腹，但在基督里，你是一个新造的人。你让人们见到，什么是圣洁的生活，什么叫为国为民，什么才是真诚和爱。读完你生平的故事，我听到你在说：这就是道路。

四、从斯大林的大元帅服说起

（一）

走进三楼展室，怎么也没料到，那儿竟然见不到一幅斯大林的画像或肖像照片。我只在一幅众多人物的油画中，发现其中一位与他的外表颇为相像，但始终无法确定那个人便是斯大林。

斯大林第一次留给我深刻印象是在他突发脑溢血及随后去世的那几天里。那天，上小学的我放学回家，听到家里人正与邻居窃窃私语着什么，他们的表情和说话的语气都表现出焦灼和不安。

这种焦虑却又无可奈何的心态处处都能感受到。这么多人的心为一个人的命运所牵动，这种情形在我的家乡，据我所知还是第一回。报纸每天都在报道斯大林的病况，同时，各种传闻、猜测也都在城里的机

关、学校、街头巷尾不胫而走。1953 年 3 月 5 日，我们听到了最不想听到的消息：斯大林走完了他人生的最后一段路程，与世长辞了。当时的中共中央在给苏共中央的唁电中称，中国共产党全体党员和全体人民怀着无限悲痛，哀悼我们最尊敬、最亲密的导师、朋友斯大林同志的逝世……

如今，弹指一挥间半个多世纪过去了，我站在列宁斯大林馆的一个展柜前，看着陈列在里面的斯大林大元帅服忍不住浮想联翩、感慨万千。人世间，当一个人，特别是公众人物的人生之路走到了尽头时，总会有这样或那样的评价伴随着他。人们习惯将它称为"盖棺定论"。但是，对于斯大林来说，这种所谓的定论却不止一次。时至今天，这个人物仍然被各种各样的神话所包围。

斯大林下葬那天，我家乡小城里的所有居民与全国各地，乃至世界上许多地方的人一样，在他的遗体被送到列宁墓的那一刻为他默哀三分钟。从我家二楼临街的窗户往下瞧，只见马路上的行人全都肃立于原地。如泣如诉的电厂笛声穿过城市上空，不停地哀鸣。此情此景，对于我这样一个初识世事的小学生来说是永不会忘记的。苏联作家西蒙诺夫写道："失去斯大林同志的日子，对于苏联各族人民是一个沉痛的日子，斯大林是我们的父亲，人民的领导者和朋友。"只有当他有能力使家中的其他成员对自己产生好感并成为大家的榜样时，他所传播的精神才能为他们所接纳。倘若缺乏彼此之间内部精神的统一，家庭就会支离破碎。家庭需要父亲，需要他与其他成员一起生活，帮助他们成为勇敢、诚实、热爱劳动、努力进取、朝气蓬勃、有益于国家和人民的人。好父亲必须以身作则，斯大林的父亲角色是这么完美吗？

斯大林的遗体安葬前，他的灵柩停放在联盟宫的圆柱大厅中，遗体供各界人士瞻仰。莫斯科的三月，天空晦暗，春寒料峭。在通往联盟宫的大道上，不知从什么时候开始，突然冒出那么多人，简直就是人山人海。诗人 E.叶夫图申科当时也在这人海中。他这样回忆道：

……人们可以到联盟宫与斯大林的遗体告别的通告刚从广播里传

出，通往那里的道路一下子便挤得水泄不通。尽管大家会料到道路交通会出现某种程度的拥堵，但谁也没有想到，这种拥堵竟会如此的严重和险恶。

我当时在论坛影院对面梅辛斯基四号楼上班。听到广播，立刻放下手中的活，风风火火地跑到大街上，加入奔走的人流中。那一刻，所有人的心中只有一个共同的愿望：近距离地看一眼斯大林，与他做最后的告别。在这以前，许多人只能在电视或新闻纪录片中，或从游行的队伍里看到他。

蜂拥而来的人流填满了特鲁布尼广场两侧的林荫道。受到先前停靠在街道上的军用卡车的阻挡，人流难以从卡车与房屋之间的狭窄空间通过。这时，人群中开始出现骚乱。有人大声斥责卡车停错了地方，要求马上将车开走。军官们看起来也很焦急，但束手无策，因为他们没有接到将车开走的通知。直到这时，我才明白过来所谓的"未接到指令"是什么含义，这些可怜的人哪！

相互推搡中，我时而趔趄，时而前倾、后仰，无法自我控制，只能听任人流的摆布。情急之中脑子里闪出个主意，它或许可以阻止灾难的发生。想到这里，我放开喉咙大声嚷道："大家快拉起手，防止混乱!"我的提醒还真管用，它让处于人流旋涡中的人清醒过来，因为谁也不会希望相互踩踏的厄运发生。当几乎就要失去控制的人流一旦形成了队列，便多少能使波涛汹涌般的人群安稳一些。然而，由于负责治安的莫斯科当局缺乏对突发事件的应变准备，在事件发生时又惊惶失措，最终还是在某地区酿成踩踏悲剧……告别活动结束后，斯大林的遗体被送进了列宁墓中。在陵墓入口上方的正中位置，列宁名字下端出现了斯大林的名字。

（二）

斯大林是职业政治家，他不是军人出身，可是他却具备非一般的军事艺术品质和指挥才能，并且因此赢得众多军功卓著的将帅们的推崇。展柜里陈列的这套镶着金色纽扣、扎着金色腰带的深蓝色大元帅服上衣，镶红边的长裤、军帽、佩剑和靴子，使我不得不想到他的"从军之路"。

苏维埃政权一诞生，便面临着被反革命势力扼杀的危险。危难关头，斯大林被派往察里津。他成功地完成向缺粮城市调运粮食的紧急任务，并且从那时起开始以初学者的身份在战争中学习军事艺术。他不但自己学，也号召红军战士虚心向军事专家请教，认真听取他们的意见，在他的指挥下，红军成功地扼守住战略要地察里津。

1919 年春，外国干涉者利用盘踞在西伯利亚的高尔察克指挥的三十万大军，越过乌拉尔山，夺取彼尔姆，向莫斯科逼近。与此同时，北高加索的邓尼金和波罗的海的尤登尼奇部队也都先后发起对红军的进攻。布尔什维克提出"一切为了东线"的战斗号召。斯大林和捷尔任斯基被派往东线。在对彼尔姆陷落的原因的调查中，他提出应当整顿红军，纯洁司令部人员，以及以铁的纪律精神改造农民出身的士兵，严管部队等有效的治军措施。

5 月 17 日，北方战局再度紧张起来。斯大林又奉命前往彼得格勒前线。在那里，他通过发布战时动员令以扩军，制定红海军与陆军协调联合作战等措施以增强战斗力，一举将尤登尼奇的一万六千人的大军赶出彼得格勒。同时，他又指挥红军不失时机向驻守在奥涅加河地区的芬兰白军发起进攻，使彼得格勒转危为安。此次战役的胜利，使斯大林沐浴在荣光之中。

9 月，南方战线出现了在整个国内战争时期对苏维埃共和国来说最为危险的态势。白军从伏尔加河到第聂伯河一线向红军发起猛烈的进攻。26 日，斯大林受命奔赴南方战线。30 日，察里津和叶卡捷琳诺斯拉夫落入白军之手。斯大林通过分化瓦解敌营，充分运用红军的各种有利条件，组建突击兵团，有力地抗击奥寥尔方向的邓尼金部队，并协助布琼尼军团转制为红军第一骑兵军，最终扭转战局，使形势重新朝着有利于红军的方向发展。

就这样，斯大林在国内战争这所"军事学院"中逐渐培养起自己的军事指挥才能。同年的 11 月 27 日，根据全俄中央执行委员会主席团作出的决议，斯大林被授予战斗红旗勋章，以表彰他在保卫彼得格勒和组织南方战线进攻的功勋，苏维埃国家因他在国内战争中领导红军取得了胜利而给予其高度的评价。

1941 年爆发的苏联伟大的卫国战争要求斯大林完善自己的统帅品质。战争初期，斯大林对《苏德互不侵犯条约》一直寄予不切实际的幻想，并沉迷于自己制订的对德国发起秘密突击的计划之中。他认为，德国不会同时在西、东两条战线作战。他阻止苏军将领提出的对军队作出备战的部署。大战一触即发时，还一味束缚着提出战备的苏军将领的双手，唯恐其做法刺激早已驻扎在苏德边境的德国大军，而被对方认为是挑衅……结果，在德军的大举进攻之下，苏军损失惨重。

但是，斯大林毕竟是斯大林。从战争初期的失败和错误的阴影中走出来的斯大林，调整了自己的心态，重新担负起领导的重任，并在这场史无前例的战争中重新学习现代军事艺术，并与一批红军高级指挥员一起，作出了一系列有关军事问题的重大决策，成为日臻成熟的最高统帅。朱可夫元帅这样评价斯大林："天生聪明和敏锐的直觉全面帮助了斯大林领导武装斗争。他善于找到战略形势中主要的反攻战役……"斯大林作为最高统帅的这些特点，从斯大林格勒会战开始越发突显出来。华西列夫斯基元帅认为，斯大林在军事战略和战役艺术方面的知识大大超过战术方面的知识，斯大林无疑可以列入杰出统帅一级。

有一首在五十年代传唱斯大林的歌曲《斯大林颂》将斯大林比作雄鹰。鹰自幼便多经磨炼，母鹰让幼鹰学习通过自己的意志和力量，在缺少食物的环境中求生存的本领和意识，甚至残杀吞食自己的同胞也在所不惜；幼鹰必须自小学会飞行。为了让自己的孩子翅膀变硬，母鹰不惜折断它们羽翼中的一些骨骼，让它们在险境中挣扎着扑打翅膀，以此促进血液流通使骨骼再生。自由的飞翔是捕获猎物不可缺少的本领。鹰还必须更新自己的器官——喙、爪和羽毛，这是它赖以继续生存的武器。而这更生的过程是一个血淋淋的、痛苦的过程，其艰难程度也是人所难以想象到的。鹰之所以比鸡飞得高，飞得美，飞得潇洒，就在于鹰的吃苦精神和毅力。它曾经鼓励过鸡："别灰心气馁，只要刻苦练习，终能飞得高，飞得远。"当鸡在练习中稍遇困难便蹲在地上不肯动弹时，鹰又过来激励它："再加把劲，你知道吗，天空可真美啊！"可是鸡回答说："我累了，要歇歇，明天再练吧。"人们将斯大林比作一只展翅高飞、遨游蓝天、享受翱翔的快乐又能俯击凡鸟走兽、保护自己老窝的雄鹰，是不无道理的。苏联早期的许多老布尔什维克和工农出身的知识分子，在自己的斗争和工作实践中，都深切地认识到学习在帮助自己做好工作中的作用。

（三）

离斯大林大元帅服展柜不远的墙上，挂着一幅大油画。油画中的人物是尼基塔·赫鲁晓夫，画的名称是"在克里姆林宫办公室的尼基塔·赫鲁晓夫"。画中的主人公坐在明净的办公桌前，似乎刚读完一封公民的来信，他摘下眼镜，双手搁在信文上陷入沉思。赫鲁晓夫为人朴实，精力充沛，喜欢与人民打成一片。他批评官僚机构很难与普通老百姓保持联系。办公桌上还有一尊列宁的小雕像，这尊雕像正对着克里姆林宫的新主人。从敞开的窗户可以依稀看到沐浴在晨曦中的克里姆林宫塔楼。

对斯大林的再评价是与赫鲁晓夫联系在一起的。从 1953 年至 1964 年，个性鲜明、喜欢冒险并且还有些古怪无常的赫鲁晓夫担任苏共中央委员会第一书记。1956 年，在苏共二十大的"秘密报告"里，他提出了斯大林的过去究竟应该揭露到什么程度，斯大林的做法哪些可以坚持、哪些必须反对等问题。赫鲁晓夫在政治上的重要贡献就在于提出这类问题，并为把苏联从斯大林的部分思想遗产中解放出来采取了措施。

1961 年，在赫鲁晓夫的安排下，"各族人民的领袖"的遗体被移出列宁墓，重新葬于克里姆林宫墙下。时任克格勃中将的 H.扎哈罗夫这样回忆起当年移葬的情景：

那天，赫鲁晓夫将在当天执行斯大林遗体移葬的决定通知了克里姆林宫的卫队长维杰宁中将。根据苏共中央主席团的决议，成立了一个以什维尔尼克为首的六人委员会，专门负责监督这项决议的执行。除了什维尔尼克，其他的五位成员分别是格鲁吉亚党中央第一书记姆日瓦诺泽、苏维埃部长会议主席贾瓦希什维利、苏联克格勃主席谢列平、莫斯科市市委第一书记泽米切夫以及苏维埃执委会主席迪加依。

扎哈罗夫接着回忆道：

什维尔尼克召集我们，将应当如何完成秘密迁葬的任务作了详细而又隐秘的布置。由于适逢 11 月 7 日要在红场举行阅兵式，这一临近的活动为我们提供了封锁红场的口实。我当时委托副手 B.切卡洛夫将军全权掌控这项工作。莫斯科克里姆林宫警备司令部特种部队独立团指挥员科涅夫，负责用干的原木木料在细木工作坊中制作了一口棺材。棺材当天便制作完毕，它的外面用红黑色的绉纱蒙住，看起来样子还相当不错，甚至给人以一种高贵的感觉。

将斯大林的遗体装殓入棺，将棺木移出列宁墓送至实验室，最后埋进墓坑中的工作由指定的八名军官负责完成。军官人选由维杰宁中将亲自审查挑选。墓坑挖掘工作的保密伪装由克里姆林宫卫队的总务处长塔拉索夫上校负责。他用胶合板遮挡住列宁墓的左右两边，避免工作点被窥视到。在一所兵工厂的车间里，艺术家萨维诺夫制作了一条写着列宁名字字样的白色条幅，准备用它覆盖陵墓上列宁、斯大林的字样以作暂时代替，日后再用大理石镶砌列宁名字字母。

下午六时，通向红场的道路被封锁。士兵开始挖掘墓坑。晚九时，除姆日瓦诺泽之外，其余的五名委员会成员都进入了列宁陵墓。身着大元帅制服的斯大林遗体静卧在基座上。八名军官按预定方案首先将准备盛殓遗体的棺木放到地下实验室。在那里，以往一直负责给斯大林遗体涂防腐香油的工作人员正式告别了这项工作。军官们小心翼翼地抬起斯大林的遗体，将他放进棺材。尽管涂上了防腐剂，斯大林脸上的小雀斑仍然清晰可辨。

晚些时候，莫斯科流言四起，说什么斯大林的遗体好像是被人从制服中抖出来了。事实并非如此，谁也没有扒去斯大林身上的衣服，唯一改动的是根据什维尔尼克的指示，将佩戴在制服上的那一枚社会主义劳动英雄金星奖章摘下。至于斯大林的另一枚勋章——苏联英雄金星奖章，斯大林从来就没有佩戴过。接着，他制服上的金色纽扣被黄铜纽扣所替换。卫队指挥员玛什科夫将取下的奖章和纽扣送往特别保藏室保存，那儿收藏着所有安葬在克里姆林宫墙下的人生前所获得的各种奖赏。

为盛殓着斯大林的遗体棺材加盖时，什维尔尼克和贾瓦希什维利禁不住失声痛哭。然后棺木被抬了起来，送出陵墓。动了情的什维尔尼克由一位警卫换扶着，贾瓦希什维利跟在他的身后。除他俩外，其他的人谁都没有流泪。

军官们异常小心地将棺材放进墓坑中，不知是谁按宗教仪式朝棺材撒下一撮泥土，之后，墓坑被填埋起来。在它上面，立起一块白色大理石墓碑，上面只写着一行字："约瑟夫·维萨里奥诺维奇·斯大林 1879—1953。"直到 1970 年，他的墓碑上才立起了他的半身雕像。

五、"时刻准备着!"

当我们的孙子孙女们，像我们儿时一样佩戴着红领巾唱起嘹亮的少先队队歌时，在这个组织的创始国，红领巾却成为历史的见证物，无声无息地展示在博物馆的玻璃柜中，以自己的存在向到这儿来的每一个人诉说着那火一般的岁月。我在这间展室逗留时，发现在苏联少先队展柜前停留的大多是两鬓斑白、银须皓首的老人。我想，展柜里那质地柔软、洁白似雪的制服上衣，鲜红似火的绸质领巾和那面鼓一定会唤起上了年纪的参观者对过去岁月的回忆。因为这种现象当时就在我身上出现过。

　　我无法直视我身边的几位俄罗斯老人的眼睛，无法从他们的眼神中猜到他们的内心活动和情感变化，但回忆的内容，我想，许多都具有相似性。比如说，有的人会回忆起自己儿时参加这个组织时的情景：鼓声咚咚，号声嘹亮，举着手、行着队礼的护旗手护卫着那面神圣的绣着火炬的队旗进入新队员宣誓入队的会场，想起当老队员将鲜红的、散发出淡淡的织物新鲜气味的领巾系到自己的脖子上的心情。有的人，可能会忆念那令人难忘的营火晚会，想起窜动着的篝火火舌、袅袅升腾的轻烟、身旁的伙伴、玩的游戏和表演的歌舞。在许多老少先队员的记忆中，有一首诗是不会被轻易忘记的：

升起篝火吧，
蓝色的夜！
我们的少先队员——
工人的孩子。
光明的纪元
正在到来。
少先队员的呼号：
时刻准备着！

　　这首诗的作者是扎罗夫，他在 1922 年，也就是少先队组建的那一年创作了这首诗。

　　在苏联时期，佩戴红领巾的孩子是作为苏维埃国家的生活方式和价值观念的继承者来培养的。国家为这些共青团和共产党的后备军创造了充满浓烈意识形态气息的环境氛围。那时，少先队员是所有儿童的榜样，每个苏联儿童都热切地盼望获得这一令人骄傲的称号，尽管不是每一位家长都希望自己的孩子成为少先队员。在学校生活里，入队仪式最为隆重。新队员几乎是怀着宗教般的虔诚来宣读誓词的，誓词的中心是"要像伊里奇所教导的那样生活"。几年前，我国四川省发生了前所未有的大地震，灾难发生后，应时任俄罗斯总统梅德韦杰夫的邀请，来自地震灾区的一批中国少先队员访问了莫斯科。主人在为客人所安排的活动中有一项是瞻仰列宁的遗容。在苏联时代，以列宁为榜样成长起来的许多少年儿童在社会主义建设和卫国战争时期，表现出了强烈的爱国主义热情，他们的言行的确无愧于长辈们对他们寄予的期望。

在伟大的卫国战争中，许多尚未成年的孩子以各种方式投身到支前抗敌的斗争中。在他们中涌现了许多小英雄，其中年仅十三岁的少先队员莫尔恰纳夫被授予"苏萨宁者"称号。伊凡·苏萨宁是十七世纪初俄国人民解放斗争的英雄，科斯特罗马县的农民。1613年冬，苏萨宁为波兰干涉者部队带路，将他们引进无路通行的森林沼泽地，最后为此而惨遭虐杀。在列宁格勒（现今的圣彼得堡）被围困的900个日日夜夜，许多少先队员在保卫城市的斗争中，不顾饥寒和敌人炮火的威胁，作出了突出的贡献，许多人甚至为此献出了年轻的宝贵的生命。在列宁格勒的郊外，有一处"红领巾小白桦林"，那是牺牲的少先队员长眠的墓地。那儿的每一棵白桦树上都系着一条鲜红的红领巾。

1941年卫国战争爆发后，前线的少年儿童被疏散到乌兹别克斯坦共和国等东部地区。1942年3月24日的苏联《真理报》有这样一则报道："无论战争给我们带来多大的损害，关心孩子们的成长始终是我们的一项重要任务。我们必须担负起教育他们的职责，把他们培养好。劳动教育便是这种教育的一项重要内容。"乌兹别克斯坦的学校向孩子们发出倡议：不让暑假里的每一天白白虚度，胜利来自后方，来自全苏公民的劳动。学生积极响应这种号召，他们踊跃参加工厂企业和集体农庄的劳动，力所能及地为国家出力。

　　与此同时，他们还在学校教师的组织下参与为红军购买坦克飞机的捐款活动，为前线战士准备节日礼物，协助推行战时公债的发行，为在医院里的红军伤员和残疾军人提供必要的生活帮助等。据统计，1942年夏天，乌兹别克斯坦的中、小学学生为被封锁的列宁格勒儿童准备了三十个车皮的食物、鞋子和衣服。一年后，又筹备了满载二十个车厢的各种生活物资，向该城开出第二趟军用列车。那一年，孩子们所参加的劳动工作日达 1 500 个。到 1944 年，在这个加盟共和国田野中劳动的学生人数达三十二万五千名。许多少先队员和共青团员、学校教师都获得了政府的嘉奖。

　　帕夫里克·莫洛佐夫是一位在苏联时期被授予"少年英雄"的少先队员。据说他大义灭亲，告发父亲私自为被流放到乌拉尔的格拉西莫夫卡村的富农签发通告证，帮助他们离开这个生活条件恶劣的流放地。莫洛佐夫后来遭到报复，被杀害。在那个时代，即使是家中亲人也常常被鼓励要按意识形态选边站队，家庭及人际关系为阶级斗争的需要所制约。因此，在社会中，大规模的所谓群众性的"告密"屡见不鲜。这种做法，不但妨碍少年儿童思考与判断技能的培养，使他们形成盲从习惯，而且给家庭和社会的稳定带来负面的影响。

　　1984 年，在苏联上映了一部儿童教育影片《稻草人》（又译《丑八怪》）。影片所反映的是少年间的暴力行为和同辈之间压力的故事，焦点是苏联社会中少年儿童的社会化问题。该片根据作家热列兹尼科夫的同名中篇小说改编而成。它以一种严厉的目光，看待一群少年儿童残忍地对待与他们意见不一致的同辈伙伴的事件，是对在苏联被看作神圣不可侵犯的教育体系提出的严肃批评。

　　影片的主角是一位名叫列娜的女孩子。她与她的祖父———一位被镇上的居民看作行为古怪、离群的人住在一起。列娜很快被城里的孩子们斥为异己，并被他们安上"稻草人"的绰号。起初，她力图通过斥责自己的祖父来赢得他们的欢心，并且真的有所收获。但是一件意外发生的事件使她再次成为孩子们嘲弄的目标：

　　有一天，班级准备到莫斯科远足，可是当教师得知班里有些同学逃学时，这次活动便被取消了。学生逃课一事是"稻草人"所喜欢的一位男生告诉老师的。为了保护他，"稻草人"挺身而出，向全班同学承认此事是她所为。此后，班里的同学就没少给她制造各种麻烦，向她发起攻击，将她打倒在地，用脚踹她。她的衣服被盗，他们在这衣服上套上"稻草人"的装饰，将这一模拟像烧毁。至此，影片的故事情节达到了高潮……

在这部影片中，编导想将列娜所在的班级当作苏联社会的缩影来表现，而不仅仅是一个临时组成的班级集体。他想批判的是与规则准则相违背的行为，即告密行为，他认为这是缺乏自我判断能力，不问事情的是非曲直、盲从的行为。影片告诉我们，即使是在少年儿童的集体中，也同样有告密者、"政客"、以暴力和恐怖手段谋取支配他人权力的人存在。

2011 年 8 月底的一天，我们在亚历山大公园花树掩映的草坪上小憩。不远处喷涌起的水柱在空中形成了一个个圆罩形的水帘，在阳光的照射下闪烁着晶莹的七彩光芒。一群八九岁大的儿童在他们的老师的带领下，相互追逐着、嘻嘻哈哈地穿过水帘。我见到在他们的胸前都系着一条领巾，不过那条领巾不是红色，而是橙色的，这使我很是纳闷。这是否表示着一个不同于往日的少先队组织的出现，那么橙色又有什么样的表意或象征意义？

在苏联时期，每年的 5 月 19 日是全国少先队队日。这一天，许多老人会系上红领巾，给孩子们讲帕夫里克·莫洛佐夫"小英雄"的故事。如今的 5 月 19 日，仍然有些上了年纪的人聚集到红场等公共场所，纪念着这个值得他们怀念的日子。俄共领导人久加诺夫爷爷也会系着红领巾，带领着一群忠诚于共产主义理想的老人，他们一起为一些孩子戴上红领巾，给他们讲列宁爷爷的故事。

第六章　花落春犹在

一、在拜谒列宁陵墓的队列中——与孩子们一起过新年

等待进入列宁陵墓，瞻仰列宁遗容的队列一直延伸到亚历山大公园门口。队列里显得格外安静，大家按次序默默向前移动脚步，等候那个时刻的到来。

列宁墓离我越来越近，我的心也加速跳动起来。对于我们这一代人，列宁的形象一直伴随着我们走过童年、走进青春、步入中年、进入老年。从教科书、文学作品、新闻报道和电影中，我们感受和认识了这位无产阶级战士的一生以及他的行为、语言、思想和心灵。

我已记不清是在哪一年读到沙金襄的文献性小说《乌里扬诺夫一家》，只记得它经姐姐、妻子和儿女传阅之后才到了我的手中。小说介绍和描写了列宁双亲的思想活动、工作经历和日常生活。列宁的父亲是辛比尔斯克省国民教育的组织者、督学，毕生主张和致力于推行各民族平等

教育；列宁的母亲受过良好的教育，这对他们的孩子的健康成长有很大的帮助。

后来，我又先后读了一些列宁的亲人、同事所写的有关他的回忆录，印象最深的是一本由商务印书馆出版的俄文简易读物《列宁的故事》，其中那篇《索科里尼基的新年枞树》特别有趣、感人。

又一个新年临近了。索科里尼基幼儿园里荡漾着孩子们的欢声笑语，他们在老师的指导下早早布置起新年枞树，并且邀请列宁夫妇与他们一起迎接新年。除夕那天，晨曦初露，孩子们一大早起了床，翘首盼望着列宁的到来。午后，天色骤变，孩子们发起愁来，他们缠着总务主任，七嘴八舌，不无焦虑地问他："要是起暴风雪，列宁还会来吗？"总务主任原是彼得格勒的一位老工人，革命前就认识列宁，他很有把握地告诉大家："既然伊里奇答应来，他就一定会来。"

傍晚时分，孩子们的担心成了事实：屋外风雪不停地咆哮，空中扬起片片雪尘。孩子们时而盯着那棵打扮得五彩缤纷的枞树（上面悬挂着彩色小灯泡和孩子们亲手做成的手工动物，枞树顶上站着一位红脸蛋的白胡子老人）时而又忧心忡忡地望着窗外肆虐着的暴风雪。

不一会儿，一辆小轿车开到了幼儿园门口，可谁也没有发觉它的到来，因为汽车发动机的轰鸣声被呼呼的风声掩盖住了。列宁下了车，入屋，拾级而上，一边脱下身上的外衣，一边用手帕揩干被雪花打湿的面颊，走进宽敞的房间，迎着孩子们走去。

也不知为什么，刚才还在叨念想见到列宁的孩子们，这会见到列宁朝他们走来却变得手足无措，几十双眼睛怔怔地望着列宁，谁也没有言语。弗拉基米尔·伊里奇狡黠地眯缝着双眼，问道："孩子们，你们谁会玩'猫逮老鼠'的游戏？"有位个子较高大的小姑娘卡佳回答说："我会。"男孩廖沙也附和着。列宁让廖沙扮猫、小姑娘扮老鼠。男孩满不在乎地瞟了女孩一眼，脸上露出一丝不屑的表情，似乎在对大家说，卡佳不过是他唾手可得的一只猎物。

游戏一开始，卡佳便冲着列宁奔了过去。廖沙在她身后紧追，弗拉基米尔·伊里奇见卡佳跑到他的跟前，便伸出手托住她腋下，将她高高地举了起来。列宁接着又跟孩子们一起玩起捉迷藏的游戏，所有的人都玩得特别开心。后来，卡佳朗诵起普希金的诗。有些地方念错了，急得她直掉眼泪。列宁安慰了她，卡佳这才止住哭，用小手帕抹去脸上的泪珠。她央求列宁别离开他们。列宁笑了起来，对她说，他就住在离这儿不远的地方。

这时，列宁的夫人和姐姐抬着一个筐走了进来。筐里装着列宁送给孩子们的新年礼物。有人分得一辆玩具小汽车，有人领到一只小喇叭或一面小鼓，卡佳呢？她将一只洋娃娃揽到自己的怀中。在孩子们的欢呼雀跃、喧哗笑闹中，列宁悄悄地溜出房间，乘车离开索科里尼基……

冬日里，在炉火旁边布置一个让妻子和孩子休憩玩乐的地方是家庭中朴实、崇美的举动；而那为着他人，特别为广大孩子们创建美好生活的人，他的心灵会更加的崇美。每每读起英贝尔的诗《将会如此》时，都会让人想起那位充满童真的人：

随着岁月的长河，
一年又一年地流过，
城市将像花园一般，
幢幢高楼、条条马路、纵横交错。
在那里，宽阔的广场上，
将竖起塑像一尊，
落日的余晖，在青铜的外衣上，
洒下金色的霞光。
孩子们将来到这里，
（那儿已传来他们的声音）
他们在晚霞中微笑着，
面对着耸立的巨人。
而母亲，凝望着晚霞，
把孩子举上石磴，
对他低语："我的孩子，这就是列宁。"

二、在拜谒列宁陵墓的队列中——最后的敬礼

离列宁墓的距离越来越近了，已经可以看清栅栏边的警卫对准备入内的游客进行例行检查。可是我的思绪仍然像一匹脱缰的野马，继续奋蹄向前奔跑。雕塑家和画家创作出来的艺术品，形象在于人物的外表；诗人、作家笔下所描述的列宁，形象活在字里行间；而演员，当他们通过对人物的剖析、理解，最终使自己的表演与人物融为一体时，人物形象就会活生生地现于我们的眼前。

苏联话剧与电影演员施特拉多赫和史楚金所扮演的列宁，不但长相、手势和声音形似，而且将人物的个性和思想活动惟妙惟肖地重现出来。在看过的有关列宁的传记片中，我觉得尤特凯维奇执导的影片《列宁在波兰》与《列宁在巴黎》远不如《列宁在十月》和《列宁在一九一八年》生动、形象，尽管后者出现了歪曲某些重要的历史人物形象上的错误。此后，每当读到或谈起有关列宁的事情时，影片中列宁的形象总会出现在我的脑海中。他那爽朗、富有吸引力的笑声与群众交谈时的亲切，认真工作的样子和爱憎分明的态度令我久久不能忘记。人是历史的存在，社会的存在，文化和传统的存在，列宁留给我们思考的东西实在太丰富了。在这些影片中，对人物形象的侧面烘托是电影编导者常用的手法。它所表现的电影画面所产生的艺术魅力一点也不比人物自身的活动逊色。

镜头（1）："不，我不能！"

一位工人模样的中年汉子，一脸倦态，脚步沉重，低着头走进房间。"你为什么不开枪？为什么不向他开枪？！"一个戴眼镜者，瞪着双眼，凶神恶煞地连声责问中年人。后者抬起头来，急切地辩解着："我不能，我不能够！""为什么？""他说的全为我们工人着想，他是那么一心一意……我不能朝他开枪。""你累了，该休息了。"责问者没等对方的话说完，缓和了口气说道。这时，有人不由分说地将那名工人推出房间。房间里，首领气急败坏地训斥着手下人："我早就对你们说过，

不要雇工人去杀列宁。"门外不远处，传来了一声沉闷的枪响。

镜头（2）："快去救列宁！"

当假扮变节者的克里姆林宫卫队队长在阴谋分子所策划谋反的秘密会议上听到半个小时之后列宁将遭暗杀时，他再也无法将角色扮演下去。当卫队长想借故离开会场的打算被对方识破后，他便与周围的敌人打斗开来。跳窗逃走前，子弹击中了他。闻讯赶来的瓦西里，抱起奄奄一息的卫队长。卫队长好不容易睁开微垂的眼睑，艰难地翕动嘴唇，从干涩的喉咙里挤出他生命里最后的一句话："快去救列宁，瓦夏，快——去——呀！"

镜头（3）：两种不同的目光。

常言道：眼睛是心灵的镜子，心之所思可从眼神里获得颇为准确无误的读解。眼睛可以传达人最基本的原始情绪，比如喜悦、悲伤、尊敬、蔑视、愤怒、恐惧或苦恼无助等。影片《列宁在一九一八年》中，当匆忙赶来的瓦西里将身受重伤的列宁抱进轿车里时，悲痛欲绝的工人目不转睛、默默地注视着他们失去了知觉的敬爱的导师和知心的朋友。女工们紧咬自己的嘴唇，强忍住心中的悲痛不让自己哭出来。她们不时撩起衣襟，抹去脸颊上的泪水。无数双眼睛饱含着悲痛和怜爱之情，目送着领袖的离去。

突然间，仿佛听到了口令一般，所有的脸倏地、齐刷刷地转向另一边，将如剑的目光投射到了被抓获的凶手卡普兰身上。人们心中的怒火腾地蹿了起来，势不可挡的人群像潮水一般涌向凶手，将卡普兰团团围住。声声愤恨叫骂，道道犀利的目光，只只粗壮的手直指被保卫人员护在中间、披头散发、獐头鼠目、胆战心惊的女杀手。

镜头（4）："他已经不感到痛苦啦！"

工厂的车间里，一片静寂。那儿站满了无数工人，正凝神谛听台上的人向他们传达有关列宁康复情况的通报。列宁的每一个逐渐趋于正常的健康指标都会引起人们一阵欢呼声。这讯息，有如阳光冲破阴霾，在每个人的心里撒下了光明、温暖和希望。当台上的工人代表，最终放开嗓门，一字一顿地念着："他（列宁）已经——不——感到——痛苦——啦!"时，车间里爆发出雷鸣般的欢呼声。这声音飘出车间，传向四方，人们欢呼雀跃，欣喜若狂。

镜头（5）："没关系，只要将列宁放在心中。"

列宁的警卫瓦西里奉命奔赴前线，指挥作战。临行前，他到克里姆林宫与列宁告别。那时，列宁的身体还很虚弱，为了不打扰他，瓦西里站在门口，轻轻地将虚掩着的房门推开一条缝，满怀深情地朝里面望了一眼。也不知什么时候，斯大林出现在他的身后，他俩为列宁已经脱离了危险期而会心地交换了一下欣喜的眼神。瓦西里对斯大林谈起他对能否完成新的使命的顾虑。斯大林对他说："没关系，只要将列宁放在心上，定能克服一切困难。"这时，镜头的画面切入正策马挥刀，带领红军战士攻击敌人的瓦西里的形象。

列宁的葬礼演变成为全社会的悲剧事件，许多人将他的离去看作是自己个人的不幸。当时还是一名女大学生，后来当了冶金专家的 E.A.安扎帕利泽也不例外。她这样回忆那个悲伤的日子：

列宁去世的时刻是整个国家的不幸时刻，我永远也不会忘记伊里奇的葬礼，我尽力将当时所能感知到的一切埋藏在心里。我怀着悲痛的心情，倾听党和政府向人民发出的讣告，对每一个人来说，伊里奇的死，都是他们个人的巨大悲哀。我想起很久以前父亲的离世，有时觉得那个时刻离我十分遥远，但有时又觉得好像是昨天刚发生的事一般。如今，这种丧父般疼痛的感觉又回到我的身上。

一月二十三日，帕维列茨基火车站上护送列宁的灵柩的人群队伍绵延达数公里。悲伤的队列从特维尔斯克一直延至德米特罗夫卡。灵柩未送进联盟宫以前谁也不愿离去，人们不顾凛冽的寒风，默默地站在严寒中不时跺着脚，仿佛大自然在对来自四面八方向伊里奇表达他们最后敬意的人的精神意志加以考验似的。为了御寒，人们燃起篝火，这种情况一直持续到之后的四个昼夜。

谢尔戈·奥尔忠尼启则偕同妻子济纳依达·加芙里洛夫娜从第比利斯匆匆赶来，他们就住在我家里。谢尔戈脸色苍白、颜容憔悴，他无法承受伊里奇的死给他带来的打击，忍不住大声号啕起来。过后，他的情绪才稍稍平静下来，但泪水仍止不住地涌出眼眶。他给我们讲伊里奇，回忆起他与列宁单独见面时的情形，我们围在谢尔戈身旁默默地听着，心情万分激动，泪水模糊了我们的眼睛。

我和贾帕里泽的姐姐刘齐雅刚准备一起出门，就被谢尔戈发觉，他问我们这么晚还上哪儿。我们回答说："什么上哪儿，排队去。要赶紧进圆柱大厅。"谢尔戈劝我们别去，说外边滴水成冰，严寒会把人冻出病来。我清楚地记得，1919 年，他与我们的母亲在一起如何熬过受寒染病所带来的痛苦。但他的劝说没能打消我们执意外出的强烈愿望。尽管他已答应为我们弄出入联盟宫的特别通行证，我们还是在天黑之前走出家门……

我们所在的队伍接近联盟宫时，晨曦已初现。大约在清晨时，我们登上了楼梯，内心突然产生一种难以言说的感觉。低沉的哀乐在大厅里回荡，枝形大吊灯已蒙上黑纱，摆放着的鲜花和花圈的数量与时俱增，到处都笼罩着浓烈的悲哀气氛。

距离停放伊里奇遗体的大厅越来越近了，我耳边听到的全是强忍着悲痛发出来的呜咽和哭泣声。我们好不容易才没哭出声来，但觉得眼睛里升起了白茫茫的雾障。无论我们如何努力将视线聚集到伊里奇的脸上，仍然什么也没看清。没等我们回过头再看多一眼，便身不由己地被身后的人流裹挟向出口处。

回到家里，自然大家都已经起了床，谁也没有留意我们，也没问我们在什么地方过的夜，从哪儿回来，因为大家心里都很清楚。傍晚，谢尔戈回来了，他给我们带来了通行证。这张小小的卡片赋予我们随时都可以进入圆柱大厅的权利。遗憾的是利季娅和我都没有保存好这张特别通行证，现在所保存的这一张，上面写的是母亲的名字，但我们仍然把它当作珍贵的纪念品保存着。

在弗拉基米尔·伊里奇的灵柩旁，我们见到了他生前的许多战友、亲人和亲近的人。其中有他的夫人克鲁普斯卡娅，姐姐安娜·伊里尼奇娜，党的领导人加里宁、捷尔任斯基、奥尔忠尼启则、伏龙芝以及其他老布尔什维克、工人、农民、知识分子与红军的代表。每个人的脸上，都刻着"悲痛"二字。

返回家里，碰巧谢尔戈也在家。他不无愤激地提起托洛茨基。"你知道吗？瓦拉，"他对妈妈说，"在这样的时刻，他居然询问该不该到莫斯科来，仿佛这样做会有什么不妥似的。有人给了他这样正确的答复：'您自己掂量着办吧。'结果呢，他还是没有来……他认为自己没有必要来送伊里奇最后一程。"

从全国各地，乃至全世界的许多国家赶来与列宁告别的人有增无减。我有幸参加了第二次苏维埃代表大会中举行的列宁追悼会。追悼会由格利哥里·伊凡诺维奇·彼得罗夫斯基主持，米哈伊尔·加里宁致悼词。在他之后登上讲台的是克鲁普斯卡娅。这时，全场代表起立聆听她的讲话。会场一片寂静，就连最细微的沙沙声也可以被听到。克鲁普斯卡娅讲话的声音不高，我清楚地记住了她向大会代表们提出的要求：请不要把对伊里奇个人的敬仰表面化。她呼吁不要为列宁建纪念碑、殿宇，在她看来，伊里奇认为这些没有什么意义，反而会成为一项负担。她强调要把对弗拉基米尔的尊敬和怀念体现在开办更多的托儿所和幼儿园等工作上面，将她的这一忠告落实到生活里面。

克鲁普斯卡娅的发言结束后，代表们仍然站立着，而她也没有坐到主席台上的座位上。接着，斯大林以党中央委员会和全体共产党员的名义宣读誓词："像列宁那样生活、学习和工作。"这句话成为我们今后工作的座右铭。

一月二十七日所发生之事让我刻骨难忘。二十六日过后，从午夜零时开始，停止了对列宁遗体的瞻仰。二十七日上午七时，妈妈、济娜依达、姐姐和我一起上圆柱大厅。谢尔戈以及别的党和国家的著名活动家都在场。八时整，加里宁、斯大林、古比雪夫、库尔斯基、奥尔忠尼启则、捷尔任斯基和叶努基泽组成了仪仗队。在列宁灵柩旁边走着护送的还有克鲁普斯卡娅、玛·伊里尼奇娜、安娜·伊里尼奇娜和德米特里·伊里奇。肃静之中，不知是谁唱起的歌曲："别了，同志，您忠诚地走完了……"大厅里所有的人也跟着唱了起来。悲壮的歌声回荡在弗拉基米尔·伊里奇的灵柩所在的大厅，大家缓步向出口走去，前往红场。在那里，一座用木头建立的临时陵墓已经竣工。

从上午十时开始，从来自首都各区的劳动人民代表源源不断地列队环绕灵柩一圈，瞻仰列宁的遗容。陵墓上方，站着中央政治局成员、中央执行委员会主席团成员和外国党的领导人、党与工人和共产主义运动的老战士。五时五十五分，环绕着灵柩的告别仪式结束，覆盖在上面的联共（布）中央委员会及共产国际的旗帜被取了下来。捷尔任斯基、斯大林和别的几位领导人和工人代表抬着列宁的灵柩进入陵墓。这一刻，全场万籁俱寂，紧接着是步枪的齐射声和工厂、轮船的汽笛声响彻天空。这一刻，电报局向四面八方发出的电讯是："同志们，请起立，伊里奇的葬礼正在进行。全苏联所有的公民肃立默哀四分钟。"其后，新的电文发出："列宁死了，列宁活着。"这时，在莫斯科的红场，有人唱起《您光荣的牺牲》。红场上有人跟着一齐唱了起来……

当被倒拨了八十七年的时钟指针又重新回到如今现时的位置时，我轻步走进陵墓。墓门边、台阶下肃立着守灵的卫兵——列宁的后代。他们面容清瘦，身材健壮，笔直地、纹丝不动地挺立着，仿佛是挺拔的小白桦树，稳稳地扎根于这个荣光灼灼的哨位上，在这暗淡的墓室里，闪烁着红色的、温暖的亮光……

有一种记忆，是不会轻易被忘却的。当生活变得艰难时，有的人行为榜样、思想言行会鼓舞着你，尝试越过横亘在前面的障碍和险阻，让你看到前面的亮光，使你信心倍增，奋勇直前。在这些人中，有一个就是弗拉基米尔·伊里奇·列宁！

三、"塔拉斯·布尔巴"和"苏霍夫同志"

"大家饿了吧？我们吃饭去吧。"尼娜的提议获得大家的一致赞同。上了车，车子驶过莫斯科河进入列宁大街，朝莫斯科的西南方驶去。大街虽然开阔，但两边少有高层建筑，不过倒有几处像俄罗斯科学院、加加林纪念碑、什维尔尼克纪念碑、莫斯科商场之类的有意思的建筑物可以观赏。

车子在三十七号门口停了下来，抬头一看，这家餐馆的入门上方挂着一块弧形招牌，上面用印刷体美术字写着馆名"塔拉斯·布尔巴"。不用说，我的第一个反应就是果戈理所写的那部同名小说中的主人公，心里也对它产生了好感，就不知它会经营何种饭菜。

果戈理的这部有名的中篇小说创作于 1835 年，作品描写了十七世纪乌克兰人民反抗波兰贵族侵略者的故事，着重写塔拉斯·布尔巴一家人的爱国行为和精神。老塔拉斯在和平时期是一个生活浪漫、放荡不羁，但幽默风趣的哥萨克老队长。波兰人入侵自己的家乡时，他带领一家人投入保家卫国的战斗。在战斗中，小儿子安德莱贪恋女色，被波兰美女迷住，背叛了自己的祖国。塔拉斯得知实情后大义灭亲，亲手处死了叛国投敌的儿子。大儿子奥斯塔普在战斗中英勇杀敌，后来不幸受伤被俘。塔拉斯知道后，不顾生命危险潜入敌后，想解救出儿子，但未达目的。不久，大儿子在华沙英勇就义，他悲痛万分，为儿子举行了"追悼"；他本人在与敌人血战中也受伤被俘，在敌人面前他宁死不屈，被敌人绑在树上活活烧死。

在尼娜的引领下，我们一行六人鱼贯入内。餐馆的座位，以亭阁的模样设置于室外，每间亭屋都用图画和花卉藤蔓装点着。一些铃兰类的植物沿着木头柱子攀缘而上，在我们的头顶铺盖起用喇叭小花点缀着的绿色天幕。乌克兰人这种对大自然的热爱和对美的追求很快便感染了我们。受好奇心的驱使，我进入到工作人员居住的房屋参观。即使是在莫斯科，他们的住宅仍然散发出浓郁的家乡气息。不论楼下楼上，粉白的房间内外墙，都绘画着或张贴着彩色壁画，就连楼梯的靠壁也没放过。在这些花卉植物画中，最常见的是向日葵。在那儿，手工工艺刺绣的花巾，家织的长条粗毛毯、地毯等，在房间内外随处可见。

接待我们的是一位年轻的乌克兰小伙子，一身绣花衬衣和长衬打扮，头上还戴着一顶草帽。这儿的服务员全都是这样的打扮，头上还戴着花冠，让人觉得似乎在节日里用餐一般。

我翻阅了一会儿菜谱，里面所提供的主要还是各种面食，和以面包、蔬菜、肉类以及乳制品为主的食物。尼娜为我们点了一小盆大米饭和一小盆土豆，此外便是汤和果汁。到莫斯科之前，我们在圣彼得堡曾尝到了比较典型的俄罗斯饭菜。内容主要由小吃、热饭菜和茶点三部分组成。小吃有各种沙拉、腌黄瓜、醋渍蘑菇和香肠等；主食依然是面食唱主角，也有火腿、鹅肝、肉、煎蛋等；茶点以甜品和各式点心为主。在伊萨基辅大教堂斜对面的街道餐馆里，我们还吃到了一顿正宗的俄罗斯馅饼。

所点的饭菜不一会便上齐了。乌克兰小伙子按各人所需为大家斟上各式饮料。按照俄罗斯人的传统习惯，这时祝词

是免不了的。尼娜最先站起身来："为我们的远道而来的中国客人干一杯！"相互碰杯之后，我呷了口杯子里绛红色的果汁，顿觉满嘴香甜，心里猜着水果的品种。接着大家又在声声的祝愿中碰了杯。各人说着各自心中的"祝酒词"：为健康、为事业、为难得的见面相聚、为殷勤热情的女主人尼娜、为年轻美貌又善良的利娅娜的幸福干杯……在所有的菜肴中，我最喜欢的是那盛装在一只浅底筐中的浅棕色面包干片。将它放到嘴里细嚼慢咽，可以感到有一种略带酸味的淡淡清香。就现在流行的保健观点看来，它的好处可能与餐桌上的水果蔬菜沙拉不分上下。但整桌饭菜给人的感觉不在于香和味，而更多的是在于它们的色上，也就是说，在那色彩斑斓的外观上。

当今，饮食文化越来越受到旅游者的关注，从食物的种类、来源、与健康的关系、背后的故事和象征意义到餐桌上的礼仪文化习俗，都成为旅游者颇感兴趣的闲谈题材。而利用社会名流或民族英雄的名字、肖像作为商品或行业的营销手段在许多国家也很流行。

在符拉迪沃斯托克（海参崴）时，有天晚上我在一家小餐馆用完餐，正准备返回住处，不经意在门口回头一瞥，餐馆门楣上的招牌便把我吸引住了，只见黑色背景上有一处用乳白色的灯光衬托着的文字和图案。文字是 Товарищ Сухов（苏霍夫同志）；在它的右边，有一位头戴缀着五角红星军帽、面容清瘦的军人的头像。在头像下方，是一行正穿越沙漠的骆驼队。这哪里是饭店的招牌，它更像是电影戏剧广告。然而，"苏霍夫同志"的确就是这家餐馆的名字。

我突然回忆起刚才在用餐时看到的墙上图画，当时未对它们有过太多的留意。现在想起来，这些画的内容应当就是这位苏霍夫同志家庭生活的片断写照。在

返回住处的车上我问利娅娜有关这一店名的出处，她告诉我，这家餐馆是一名乌兹别克斯坦人开的，而这位佩得尔·费多罗维奇·苏霍夫是苏联内战时期的一位英雄。他 1914 年加入共产党，1918 年任矿工队队长。参加红军后，在与白军的战斗中从科利丘吉诺一路作战一直打到阿尔泰，最后被敌人俘获枪杀。有部苏联摄制的电影叫《沙漠中的白太阳》，讲的正是这位苏霍夫的故事。"不过，"利娅娜补充道，"这部影片我也没有看过。"

利娅娜讲完后，车上的人都陷入了沉思。我想，也许在这两家餐馆我们吃过的饭菜中，就有当年塔拉斯·布尔巴和苏霍夫同志喜爱的食物，但那会是些什么呢？

四、"你的名字不闻于世，你的功勋永垂不朽"

1967 年 5 月 8 日，在庆祝伟大的卫国战争胜利二十二周年的日子里，在毗邻克里姆林宫的亚历山大公园城墙下，建起一座无名战士墓。宽阔的地面上铺上光滑明净的大理石，中间有一颗用大理石砌成的五角红星，一束火焰燃烧于星的中心。这火焰一年到头永不熄灭，象征着先烈功绩永世长存。在它的左右两侧，各设一座卫兵岗亭。一年四季，都有士兵在那儿站岗守灵。世界上第一个无名战士墓建于第一次世界大战后的法国。那时，许多牺牲战士的遗体无法确认身份，因此无法运回家乡让家属认领。因此，每当人们发现一具战场上的尸体时，便有成百上千的阵亡将士的母亲蜂拥而至，以确认是否是自己的儿子，场面十分悲恸动人。母爱促使法国政府立意在巴黎的纳菲罗希罗广场建立一座无名战士墓以告慰死者的亲人，为人们凭吊先烈提供一个庄严的场所。

在苏联伟大的卫国战争时期，苏联武装人员在战场、医院、集中营中死亡与被列为失踪人员的数字达八百六十六万八千四百。在许多有关战争的回忆录、史书、小说、诗歌与电影中，都对此作了纪实性的叙述和描写。在战争中，特别是战争爆发初期，牺牲的战士常常被就地匆忙掩埋，以致后来查考掩埋地点时困难重重。

米·别里亚科夫的诗歌《母与子》，讲述的正是一位普通士兵的母亲对随军征战的儿子的热切思念之情。最初是儿子随大军路过家门，却未能与母亲见上一面，接着是思儿心切的母亲锁上家门，孤身离家寻找起儿子所属部队的驻地。她越过战线、穿过城乡、进入过硝烟尚未散尽的战壕，历尽艰难险阻，从一座地狱转到另一座地狱。终于，功夫不负有心人，母亲在喀尔巴阡山脉找到了儿子最后战斗过的地方。但是，儿子已经牺牲了，母与子阴阳两相隔……最后，母亲将一束鲜花敬放到在那儿的一座无名战士公墓前。

时间的流逝所产生的历史距离，使人可以看清过去的真相。

几年前，我从1991年的一本旧俄文刊物《青春》（六月刊）上读到当年的卫国战争参加者巴维尔·普鲁尼科所写的一篇回忆文章。作者告诉我们，那时，他常以阵亡战士的战友身份为死者作证，证明他们是在与法西斯匪徒的作战中牺牲的。这些战士大多是在战争爆发后不久匆忙应征入伍的，他们大都是未经任何训练，甚至还来不及换上军装便奔赴前线作战的农民出身的年轻人。在部队里，他们并没有获得应有的尊重，一些政工人员甚至公开蔑视和嘲讽他们，称他们为"乡巴佬"、"大老粗"。

战前，在苏军中，上至各级指战员，下到普通士兵，所接受的军事教育内容都集中在如何向敌人发起进攻，似乎退却，或者说有计划地组织战略防御之类的作战方略不适应于这个伟大的苏维埃国家和战无不胜的苏联红军。在交战初期，军官带着士兵，举着红旗，唱着歌，喊着"乌拉"的自杀式冲锋并不鲜见。除了战略思想外，僵化的意识形态、形式主义和官僚主义作风，也是造成战场上苏军士兵伤亡惨重的另一个原因。

一些好大喜功的战役决策者们习惯于为某一革命节日献礼，并将这一节日的日期定为部队完成某一军事行动目标的最终期限。结果，不但目标难以实现，而且让许多生命变成了这种观念的牺牲品。普鲁尼科写道：正是那些扼守在战壕里，在漫天大雪的二月、白雪皓皓的三月和阴冷潮湿的四月，默默地忍饥受冻、时刻面对死神威胁的普通士兵，认真地履行着他们的职责，舍身忘己地保卫着祖国的每一寸土地。在战争中幸存下来的人，是永远不会忘记自己战友牺牲的情景的。

在俄罗斯和白俄罗斯、乌克兰等许多地方，都可以见到许多大大小小的方尖碑。这种纪念性建筑物最早见于埃及。它是一种尖顶石柱上窄下宽，截面多呈方形，碑身经过琢磨。它的存在，无非是想让后人记住那些在祖国危难时，为了抗击侵略者而献身的英雄人物，其中也包括名字未曾刻在上面的无名战士。

被誉为"前线一代"的苏联作家瓦·弗·贝科夫选择了一些战争侧面，描写为数不多的普通人物身上那在常人看来并不十分轰轰烈烈的英雄壮举，唤起人们对在战争中建立的军功和道德品质之间关系的思考。在小说《方尖碑》中，贝科夫塑造了一位身体残疾的普通乡村老师莫罗兹的形象。战前，他热爱和忠诚于苏维埃教育事业，在教育学生的工作中倾注了他的全部精力；战争爆发后，他像前线战士一样，坚守自己的教育阵地，通过隐蔽的方式向孩子们灌输爱国主义思想，还不断为游击队传递情报。后来，他的六个学生在惩治叛徒的行动中被俘，敌人以处死他的学生为威胁，逼莫罗兹"自首"。为了营救孩子，他暗地里离开游击队的营地，到敌人的村子去。在狱中，他不停鼓励孩子们的斗志，结果敌人绞死了莫罗兹和他的学生。小说的主题思想在于说明：莫罗兹的英雄事迹长期被埋没是不公正的，应该把他的英名写在烈士公墓的方尖碑上。

卫国战争距离今天已有七十多个年头，俄罗斯人对先烈的形象和精神的缅怀，也越过了生与死那道传统上难以逾越的界限。艺术家通过艺术创作的手法，让仍然健在的"二战"老兵与他们当年牺牲的永远十八岁的年轻战友"见面"，进行无声的交谈。在画家克拉夫佐夫·伊戈尔的油画作品《最后的敬礼》上我们看到，鬓发灰白、满脸皱纹，从战争中走过来的胸前挂满军功章的老兵和身穿士兵大衣头戴船形帽永远年轻的战友面对面。在这种场合中，年迈的生者和年轻的死者会谈什么呢？对于后者，诗人亚·特瓦尔朵夫斯基在他的诗作中对此作了回答："愿你们留下我的遗言，愿你们生活美满幸福，满怀着忠心与热忱，继续为祖国服务。悲伤时，别垂头丧气，要保持住高傲和自豪；喜庆时，别枉自夸耀。兄弟们，千万要珍惜，那神圣的幸福，请铭记我们的手足战友，他们曾为了它，把生命献出。"

电影《星星》是俄罗斯总统普京看过并赞赏有加的一部俄罗斯战争片。它讲述了在卫国战争苏军转入反攻阶段时，有七名侦察员受命潜入敌人的一战略枢纽，设法获取敌方兵力集结的重要情报，最后全部壮烈牺牲的故事。二十多年后，这些初时被列为失踪人员的侦察员，经过对他们的情况查实之后，全体成员被追授一级卫国战争军功章。

影片中，侦察员联系总部电台的无线电呼为"大地"，而总部对他们的呼号则是"星星"。"大地"与"星星"让人产生丰富的联想。影片结束前的最后一个镜头是：大队在战争中已经牺牲的苏军战士的英灵排成四人纵队，迈着轻快的步伐，穿过山林，沿着蜿蜒的河岸朝东方走去，每个人的心中都充满着难以遏止的欢乐。银幕上打出这样的字句："每年五月，那些走出国门，在追歼德国法西斯匪徒的战斗中英勇牺牲

的亡灵，都要从异国他乡返回自己的故土与自己的亲人团聚。"

克里姆林宫墙下的无名战士墓的哨兵换岗仪式正在进行。从墙中的一扇侧门出来的士兵肩扛步枪，甩开臂膀，迈着正步走向哨位。我想起那位从小就迷上戏剧表演的著名瑞典女演员葛丽泰·嘉宝她 12 岁时就把"战争"搬进她设在工棚屋顶的"舞台"。布景是用古老的家具拼凑而成的。身披白色亚麻布，扮演着和平女神的小嘉宝，庄严地唱道："人们为什么要打仗？人们为什么要流血？"小女孩对这一历史现象的拷问，今天仍未得到人们的足够重视。新的一轮又一轮的军备竞赛在不断上演，而这绝不是长眠在地下的无名战士们和他们的亲人所想要的。

五、一座奇特的历史事件纪念碑

晴朗的八月，天湛蓝，零零落落的几朵白云在天空信步闲游，太阳赶在多雨之秋到来之前施展着它最后的一点余威。离开无名战士墓，我们从立方体状、低矮的英雄城市纪念碑前走过，朝西边亚历山大纪念碑走去。

小石指着左前方，说："瞧，那边好像有个岩洞，我们进里面凉快凉快吧。"待我们走近一看，才发觉那不过是个进深甚浅、容积不大的窟窿。入内细观，竟是一个用沙土、水泥筑成的人工壁洞。对这个夹在神圣的纪念碑中间，造型又古里古怪的墙洞的用途，我们都百思不得其解。随后赶来的利娅娜笑着告诉我们说，那是 1812 年莫斯科大火的纪念碑。她这么一说，打破了我原先对纪念碑的雄伟神圣的印象。不过待我再仔细审视，倒也觉得那模样与被大火焚毁后的房屋样子有些相似——烟熏火燎、残垣断壁。

1812 年的 9 月刚到，拿破仑的侦察兵便进入了被放弃的莫斯科。随后，以符腾堡骑兵为先导的法军缪拉先头部队开进莫斯科。两天后，拿破仑也进入了莫斯科。当天晚上，他宿于郊外的多罗戈米洛夫斯基，次日清晨，才正式隆重地进入克里姆林宫（以下称克宫）。在这以前，莫斯科的绝大多数居民都已撤离，城市已成为一座空城。因此，它当然就不会像别的一些早先被法国人占领的欧洲城市那样，出现市民欢迎拿破仑的那种局面，更不会有什么人为他献上面包和盐，或是将莫斯科市的钥匙交到他的手上。那天，入城的法军唯一能听到的声响是他们自己的脚步声所引起的空寂的回音。无论是宽阔的街道、狭窄的小巷，还是结实的房屋或华丽的宫殿，全都寂寥无声，不见人影。

入城的法军部队大多人困马乏、衣衫褴褛。当他们涌进空无一人的华丽住宅后，不战自垮的厄运便降临到他们头上，如同水流入沙地，刹那间被吸食得踪影全无。在这座富庶的空城中，抢劫发生了。起初是士兵，后来无法制止这种行为的军官也加入其中。当这支队伍后来撤出莫斯科时，初时骁勇善战的精锐之师在金钱财物的诱惑下失去了战斗力，溃不成军。军人车拉肩扛着抢来的财物，谁也不肯抛弃，因此，他们的下场必然是灭亡。

历史上发生的事情，总会以这样或那样的方式在生活中重演。即便在二十一世纪的今天，在某些国家的军方高层，这种将导致自毁长

城的丑恶现象时有所闻。人如若不时常荡涤心灵上的污垢，终究会葬送自我。舍生取义是军人的品质，如果让见利忘义的思想抬头并蔓延开去，军队的结局就十分可怕了。

早在 9 月 2 日，莫斯科的有些地方已冒出了缕缕黑烟，拿破仑对此并不十分在意，他认为大概是士兵在抽烟、做饭或生篝火时不小心造成的。可是后来，火势变得越来越大，并且不断向河岸上的面包店蔓延。大火吞没了炮兵仓库，引起弹药的剧烈爆炸，到了最后，就连位于市中心的红场也面临大火的威胁。与克宫相望的商贸城也着了火，火借风势朝克宫飞卷而去。如果克宫一旦起火，并引发法军存放在那里的炮弹爆炸，后果将不堪设想。

拿破仑令近卫军司令莫捷元帅赶紧采取有效的措施灭火，可是所有的消防设备早已被俄军运走。加上无数小商铺在地窖里储存着油脂、蜡烛之类的易燃物品，使火势一时间难以得到控制。大火将莫斯科的半个夜空映照得通红，这是这个矮个子科西嘉人在雾月政变中登上权力顶峰、在许多战役中指挥着一支所向披靡的法国大军的最高统帅所始料不及的。9 月 3 日晚，大火燃烧的规模使人无不胆战心惊。初秋的北风风力正旺，风将火舌刮向四面八方，着火的木屋猛烈燃烧，无一幸免。

4 日早晨，拿破仑起床后照例与自己的私人医生寒暄片刻，便习惯性地打听起城里的新闻。医生告诉他，克宫周围已起火。没过多久，来势汹汹的大火便将他吓得魂不附体。他急忙着装穿靴，将心中的一股怒火发泄到勤务兵身上，因为后者没按次序向他递靴。直到这时，这位统帅才记起早些时候，他所听到的一则传闻：俄国人打算火烧莫斯科。

阵阵呼啸着的劲风，在人们的头顶发出凄厉的哀号声，变幻莫测的风向将火舌赶进大街小巷，有好几回差点将克宫点燃。数不清的火星自天而降，发出噼噼啪啪的响声，克宫被周围的大火映照得一片通红。拿破仑的副官谢格奥尔在他的回忆录中这样写道："他（拿破仑）被这场大火震慑住了，似乎这大火是专门冲他而来的。他心神不定，坐卧不安，毫无目的地从一间房间奔向另一间房间，始终无法定下心来工作。他不时将目光投向窗外，怔怔地盯着外面的大火，从他那窘迫的胸膛中发出短促尖厉的惊叹：多么可怕的景象，这火是他们自己放的，这是什么样的人啊，这群西徐亚人！"（西徐亚人，指公元前七至三世纪居住在里海北岸的部落人，又称斯基泰人）

有人惊呼："克里姆林宫起火啦！"听到惊呼声，拿破仑慌忙从皇宫走到枢密院广场，想亲自确认火势的危险度。在近卫军士兵的奋力扑救下，三圣塔附近靠近军火库的火苗被及时扑灭，避免了一场可怕灾祸的发生。然而，嗖嗖的秋风是那样的凌厉急骤，随时都有可能将新的火星或着了火的木屑之类的东西吹向克宫。在这险象丛生的境地中，法军将士无不惴惴不安，有如惊弓之鸟。4 日下午 2 时，拿破仑终于下达了撤离克宫的命令，将他的行营移至郊外的彼得罗夫斯基宫。

莫斯科失守后过了九天，库图佐夫才派专使到圣彼得堡，送去关于放弃莫斯科的正式消息。亚历山大一世立即在石岛行宫的办公室里接见这位专使。他问专使："您给我带来了很不好的消息吧，上校？""很不好，陛下，"专使叹着气垂下眼睛回答道，"莫斯科放弃了。""难道不战就把我的故都丢弃了？"皇帝突然发起火来，很快地说。专使毕恭毕敬地转达了库图佐夫叫他转达的话，这就是：在莫斯科城下无法进行战斗，由于只能作出一种选择，要么既丧失军队又丧失莫斯科，要么只丧失莫斯科，因此元帅只好选择后者。

法军西撤后，莫斯科人开始陆续返回自己的家园。颇负盛名的贵族夫人 C.A.科尔萨柯娃在写给她从军的弟弟的信里这样说道："我返回我们这不幸的莫斯科已五天了。唉，格里沙，亲爱的，你简直无法想象它变成什么模样。它叫人没法辨认，大家都流下了眼泪，到处是断墙残壁，令人惨不忍睹。我们的莫斯科几乎变成了丑陋的老太婆啦！这儿除了尸体和废墟，什么也没留下。莫斯科的九千幢房子如今只剩下七百二十幢，其中就包括我们的房子，它完好无损。它与别的幸存的房子一起，供无家可归者居住。但大家都活着，身体也都健康……"

第七章　在红墙后面

一、嬢娜

　　傍晚从莫斯科开出的"青春"号客车，于清晨时分抵达圣彼得堡的莫斯科车站。尽管时值7月底，我刚从车上下到站台，便感受了到从波罗的海芬兰湾刮来的冷风的威力，不禁打了个寒噤。不远处，有人正操着外国口音用中文大声说话，循声望去，只见有位体态丰盈的女人被我们的团友围在中间，说话者便是她。

　　我拖着行李箱赶了过去，这才看清她的模样：二十五六岁的年纪，中等身材，脸儿浑圆，红光满面。栗色的头发在后脑勺挽成个发髻，乍一看，像个少妇。这位俄罗斯姑娘见大家都已聚齐，便对我们作起自我介绍："同志们，你们在圣彼得堡的观光活动由我负责导游……"听到她用"同志"称谓我们，我顿时便觉得有股暖流流过全身。"同志"以及我们乘坐的列车名字"青春"，这类在苏联时期经常使用的词汇，很容易让我们想起那个逝去了的时代，想起那些对美好未来充满着无限憧憬的小说、电影和歌曲。苏联歌曲《祖国进行曲》中有这么一句歌词："我们骄傲的称呼是'同志'，它比一切的尊称都光荣。""同志"这个词所传递的信息是志同道合，有共同的理想和追求的人，是平等、不分彼此，是尊重和互助……

　　"我叫嬢娜，"耳边响起导游圆润的嗓音，"在俄罗斯，许多女性的名字都与'娜'字结伴。比如说安娜、尼娜、列娜、卡杰琳娜、玛丽娜、伊凡诺芙娜、叶卡捷琳娜等。不过,你们称呼我时,就别用嬢娜这个名字。"说到这里,她有意地停顿了片刻,似乎想激起我们的好奇心。"因为在俄文里,嬢娜与妻子这个词共音同文,只不过是两者的重音位置不同罢了。因此,稍不留神,就会把我的名字念成妻子,这多么让人感到不好意思……"听着她这开场白,大家忍不住笑了起来。"那我们该如何称呼您呢?"有人问道。"叫我'娜娜'吧。"她的这一自我介绍,使气氛一下子融洽起来,我们与她的距离也接近了许多。这时,我们的这位娜娜,将手里那面印着"金色俄罗斯"字样的的三角旗往头顶一举,便昂着头,雄赳赳地领着大家朝东站的出口大步走去。

趁大伙忙着将大件行李放入大巴底部的行李柜,我站在东站门口的台阶上四下张望。广场中央耸立着的方尖碑和对面十月宾馆上的标语牌最先映入我的眼帘。标语牌上写着"英雄城市——列宁格勒"。它如同一张城市的名片,向到这儿来的客人作自我介绍。列宁格勒是苏联卫国战争中十三座被授予英雄城市中的一座。

在我所接触过的导游中,嬢娜的业务态度和风格与众不同。她热爱自己这份很难让她的服务对象感到满意的工作。每当她为我们讲解景点时,从她的表情、眼神、姿态甚至说话的腔调中,都可以感受到她的满腔热情。她所讲解的事物中,常常寄托着她自己的或喜,或哀,或自豪,或不满之情。而这份对自己所从事的工作的热爱和敬畏必然会产生对它的责任心,而责任心又会鞭策着自己将工作做得更加完美。

我们要参观的第一个景点是彼得保罗要塞。大巴刚一开动,她的介绍也随之展开。她首先讲圣彼得堡建城的始末,让我们记住 1703 年 5

月 27 日这个日子。至于城市的面积、人口、河流与岛屿有多少，我早就忘记了。但经她反复重现、多次强调的另外一些内容，比如说：每年 5 至 7 月间圣彼得堡的"白夜"、平均宽度达六百米左右流经市内的涅瓦河、发生在这座城市中的俄国三次革命、九百个日日夜夜的列宁格勒保卫战和一些精美的建筑群的名字，却长久地留在我的记忆中。

　　提问、多次重现及适时评价是嬢娜在给我们讲解中常用的手法。她仿佛是一位从教多年的历史教师，用符合心理认知规律的方式帮助她的学生熟记历史知识。我们的大巴在要塞外边停了下来，步行穿过横跨于克洛维河湾的约翰桥时，嬢娜一边给我们讲述这座有着三百多年桥龄的木桥故事，一边指着眼前的要塞问我们："还记得我刚才所讲的吗？这要塞建在什么岛上？"话音刚落，有位小女孩应声答道："兔子岛。""那么，修建这座要塞是谁出的主意？""彼得大帝。""彼得一世。"几个声音回应着。或许我们中已有人猜到嬢娜接下来要提问的问题，便不失时机地抢先给她一个颇为完整的答案："修建要塞是沙皇彼得一世于 1703 年 5 月 16 日作出的决定。"嬢娜对这个回答显然感到十分满意，不过她还是对它作出一点修正与补充："这一天，彼得一世对要塞奠基。"说完，她侧过脸，朝发出声音的方向望去，称赞道："真聪明！"那说话的口气和所选用的评价语，让我不由想起幼儿园里的女教师。嬢娜这种对先前所介绍的知识性内容进行多重现的讲解方式一直贯穿于她两天导游工作的始终。

　　有时，倘若我们的回答不能让她满意，她会给出一些有利于提取记忆和促进思考的线索，并且在答案产生以后，进一步拓展信息的内容和道

出它的意义。

进入要塞，最先见到的是彼得保罗大教堂的建筑，那高耸入云的金色尖塔令所有的参观者赞不绝口。它的建筑师是特列津尼。这位有着瑞士血统、早期巴洛克风格的代表人物，建有彼得一世夏宫和圣彼得堡十二所学院大楼。教堂建于 1714 至 1733 年间，里面有历代沙皇的陵墓。

接着，嬢娜领我们参观"涅瓦斯基门"。它虽然乍看之下貌不惊人，却比一般的门廊要气派。门顶呈三角形，檐下正中处有十字架标志，下端刻着"涅瓦斯基门"和"1787"的字样，两端立着用于装饰的圆柱。门的宽度约为四米，给人以沉重和压抑的感觉。在门廊右侧墙壁上刻着 1824 年 11 月初那场大水的水位。站在这标志前面，使人不由得想起普希金的《铜骑士》："……咆哮奔涌的洪波、飞沫、浪花和如山的巨浪……汹涌的怒涛往后倒流，洪水淹没了河口各岛……河水猛涨，惊涛澎湃，像一锅开水翻滚、沸腾，像一只野兽发狂、逞凶。突然，向城市猛扑过去，一切得让路，一切被扫空……"与洪水有关的一些回忆在我脑中乱纷纷地闪过。这时，嬢娜出其不意地用一种低沉的，一本正经的语气问道："谁知道这门叫什么名字？"这名字是我们在进入要塞之前她对我们提过的。但不知道为什么，回答她的是一片寂静。嬢娜有些不满意地扬了扬眉毛，朝我们扫视了一番，提示道："是一扇让人有去没回的门。""是'死门'，死亡之门。"有人应答道。"对，也叫涅瓦斯基门，"她补充着，接着又问，"那么，为什么叫它'死门'呢？"于是，她开始讲述起其中的原因来。

她首先从要塞建筑中由障壁联结的六个棱堡、两个三角堡和一个冠堡的建筑结构讲起，讲到从十八世纪三十年代开始，阿列克谢耶夫三角堡、特鲁别茨科伊棱堡和涅瓦棱堡是如何成为制度森严的政治监狱。在这些地方，曾先后囚禁过拉季谢夫、十二月党人、彼得拉舍夫斯基分子以及十九世纪六十年代社会运动的参加者、民粹派、民意党人、社会民主党人。在这些人中，一旦被判处死刑或服苦役，都会被押解穿过这门走向码头，走向九死一生的地方。

当我走到涅瓦河边回过头来时，发现许多人都停在"死门"外边。

我想，这可能是他们心中对死的忌讳所造成的，许多人对与死沾上边的地方采取回避的态度。这种态度，还表现在是否参观著名的纳沃捷维奇公墓上。这种现象大概与宗教信仰和文化差异有关。在信仰基督教的西方和俄罗斯，信徒相信灵魂不灭。作家果戈理在他的遗言中说这灵魂"是复活的灵魂，而不是死灵魂。除了耶稣基督指出的大门，没有别的大门"。而那些相信只有今生世界的人，就会以为只有今生的事才是重要的。威廉·华兹华斯写了一首儿童诗《我们是七个》。诗人笔下的儿童，是大自然的一部分。一个小女孩，心目中不存在生死的界限，她把已死的姐姐和哥哥仍当作活生生的家庭成员，当作到上帝怀中的亲人。长眠着姐姐与哥哥的两座坟就在小女孩家门前，与她家的距离只有十二步多一点。她常与哥哥约翰在姐姐的墓边玩游戏；后来当约翰也在姐姐身旁躺下时，她总是端起小粥碗到他们身边吃晚饭。

随旅游团旅游，最不愿见到的事情是团友的不守时，而这种不良习惯恰恰就发生在我们中间。

那天，从喀山大教堂出来后有一段自由活动的时间，到了规定必须返回原处集中的时间时，仍有两位团友不见踪影。大家只得待在车中耐心地等待。大约过了一个小时，他俩才姗姗来迟。我见嬢娜满脸不高兴，她斜眼看了看两位迟到者，用斩钉截铁的口吻说："唱首歌道歉吧！"嬢娜这么一说，让其中的一位"违纪者"收住了脚步，站在车前部面朝大家，尴尬地唱起《我爱北京天安门》。唱毕，在众目睽睽之下，低着头溜回自己的座位。事后，嬢娜再次给我们讲了守时的必要性。她的话，引起了不少人的共鸣。女儿对我说，如果每个人心中都有"宁可让自己等别人，也不让别人等自己"的意识，并将它化为自己的行动，那么获益的将是集体里所有的人。在出国旅游中，每个人对时间的价值都心中有数。

在冬宫博物馆参观"拉斐尔画廊"时，嬢娜首先给我们介绍了仿制这一画廊过程的艰辛，讲到了艺术在审美、文化借鉴和文化传承上的作用。她叮嘱大家要爱护这些文物，不要随便用手触摸。可是在我们团里有一位十多岁的女孩子，仍然习惯性地伸出手，想触摸画柱上的画。嬢娜眼尖，在对方的手指头还未碰到柱画之前的刹那间，厉声喝道："不许摸！"这一声，如同寂静中的炸雷，让在场的人无不吃了一惊。恢复了常态的她，又不得不再次重申了文物保护的意义。在我看来，嬢娜不像别的一些导游那样，只是照本宣科地将《导游工作守则》中的这一规定念念而已。对祖国，或者可以说对人类文化艺术的热爱，使她不仅切实履行了自己的职责，还内化为自觉的行动。我想，这可能与她的成长环境及所受的教育有关系，她将进步文化视为哺育人的生命不可多得的一种要素。

嬢娜的爱憎表现得最分明的地方莫过于在叶卡捷琳娜堡的琥珀大厅中。这彰显着巴洛克建筑风格的大厅，因大量的金色装饰、玻璃镜的反射作用和令人叹为观止的彩画拱顶而变得异常辉煌、令人瞠目。在那里，嬢娜讲起在列宁格勒保卫战时德国飞机如何对这处文化圣地进行狂轰滥炸，后来又如何劫掠琥珀珍宝的罪行。她指着头顶天花板上那一幅幅飞天天使的图画告诉我们，"二战"后有一个由十多位艺术家组成的工作小组按原样重新绘制这些画，由于仰视作画，致使其中的一半画家被从拱顶上溅滴下来的颜料伤害了眼睛，最终导致失明。他们以自己的眼睛失明为代价，换取我们今天可以重新欣赏和感受到艺术美的可能，他们不愧是为艺术献身的最可爱的人。

当我随着大家穿过一条不宽的走廊，从展厅朝外面的庭园走去时，突然发现在走廊的墙壁上悬挂着一些不容易引起注意的黑白照片。凑近一看，这些照片正是当年德国法西斯毁灭文化的罪证和苏维埃艺术家与工人努力修复被损坏的文化遗迹的写照。我取出相机，将它们一一收进相机中。我又想起另一桩文化保护的动人事迹。

卫国战争时，哈尔科夫解放前夕，仓皇逃跑的法西斯分子决定放火焚烧画廊。当时的策划十分周密，每层楼都洒了汽油，出口处部署了一队冲锋枪手，受命向任何前来抢救的人射击。尽管布置了武装警卫，还是有两名不知姓名的哈尔科夫小伙子冒着生命危险闯进烈火滚滚的楼房，他们穿过浓烟从窗口扔下一些绘画作品……忠心的爱国者，以各自的方式，尽自己所能地保护着国家的艺术瑰宝。

嬢娜在给我们当导游的短短两天中，不但给我们讲历史、讲社会变迁、讲艺术文化，而且也讲一些俄罗斯人对苏联共产党领导人的看法。从我们下榻的图哈切夫斯基元帅大道的卡列利亚宾馆到彼得夏宫，大巴大约要走四十分钟的路程。她利用在车上的这段时间，讲她及她所认识的一些俄罗斯人对戈尔巴乔夫的看法。她说许多人都不喜欢他，人们普遍指责他断送了苏联。目前，这位前苏共总书记仍长住于德国。但是，也有人认识到，苏联解体的责任绝不应该只由个别的领导人来负责。那时，病入膏肓的苏联大厦只需有人用铁橇捅它一下便会应声倒塌，而这个人，恰恰是戈尔巴乔夫。在此之前，他曾为大厦的加固提出许多令人着迷的见解，但他显然回天乏术，无法延续这个运行了近七十年的制度和日益腐败的领导作风。他说得多，干得少，或者只说不干。不知为什么，在我的脑海中闪过马尔科夫的小说《面向未来》中的主人公——一位新上任的州委书记索博列夫的形象。他似乎也有过与戈尔巴乔夫类似的经历，并且也认为"一定要全力打破他的州中对待新生事物无动于衷的状态……"，而这也正是戈氏所想做却未能实现的事。

第三天，领队告诉我们，嬢娜因为在这两天中用嗓过度，声带受损，因此不能继续陪同我们完成在圣彼得堡的旅游活动，她说，她想念中国朋友们，并祝我们"金色俄罗斯"之行顺利。

二、领略圣母之光

在俄罗斯，克里姆林宫（以下简称克宫）是最受旅游者欢迎、参观人数最多的名胜古迹之一。它曾是俄国历代沙皇的宫殿，现在是俄罗斯政要机关的所在地，同时也是国家与首都的标志。克宫以其独特的建筑风格和宫内丰富的收藏，成为世界建筑史上的精品和艺术宝库。

克里姆林，俄文的词义为"内城"。克宫坐落在莫斯科河河畔高耸的博罗维茨基山冈上。它南濒临莫斯科河，东连红场，面积为 27.5 万平方米，始建于 1156 年，后几经修建才形成目前宏伟壮丽的建筑群。宫内教堂错落，殿宇耸立，林木葱郁。

　　坐落在莫斯科河南岸的红色宫墙和七座与它连体的尖塔是克宫外的一处美景。不论是阳光灿烂的夏日，还是白雪皑皑的冬日，不论是朝霞初露的黎明，还是星光闪烁的夜晚，克宫的外观都一样令人陶醉。

　　第二次赴俄时，在"乌克兰宾馆"的一楼和二楼之间的一处平台上，我见到了以克宫为近景的莫斯科市微型模型。随着台上方灯光色彩的变化，克宫在一天中景色的变化尽收眼底。蓝色的夜、红色的早晨和金色的正午一一呈现在眼前。它们是那样的美丽迷人，使人怦然心动。灯光色泽的变化使静止的建筑物也附着上变化的因素，视觉也因此变得饱满和充实。我将放在一旁的耳机戴上，里面传出了苏联时期流行的动听的乐曲，这种视觉和听觉的感知一下子把我带回到那个激情荡漾的岁月。

　　我们是穿过西边的三圣桥进入克宫的。入门的左侧是国家机关所在地，那儿谢绝游人进入，右侧是赫鲁晓夫时期修建的会议大厅，据说其建筑风格与宫内古建筑群的风格很不协调。再往里走，便是以教堂为主的建筑。"圣母升天大教堂"、"圣母领报大教堂"、"天使长大教堂"以及教堂广场前面的"伊凡雷帝钟楼"都是人们经常参观游览的地方。在会议大厅后面，还有"圣拉撒路教堂"、"救世主大教堂"、"提列姆宫教堂"以及大克里姆林宫和多棱宫等建筑。

　　正当我们准备进入"圣母升天大教堂"参观时，发现教堂大门紧闭，听说牧首正为政府的一位高官家属举办圣事活动。这消息不胫而走，引来许多游客围观。许多人将教堂的一扇小门团团围住，有的在叽叽喳喳地小声议论着什么；有的不停地左顾右盼，唯恐错过什么有意思的镜头；站在外围的人则踮起脚，伸长脖子，翘首等待着。我猜，这些

好奇的旅游者或许盼望见到政府中的某位有名的公众人物吧。后来，牧首出现在门口对着大家微笑点头，他神态庄重、面容慈祥、目光温厚。

苏联解体后，宗教的地位开始在俄罗斯重新突出。信仰东正教的普京试图将东正教提到国教的地位，纠正当时民众思想混乱和精神空虚的现象。他认为，东正教在新世纪将有助于社会的稳定和和谐，也有助于国家精神的复苏。

我们转向瞻仰"圣母领报大教堂"。这座教堂以前是俄罗斯王公的家庙同时，它集中体现着俄国的建筑成就。教堂的内部空间不大，地板用浅红赭石色的地砖和珍贵的玛瑙状碧石铺设。教堂里保存着甚为珍贵的"报喜"和"圣母"圣像。"圣母领报大教堂"建于 1484 年至 1489 年间。1508 年伊凡三世之子华西里·伊凡诺维奇着手对其父建筑的这座圣殿中的壁画及圣像加以润饰。

俄罗斯的圣像画在十四、十五世纪达到了全盛时期。作为"通往天国的窗户"，圣像画已不再仅供奉于教堂和修道院，而进入了寻常百姓的家。巡回展览派画家康·萨维斯基 1878 年所创作的《迎圣像》，生动地描绘了圣像来到农村，村民男女老少倾巢而出瞻仰圣母、圣子画像时的情景。人们或伏地跪拜，或合掌祈求。我们在教堂里所看到的圣像画，其风格仿照拜占庭式样，严肃而又刻板。导游小杜告诉我们，那儿有几幅画像是出自著名画家安德烈·鲁勃廖夫之手。

教堂里的一些壁画的主题取自《圣经·启示录》及《神学家约翰的启示》。《圣经·启示录》的作者是一位居住在亚细亚的基督徒，与亚细亚七个教会的教友们属于同一地域。他宣称自己是一位先知，这也是他认为自己有权说话的基础。据传统说法，约翰是在罗马皇帝多米田统治期间被放逐到拔摩岛的，他在那里看见了异象。多米田死后，他便被释放回以弗所。

我在《圣经故事多雷版插图集》的末尾看到过一幅关于约翰被囚于拔摩岛上的图画。这位《启示录》的作者坐在海边的一块岩石上，海浪轻轻舔着礁石，他一只手将写字板抵在膝盖上，另一只手握着鹅毛笔，几道光束冲破漫天黑云照射在他的四周。约翰似乎听到什么声音，倏地侧过脸来。这幅画，可能是作者以约翰在主日被圣灵感动那一刻为创作灵感所完成的，而他看到和听到了什么呢？

第二回赴俄时，我在"耶稣基督救世主大教堂"的一楼售书部翻阅一本儿童圣经故事集，也是在它的末尾看到上述画面的场景：约翰听到巨大的响声后侧脸一看，看见了七座灯台；灯台中间站着基督耶稣。他身穿着白色长衣（这种衣服只有犹太人的君主和祭司长才能穿）胸前束着金腰带。基督的头发像雪般洁白，脸似太阳般散发光芒，目光像燃烧着的火焰，他声如瀑布，手里抓着七颗星。天主吩咐约翰，将他要对他说的话记录下来……画中所表现的内容具有丰富的象征意义。

在大教堂的北、南和西面约四分之一的墙壁上绘画着《启示录》中的"世界末日"、"基督与反基督者的斗争"、"末日审判"以及"千禧年预言"等题材的作品，一些经过特别挑选出来的壁画情节勾画出令人胆战心惊的预兆：地震、战争、死亡与悲哀。虽然我们很难读懂各种画中的形象所代表的事物，毕竟我们不是当时这些启示的直接领受者，且不少预言又多采用象征的手法来表现，意多含蓄，今天看懂它实非易事。那些奥秘性的预言或启示需要新的启示去读懂它们。但我想，作为虔诚的基督徒，当他们的心灵为圣灵所引导时，是不难领悟出预言的真正意义的。

教堂里还有一些人物肖像壁画。比如由拜占庭皇帝任命的当年莫斯科统治者的继承人米哈伊尔三世及其妻子、一些俄罗斯大公，如伊万·达尼洛维奇以及亚历山大·涅夫斯基的形象等。教堂西侧的柱子上有弗拉基米尔大公和奥列格大公的人物画像。这些人物的形象设计，是以能将主题融入进画面的思想为出发点的。这些画较频繁地运用鲜红色、纯绿色、天蓝色和白色，使人物的形象容易与其他一般图画区别开来。最古老的圣像画要算是置于教堂中央位置上的基督与祈祷着的圣母像了，除此之外，就是先驱者约翰的画以及圣母领报画。

我端详着这幅强调意境的教堂主题画。它为我们提供了丰富的想象和深邃的含意。当童贞女玛利亚听到天使对她说，她将因圣灵感孕并生下耶稣基督时，她的心情一定会很复杂。

她可能会因此事的不可理解而惊疑：一个未出嫁的处女怎能怀孕；她也许担心这要发生在她身上的事会给家长的名誉带来损害；或者面临着未婚夫约瑟的一纸休书而让她在众人面前蒙羞的结果；她甚至还可能会因此而受到犹太律法的严惩……但是，蒙大恩的玛利亚顺服地听从了上帝使者传递给她的福音，她对天使说："我是主的婢女，愿你的话成就在我身上。"

在俄罗斯各地，圣母玛利亚的形象广受信徒们的爱戴。她心地善良、忠贞纯洁、谦卑顺服、充满爱心。在俄罗斯的许多文学作品里，圣母成了一种象征。在乌克兰作家冈察尔的小说《你的朝霞》中，圣母象征着小说里的主人公毕生奋斗追求的爱、善和美、真理与希望。在艾特玛托夫的小说《雪地圣母》中，作者强调了全人类的人道主义理想的重要意义，而这一理想在作家的笔下是以圣母和圣婴体现出来的。

走出"圣母领报大教堂"时我想，教堂里怎么会有显示着世界末日的预言性壁画呢？它们似乎与"领报"这一纪念主题不相适应。我问一旁的姐姐，她没有正面回答我的疑问，却引用了《圣经·旧约》中的一句话："……以赛亚听闻上帝的声音，说：'我是首先的，我是末后的，除我以外，再没有真神。'"

我们在圣彼得堡结束了叶卡捷琳娜宫的游览活动后朝出口走去。突然一阵悠扬的笛声引起了我们的注意。循声寻去，只见有个中年男子正站在一处草坪中用笛子吹奏《圣母颂》，吸引着不少游客驻足

倾听。那时而昂扬激越、时而宛转悠扬的曲调不正是在传扬着一种对圣洁、光明的讴歌和对爱与平安的向往吗？

三、"钟王"史话

离开大教堂，我们在伊凡雷帝钟楼前短暂停留。钟楼巍峨壮观、笔直高耸，建于 1505 年至 1508 年间。它的顶端安放着大大小小 21 口钟。后来，又对它进行修建和加高，使它以 82 米的高度成为当时莫斯科市最高的建筑物。

钟楼脚下躺着一口大钟，这是俄国工匠马托林父子于 1733 年至 1735 年间所铸造的。连同钟耳在内，钟的高度达 6.14 米，钟的直径为 6.6 米，重 200 吨。1737 年大火时，这口被称作"钟王"的大钟被烧掉了一块，而这块的重量也足足有 11.5 吨。

据说，当年要将这口大钟从它的铸造坑里移至地面还颇费周折。首

次未果的尝试始于 1792 年；其后，1812 年的努力也以同样的结果收场。七年后，人们又作了第三次努力，但仍然以失败告终。直到 1836 年，在圣彼得堡的伊萨基耶夫大教堂的建筑师德·莫菲朗的策划指导下，"钟"才告别了它蹲了长达一个世纪的铸坑，如愿以偿地立于花岗岩基座之上，供人们观赏。

令人不解的是，"钟王"从它诞生那一刻开始，至今也不曾发过一次声。倒是它的许多"弟妹"们代它行使了钟的职能。那时，鸣钟最常见的时刻是在教堂作晚祷告之前。每逢这时，钟声叮当，此起彼落，飘进千家万户，它成为人们日常生活里一项不可缺少的内容。诗云："金色的莫斯科，缭绕的钟声……"

公元六世纪末至七世纪初，西方的基督教教堂开始使用钟作信号。传说公元 650 年，奥尔良被包围时主教路易吩咐敲响教堂里所有的钟。从来未曾听过钟鸣声的围城之敌被这突如其来的陌生声音震慑住了，他们以为这是天使发出的号声，从军官到士兵无不慌不择路纷纷逃避，奥尔良也因此解了围。

在东方，钟的使用范围相当有限。土耳其人攻克君士坦丁堡时，将城中所有的钟砸碎，只有叙利亚和巴勒斯坦等少数地方的钟才得以幸免于难。在土耳其人的心目中，钟声会搅扰人内心的安宁，并导致情绪的躁动，他们以此为借口禁止民间使用钟。

钟在俄罗斯自古以来用途广泛。除了作为召唤信徒晚祷，或上教堂作崇拜活动之外，它还用于报时、节日庆祝、宣告战事爆发、军人出征、处决犯人、报告城市失火、通报皇帝驾崩以及主教去世等。1774年9月，俄国农民起义领袖叶·普加乔夫被沙皇当局判处死刑，刑罚在莫斯科的沼泽广场上的断头台执行时，教堂里的钟齐鸣……

我走近"钟王"，仔细观赏在它上面的花纹和图案，尽管年代久远，仍然可以看到有两位长着翅膀的小天使和沙皇阿·米哈伊洛维奇及皇后的浮雕肖像。这应是钟用于宗教活动的功能表示吧，再看看它顶端的金色十字架，我对我的判断更加自信了。作家梁斌在他的小说《红旗谱》里所描写的那口铜钟，外表上的装饰没有任何宗教色彩。作家写道："这座钟是一个有名的工匠铸造的。钟上铸满了细致的花纹：有狮子滚绣球，有二龙戏珠，有五凤朝阳，有捐钱人家的姓名、住址，还有一幅'大禹治水图'。乡村里人们喜欢这座古钟，从大堤上走过，总爱站在钟前看看，伸手摸摸。年代久了，摸得多了，常摸的地方，锃明彻亮，如同一面铜镜，照得见人影。能映出向晚的霞光，早晨的雾霭，雨后的霓虹，也能映出滹沱河上的四季景色。不常摸的地方，如同上了一层绿色的釉子，紫黝黝的。"在这里，钟以另一种方式，显示着它与人们的活动的亲密关系，记录着民间艺术创作成果。

见到钟，自然而然会想到钟声，想起它发出的种种呼唤。这些呼唤使人产生不一样的心理体验。它们或者是欢乐、忧伤，或者是宁静、焦虑。在平安夜，当传说中的圣诞老人驾着雪橇，拉着赠送给儿童的圣诞礼物驰往各村各户时，听着静夜里自远而近的铃儿响叮当，孩子们期盼已久的快乐心情达到了最高峰。记得在圣彼得堡的保罗一世庄园游览时，应主人的邀请，我有生以来第一次那么阔气地坐上带包厢的马车绕园一周。一路上，挂在马脖子下端的铃铛伴随着马儿轻快的步伐和马蹄叩地发出的嘚嘚嗒嗒声，其清脆悦耳的声音招来许多不同国籍的游客驻足观看。大多数人的眼睛里流露出一种羡慕的神色。在生活里，该羡慕的是钟的精神和面貌。俄罗斯女诗人斯维特兰娜·叶夫谢耶娃在她那首名为《大钟》的诗中这样对我们讲述了那座没有什么名气的民间古老大钟：

> 既不是青铜，也未镀金。
> 没有裂纹，像先前一样完整。
> 由于灰尘而变得苍老，
> 但忧虑并未使它觉得发冷。
> ……
> 我们要像大钟那样，
> 老而不愧为老。

四、永不褪色的"创举"

我们正准备与"钟王"告别，只见我们的团友——一位退休的工学院老教师，朝我们这边走了过来。他东瞧瞧，西望望，一脸探寻和求证的样子。"找什么呢？"我问他。他沉吟了一会，指着大钟周围的地方，认真地说："这是列宁走过的地方。""在克里姆林宫里，哪儿没有留下他的足迹？"姐姐回应着。"我说的是列宁在这儿参加过星期六义务劳动。"也许是见到我们的脸上那将信将疑的表情，他补充道，"我在一枚苏联邮票上见到列宁搬运木头的图案，背景就是这座大钟！"经他这么一说，我们也跟着认真地打量起四周来。猛然间，心中产生出对这处地方的亲切感。我想，在旅游中，不仅可以用诗的目光欣赏周围的景物，而且还能用历史的眼光，与所到之处作无言的情感交流。

念中学时，我们学习过《伟大的创举》这篇课文。此刻，课文里那用文字描述的一个个场境渐渐动了起来，我仿佛听见参加义务劳动者说话的声音，听到木头搬运时发出的沉重的碰撞声，似乎弗拉基米尔·伊里奇就在我们身边。

"还记得列宁与军校学员争抢着要抬木头粗端的那段叙述吗？"姐姐问我。"当然记得。那次争抢是以列宁取胜而告终。列宁亮出了自己年岁大的资格，说年轻的要听年长者的话。"而课文里还有一处起点题作用的句子，当参加义务劳动的工人和军校学员对列宁说："弗拉基米尔·伊里奇，有许多重要的事情需要您处理，没有您，我们也能完成任务。"列宁回答他们："现在我们做的这件事，就是最重要的事情！"

在苏联国内战争时期，经济受到严重的破坏。在铁路沿线上，时常可以见到废弃的机车，被炸毁的桥梁和烧毁的房屋。1919 年 5 月 1 日，莫斯科—喀山铁路员工中的共产党员和工人积极分子，自愿发起清理废弃机车的无偿劳动建议。由于这一工作是在星期六进行的，因此也被称为"星期六义务劳动"。后来，别的线路上的铁路工人也纷纷加入这一劳动的行列中。1920 年 5 月 1 日这一天成为党中央号召下的全俄星期六义务劳动日。在这一工人阶级的节日里，义务劳动在全俄各地热火朝天地展开了。这天上午 8 时，克里姆林宫鸣放礼炮三响，工人、职员和军校学员一齐集合于宫殿广场上，等待着指挥员宣布义务劳动的开始……

莫斯科的东南端有一个叫巴维列茨克的火车站，那是列宁博物馆的一处分馆。车站上停着一台与众不同的机车，它金色的编号"y-127"写在机车的显眼位置上。多少年来，这台奇特的机车被保养得格外完美、机身上一尘不染，人们还为它专门搭了一个玻璃屋顶，以防日晒雨淋。而这台机车，还是当年工人们利用许多个"星期六义务劳动日"制造出来的。那年的"五一节"前夕，"y-127"号机车诞生了。它的制造者全是清一色的当年首届一指、百里挑一的优秀锻工、钳工和油漆工。工人们作出一项决定：将"y-127"号机车作为礼物献给苏维埃政权。同时授予弗拉基米尔·伊里奇为该机车的名誉司机的称号。他们还推选出三名代表，将这事向列宁作报告。

列宁接见了工人代表，听他们讲述机车制造的来龙去脉，然后他微笑着对工人说道："我曾在机车上当过司炉，这么说来，如今我的职务也提升啰……"听他这么一说，代表们都笑了起来。大家对在十月革命前夕，列宁为了逃避敌人的搜捕而装扮成机车上的司炉这件事都十分清楚。接着，列宁问起铁路上的工作情况，说对于他们所开展的"星期六义务劳动",他也早已听说过。列宁时刻关心着各地开展着的这种形式的劳动,称它为"伟大的事业"……

从那时起,"y-127"号机车在铁路线上进行了无数次的运作,既运载旅客,也为严寒的首都运去了它所急需的燃料。它的最后一次发车是在举国沉痛哀悼的日子——1924年1月23日。1月21日,弗拉基米尔·伊里奇·列宁在高尔克村与世长辞。"y-127"号机车全身披挂上哀悼的旗帜,将它自己的"荣誉司机"列宁的遗体从高尔克村运往莫斯科。最后的使命完成之后,"y-127"便不再运行,它永远停在巴维列茨克车站,由工人们保护着,如同群众保存着对领袖列宁,对伟大的创举"星期六义务劳动"的记忆一样。

今天,在我们的生活中有这么一群人,他们以大爱作为自己人生的最大价值,把服务,特别是无偿的服务,看作是自己最大的荣誉,他们所从事的,就是世间最令人赞叹的事业。这群人的数目一定会越来越多。

五、"炮王"

克里姆林宫除了钟王外,还有"炮王"。这门大炮,从它的正面看去很像一头蹲踞在地上的雄狮,事实上,它的主人正是想用它来彰显自己的军事实力。在炮管的架座前方的挡板上,也正是铸刻着一只威风凛凛的狮头。

从伊凡雷帝时代开始,俄罗斯的炮兵便拥有数量可观的臼炮。臼炮的炮管短,弹道弯曲,在战争中主要用来摧毁敌方的防御工事。

这种新型火炮是俄国工匠卡什比尔于1555年

铸造出来的。他用自己的名字给火炮命名。这种在当时堪称巨型的火炮所使用的炮弹是石雾弹的铁球。与此同时，另一名工匠斯捷潘·彼得罗夫也造出巨型的巴夫林火炮。这两种炮，被用作从斯帕斯克塔楼方向通向克里姆林宫的要冲地带的防卫。有时，它们也随军出征。1563年，俄军包围波洛茨克时，沙皇下令将炮架设在靠近城门的高地上，昼夜不停地对城墙进行轰击。

1586年，卡什比尔·加奴索夫的学生安德烈·乔霍夫又造出一门新型臼炮，体积比以往铸造的任何臼炮都要大。炮重40吨，炮身长5.34米，炮管口径为890毫米。臼炮原先是为防卫克里姆林宫而造，但从未发射过。它成为十六世纪铸造艺术文化的产物，陈列在克里姆林宫中。

像钟一样，炮自然而然容易使人想到它的功能、威力，想起它的种类及发展过程。用于战争的火炮种类从初时的曲射臼炮，逐渐衍生出迫击炮、山炮、加农炮、榴弹炮、火箭炮、反坦克炮、高射炮、舰载炮、自行火炮以及航空炮等。今天，有些火炮甚至可以发射核弹。

在苏联伟大的卫国战争中，火炮在交战双方中都被运用得出神入化。1941年冬，德军先遣部队抵达莫斯科郊区的亚斯纳亚·波利亚纳。从那里，使用望远镜可以清楚地看见克里姆林宫的钟楼。德军架起威力巨大的远程火炮准备轰击莫斯科。如果不是苏军及时对这伙德军发起反击，后果将不堪设想。

在列宁格勒保卫战中，舰载火炮用于支援城市的防御，高射炮用于抵御坦克的进攻；在萨瓦斯托波尔保卫战中，水兵们将被敌人击沉的军舰上的火炮卸下，转移到海岸的防御阵地上，长时间地阻止敌人的进攻，消耗敌人的有生力量。战后，这两座城市都被授予"英雄城市"的光荣称号。

喀秋莎在战争中所展示的威力给人们留下了难以磨灭的印象。这种火炮由多管火箭组成，射程达 4 英里。第一次的火箭齐射，猛烈轰击的目标是斯摩棱斯克东北鲁德内亚的德国第 5 步兵师。当炮弹划过空中，发出令人恐惧的鸣声，并且像雨点似地砸下来时，德军对此感到无限恐惧。后来，根据其声音和它的管状发射架，德国人将这种火炮称作"斯大林管风琴"。鉴于火炮在战争中所发挥的作用，军人给予炮兵以"战神"的称号。人们用各种方式赞颂"战神"在战争中建立的功勋：摄影、绘画、歌曲、文艺作品，景仰山上卫国战争纪念馆前陈列的火炮、电影等。但最为隆重的庆祝应当是每年的 11 月 19 日。72 年前的这一天，苏军在斯大林格勒的西南方面军和顿河方面军在震耳欲聋的炮声中，兵分两路向敌军两翼实施突击。几天后，斯大林格勒城边与城内的敌军被合围。当时苏军在这个方向上拥有的火炮（含迫击炮）达 15 501门。这就是苏军炮兵节的由来。

当我在纳沃捷维奇公墓里，从苏军大将戈沃罗夫的墓前走过时，意外地见到另一种向炮兵表示敬意，或者说是对墓主的炮兵生涯的一种忆念方式。身披风衣、大盖帽帽舌紧压眉心的将军正用眼睛斜睨着墓前的小径，刚毅的脸上露出一种自信和豪迈的神态，立于长方体咖啡色大理石基座上。除了镌刻着的墓主姓名外，基座上还雕有一枚苏联英雄金星奖章和五颗直立着的黄铜色炮弹模型。大将戈沃罗夫是从在战争中担任炮兵连长起家的。他的经历使我想到被称为"前线一代"的作家邦达列夫的作品《最后的炮轰》和《热雪》，想起作品中的炮兵连、排长诺维科夫与库兹涅佐夫。作品在歌颂炮兵不屈的战斗精神的同时，用浸透泪水的"热的雪"诅咒战争的愚顽。武器的威力越大，它的杀伤性也越强。在战争中，每一个看似最小的事件都包含着人的悲剧和灾难，因此，努力在国家与民族间的关系中实现永久的和平是全人类奋斗的目标，甚至它也是地球上存在着所有的物种——有生命和无生命的——共同的要求。罗日杰斯特文斯基写过一首叫《厌倦》的诗歌，诗人写道："地球上产生了种种厌倦：母亲厌倦生养士兵，缝纫厂厌倦制造军装，大海厌倦颠簸导弹巡洋舰，它不想再呼吸灾难的钢铁气息，更不愿意将潜艇深藏于它的体内深处，天空厌倦霹雳……甚至金属，这种没有灵魂、冰冷、迟钝的材料，在经过了千秋百代之后，也厌倦了被做成武器。"

第八章　艺苑留香

一、一颗"出轨的彗星"的故居博物馆

在莫斯科，你可能参观过位于哈莫夫尼切斯克巷的托尔斯泰故居，到过北城区的高尔基纪念馆；或者为了了解《大雷雨》的创作经过，而步入剧作家奥斯特洛夫斯基博物馆；在帕斯捷尔纳克纪念馆里寻找《日瓦戈医生》中主人公的原型。在这些博物馆里，有许多与它们的主人生前生活和创作相关的资料、物品供游客参观、考证。但是，在莫斯科，有一处博物馆，里面所能见到的主人留下的用品却凤毛麟角。它的主人是十月革命前后在俄罗斯诗坛上出现的两位引人注目的女诗人中的一位：玛琳娜·伊凡诺夫娜·茨维塔耶娃。

茨维塔耶娃于 1892 年 9 月 26 日出生于莫斯科。父亲是一位乡村穷神甫的儿子，十二岁以前他连鞋子都没有穿过，后来，凭借自己的天赋和努力成为一名著名的学者——莫斯科大学教授，是普希金造型艺术博物馆的奠基人。茨维塔耶娃的母亲是一位俄罗斯化的波兰人与德国人联姻生下的女儿，是一位有音乐天赋的钢琴家，于 1906 年过早去世。家庭浓厚的学术气氛对培养未来诗人对知识的兴趣产生了很大的影响，她与妹妹都获得了良好的教育。

茨维塔耶娃对莫斯科怀有深厚的感情，她的不少诗句都是献给莫斯科的，并将自己居住过的两幢房子看作是她的精神家园。第一幢房子是

诗人童年至成年前居住的地方，它位于离普希金广场不远的特列赫布鲁特内的巷中。出嫁后，在那个革命年代，这幢房子没有保存下来，这对于一位诗人来说，是一种难以弥补的损失。

她居住过的另一幢房子一样为她的至爱。尽管它命运多舛、多有破损，但毕竟还是得以保存下来。房子建于十九世纪中期，为两层楼房建筑，坐落在波里索格列勃斯基胡同内。1992 年，诗人一百周年诞辰纪念前夕，它作为茨维塔耶娃故居博物馆正式对外开放。

在此之前，所制订的修复工作方案主要根据诗人本人的作品中的相关记述作出，但也参照诗人的亲人回忆与经常拜访茨维塔耶娃家的熟人的口述。即便如此，想通过修复让它恢复原样也并非易事。这幢有着七间房间和一间厨房的家居，在革命后住进了十一户人家、四十口人。对于住户中的大多数人来说，它只不过是一所房客众多的公寓而已；但有一位是例外，她就是娜杰日达·伊万诺芙娜·卡塔耶娃。她是一位心地善良的军医，战争期间一直与茨维塔耶娃的诗集为伴。她从旧档案文件里积极寻找反映房子原貌的材料，并不断奔走于各种部门、各种级别的官员之间，从他们那儿取得了对房子不予拆毁和进行修复的承诺。除她以外，还有许多人投身到为保护茨维塔耶娃故居而进行的不倦斗争之中。其中的动人事例不胜枚举。他们中有许多是诗人和作家，如伊·卢·安德里尼科夫、马·约·阿利格尔、谢·谢·纳罗夫恰托夫、尼·谢·吉洪诺夫、康·米·西蒙纳夫、罗·伊·罗日杰斯特文斯基、叶·亚·叶夫图辛科。瓦赫坦戈夫剧院的演员、市涅克拉索夫中央图书馆地方志编写组工作人员和以科学院院士利哈切夫为代表的苏维埃基金会也都参与其中。但更多的是不留名的热心人士，他们以各种不同的方式，默默为修复茨维塔耶娃故居而不懈地工作着。

工人们依照所提供的房子结构图，对其里里外外进行维修，将位于中间的四间房的一间定为纪念房。其余的分别作为藏书室、展厅、贮藏间、学术创作室及供诗人文友们聚会喝咖啡的地方。

诗人及其丈夫入住这幢房子的时间在 1914 年夏天。它的外室是客厅向外延伸的一部分。客厅带壁炉，高悬于头顶上的是镶着玻璃的天花板，看上去有如一层帷幕，与普希金造型艺术博物馆的设计十分相似。置身于这间客厅，宛如沉浸在湛蓝的溶溶月光之中。壁炉里燃烧跳动着的火焰不停地展示着它们优美的舞姿，在红木家具的映衬下令人倍感诗意浓浓。可惜的是，几乎所有的红木家具在寒冷的年代全都"葬身"于家中的那只小铁炉中。

客厅中有一扇门通向另一间没有窗户的小房间。里面放着诗人母亲留下的钢琴。这间似乎作为过道的房间有两扇门，分别通向儿童房和诗人自己的书房。儿童房的面积最大，并且还有三扇大窗。地板上铺着地毯。所摆放的家具都是按孩子们的实际状况"量体"定做的。可见诗人和她丈夫谢尔盖·埃夫伦对孩子的深切热爱和关怀。

诗人的书房呈菱形，面积不大。小窗户前摆着一张双托架的书桌，上面铺着红色的呢绒布。书桌后面的角落里立着一个书柜。沙发摆在与门相向的地方。沙发上方的墙上挂着丈夫的一幅肖像画，是女画家玛·纳赫曼娜所作。右边的一个小壁龛上立着一尊带伤女骑士的石膏头像，那还是她父亲送给她的礼物。此外，还有一架手摇风琴和一张狼皮以及俄罗斯女画家玛利娅·巴什基尔切娃和法国女演员萨拉·伯恩哈特（Sarah.Bernhardt，1844—1923）的古术刻画肖像。这些东西构成了书房的灵魂。

再返回到外室时，可见到一座通向二楼的转角木质楼梯。梯的左边是宽敞明亮的厨房，右边入门处是阁楼兼作埃夫伦的小书房。从阁楼的一扇小窗户望出去，是儿童房的屋顶。在屋顶的平台上，孩子们常与来访客人的孩子们跳舞，茨维塔耶娃自己也曾与来自莫斯科模范艺术剧院第三艺术专科学校未来剧院的学员们共舞。在这幢房子里还有一间房间，从房间的窗口可以看见栽种在房屋边的两棵老杨树，它们后来都被诗人写进自己的诗作中。这间房常被作为客房，用来接待来访留下过夜的亲戚……

茨维塔耶娃故居博物馆刚一开放，俄罗斯国际文化基金会便转来了他们所保存的诗人在国外的相关档案材料。即便有社会各界的多方支持，很多失去的物品还是没有办法重现。在苏维埃政权成立的最初几

年，许多人都过着饥寒交迫的日子，诗人家人也不例外。家中的家具不
是用来当柴火使用，便是变卖掉。母亲遗留下的大钢琴换了 16.38 公斤
的面粉，家中的所有值钱的东西都被用来换取维持生命的粮食。诗人的
丈夫在国内战争期间当了白军志愿兵与红军作战，无法知道他的行踪，
更谈不上能从他那儿得到什么帮助。在这种情况下，茨维塔耶娃独自挑
起抚育两个女儿的担子。但小女儿伊利娜最终还是没有存活下来，于
1919 年因饥饿在孤儿院死去，死时才五岁。

在得知丈夫下落的消息之后，茨维塔耶娃卖掉家中仅存的物品之
后，随身只带着几件家庭纪念品，便携着女儿一起到国外寻找丈夫。她
们辗转柏林、布拉格，最后在巴黎住了下来。1939 年，茨维塔耶娃返
回祖国，而祖国却以后母般的冷淡和处处刁难的态度迎接她的归来。
1941 年 8 月 31 日，诗人无法忍受生活压迫对她精神造成的伤害，终于
在小城叶拉堡走上了自我终结的不归路。

参观茨维塔耶娃故居博物馆，我们更多的通过亲临其境的感觉和对
在激烈变革时代中诗人的命运的想象和作品价值的思考来加深对她的认
识。《二十世纪俄罗斯文学》一书的作者符·维·阿格诺索夫用"不合时
宜的天才女诗人"来称呼茨维塔耶娃，对这位生不逢时，并且又"不懂
绕弯，为生活付出昂贵代价"（《对有些人——不成规矩……》茨维塔
耶娃，1922）的女诗人来说，颇为恰切。

对许多人来说，在人生的历程中，懂得并善于避开危及自己生命的
人为灾难是智慧的一种表现。正如在自然界中，当严冬降临雪花飘飘之
际，有些树木懂得适时弯腰低头，将压在自己枝叶上的积雪抖下；而另
外的一些树木，由于缺乏弹性，依然倔强地承担着无法承受的重负，最
终导致肢体断裂，丧失生命。

然而，人毕竟与树木不尽相同。人有自己的思想和对世间事物本质
的认识。有些人因为坚持自己生存的信念，不为外物所累，不愿人云亦
云、趋炎附势而为权势所不容。既然那个严酷的时代和疯狂而残酷的世
界无情地摧残着茨维塔耶娃的家人和她本人的身心，将她置之于死地而
后快，那么又何必对它凝眸留恋？在充满考验和诱惑的时代，茨维塔

耶娃感到自己是少数能保持诚实和勇敢，尽量忠诚而不受利诱的人之一。

二、普希金造型艺术博物馆拾零

走出斯摩棱斯克地铁站没多远，便能看见普希金造型艺术博物馆。远远望去，建筑物的白色外观特别引人注目。正门上方的三角墙和墙下方的柱廊使人感到它的沉稳雄伟。柱廊达三十二根之多，清一色为爱奥尼亚式。正门处六根，左右两侧各十三根。柱顶四方为环状双图形雕饰。古希腊的一些神庙建筑物的外部柱廊是最常见的结构。有些建筑甚至还出现多面柱廊环绕的外观，例如，建于公元前447年至公元前432年的帕特农神庙。这种环绕建筑物的柱廊不但使建筑物变得美观，同时也能起挡风避雨的作用。

爱奥尼亚式柱廊给人以典雅的感觉。除它之外，常用于建筑物上的柱廊还有能显庄重的多利安式柱廊和彰显华丽的科林斯式柱廊。我们在圣母悲悯大教堂里见到支撑着圆形拱顶的都是爱奥尼亚式柱廊；而在圣彼得堡的伊萨基耶夫大教堂的正门及顶部圆形塔四周使用的都为科林斯式柱廊。

走进造型艺术博物馆，它的内部装饰也与它的外观一样显得富丽堂皇，其中留给我印象较深的有古罗马意大利文艺复兴艺术室的玻璃结构天花板。由壁柱顶端的艺术图形装饰延伸至天花板的线条使天花板形成了规则的几何图形，这不但使它与室内四壁形成了整体的艺术美，而且避免了天花板的构图过于单调的可能性。阳光透过屋顶射入时，室内变得分外明朗，似乎人的观赏心态也变得愉悦起来。

这座博物馆的建筑师是罗曼·克莱恩（1858—1924）。他的这一杰作体现了古典建筑现代化的风格，典雅却不陈旧，与博物馆的名称和功能相谐调。

普希金造型艺术博物馆的藏品数量排在冬宫博物馆之后，位居全俄第二位，展示的是埃及、古希腊、拜占庭和罗马等古代文明艺术。例如，十三至十五世纪的欧洲艺术，十四至十七世纪的文艺复兴、巴洛克艺术以及十九世纪法国印象派绘画等艺术品。荷兰画家伦勃朗的六幅名画也居于其中。

记得在参观冬宫博物馆时，我们曾在伦勃朗的《浪子归来》前逗留良久。导游嬢娜特别关照我们留意画中父亲搂着儿子后背的两只手的异同，说其中具有某种象征意义。但这幅画留给我的印象并不深，倒是《圣经故事多雷版画插图集》中那幅同一题材的作品令我感想多多：见到日思夜想，不成器的儿子醒悟归来，父亲内心的情感风起云涌。他仰脸望天，表现着对上帝的虔诚和感谢，他将儿子紧护于胸前，显示了他对爱子的怜悯之情……

除了伦勃朗的作品之外，文艺复兴时期意大利的拉斐尔的系列圣母像画也令人印象深刻，《西斯廷圣母》较别的同一题材的圣像画更能体现圣母的精神，并且它的色调丰富、构图均衡、线条圆润，集中表现了拉斐尔的创作特色。此外，米开朗琪罗的"大卫"雕像和其他作品都能让人感受到浓浓的人文关怀，拉近了我们与作品之间的距离。

普希金造型艺术博物馆建于 1912 年，是在原十八世纪中期莫斯科大学的艺术陈列室藏品的基础上发展起来的。伊万·弗拉基米罗维奇·茨维塔耶夫，即女诗人茨维塔耶娃之父任第一任馆长。1912 年 6 月博物馆举行了盛大的开馆仪式，年仅二十岁的茨维塔耶娃随父一起参加了这次典礼。后来，她这样谈到自己在那次仪式上的所见所闻和感想：

……蔚蓝色的天空衬托着梦幻般白色的建筑。贵族中学的学生在入口处排起长长的队列，她们背靠背站着，远远看上去，每一对学生似乎都变成了罗马神话中的双面门神伊阿诺斯。这位主司出入和一切开端之神有两副面孔，一副向着过去，另一副朝向未来。入口处站着一位穿着长襟毛皮大衣的老者，正向人询问着新落成的博物馆是否设有存衣室。这位老人便是我父亲的老丈人，我的外公，历史学家伊洛瓦依斯基（1832—1920）。他著有《关于罗斯起源的研究》、《俄国史》（1—5 卷）以及俄罗斯通史的教科书。

博物馆为两层建筑，分列式楼梯显得壮观气派。在右边的楼梯口立着米开朗琪罗的《大卫》雕像作品，一副英姿飒爽、青春勃发的神态。客人们分散在各处展厅中，正静心等候皇帝陛下驾临。突然传来了一声玻璃瓶炸开的响声，只见水花飞溅，碎片四散落地，掉在地板上的托盘闪耀着银色的光芒。在场的人无不吓了一跳，以为是炸弹爆炸。后来才知道，是我的一位年轻的亲戚，不小心碰翻了托盘上的高加索矿泉水瓶。这些由两股白色浪潮构成的来宾——上了年纪的男人的鬓发和老太太们身上的白衣裳加上雪白的墙壁——组成了展馆里的背景色调。在这种色调衬托下，军人及官员胸前的金色勋章、衣服上的金色饰带显得更加耀眼，令人眩目，而新落成的房子在来宾们根深蒂固的旧习俗和眼光中产生了令人奇怪的不协调。

这里的每一件雕塑品，每一尊人物雕像，不论是威风凛凛、横枪跃马的骑士，还是戴着头盔、身裹铠甲、立于壁龛中的武士；不论是手执文书、身披长袍的官员，还是居高临下、俯视着从他前面走过的每一个人的思想家；不论是那全身裸露，一手提弄着金色发辫的大卫，还是双手交叉于胸前、静卧在石棺里面的亡人，无不个个生龙活虎、栩栩如生。仿佛在对他们进行制作时，工匠们早已将丰富的情感和鲜活的灵魂注入他们的体内。在这样的展室里游览，无异在游荡着的幽灵之间穿梭。

我们上到顶厅，祈祷仪式要在那里举行。专门为沙皇铺设的一条红地毯特别醒目。教堂来的神甫也在那儿恭候，每个人的表情都很激动。临时匆忙准备的蜡烛被点燃起来，在柔和的烛光的映照下，即使是浑浊的眼睛，此刻也明亮起来。"来了！来了！"有人小声地提醒着，站在红地毯两边的男士女士们的脸上，都露出对君主所特有的、恰到好处、不可替代的表情，我说不出要用何种字眼来形容这种表情，是尊敬、激动、喜出望外、荣幸、不卑不亢还是……所有的人的目光全都集中到这条红色的通道中，皇上（尼古拉二世）迈着稳健有力的步伐朝我们走来。天蓝色的大眼睛放射着欢乐慈祥的光芒，并且时刻都会露出笑意。忽然间，他注视起我和我的家人来。在这一瞬间，我发现他的眼睛是多么不同凡响的湛蓝，多么的洁净、晶莹、透明。

作完祷告，皇上便与父亲交谈起来。像往常一样，父亲低着头，把头偏向一旁，回答皇上的问题。尼古拉二世不时微笑着望了望他自己的两个女儿，对方也对他报以微笑。主持典礼的官员将太太们引领到皇后玛利娅·弗多罗芙娜跟前，皇后一一朝他们点头示意。皇上则由父亲陪着，他跟在父亲身后，仿佛随着童话里克雷索洛夫的魔笛声行走一般。在他的身后，是一溜女眷和官员……当父亲为皇上介绍博物馆的建筑风格和陈列的展品的内容时，尼古拉二世不忘招呼他的两个女儿："玛丽娅，娜斯塔西娅，你俩也过来听听教授为我们说些什么。""可是尊敬的陛下，这些像小山羊似的活蹦乱跳的小姑娘，难道会对一个老教授说的话感兴趣吗？"父亲说道……

"爸爸，皇上还看着我呢。""这么说是看着你啦？""我说的可是事实。"父亲若有所思地说："这有可能，谁都需要朝某个地方看嘛。"父亲的目光从我身上转移到我母亲最后留下的一幅遗像上。母亲的模样很像拜伦。"博物馆终于落成开馆了！"父亲说着，将目光投伸向远处……

三、在乌克兰宾馆

乌克兰宾馆是苏联时期颇负盛名的莫斯科标志性建筑之一，不管你从哪个角度观看，它都显得雄伟壮观、气势不凡。由四座小尖塔环绕着的主塔高高耸起，直指蓝天，更能让人感到它的厚重和巍峨。宾馆的正门朝着热闹繁华的库图佐夫大街，后面向着列日科夫斯卡亚滨河路，与号称俄罗斯"白宫"的议会大厦隔河相望。

我们 2009 年去时，适逢宾馆翻修，仅在它后边的小山岗上瞻仰了乌克兰诗人塔拉斯·舍甫琴科的全身雕像。诗人穿着大衣，背着双手，低头散步，一脸沉思。他的这一形态于我并不陌生，这是他在文学作品中给我留下的印象。记得俄国文学评论家杜勃罗留波夫称舍甫琴科为"一位完全属于人民的诗人……他来自人民，与人民生活在一起，他

的思想乃至生活状况无不与人民相联系"。

诗人出生在一个成员众多的贫穷农家。他九岁丧母，十二岁丧父，成了孤儿的他被继母打发放牧牲口。冬天，他到教堂里一位负责朗读《圣经》的职员那儿学识字，常遭对方的凌辱和打骂。即便是生活在贫寒之中，他仍然有值得他回忆的美好的童年时光。在漫漫的冬天长夜里，邻居们常聚集到他家，听老爷爷给他们讲查波洛什人和哥萨克的故事，乌克兰农民如何反抗波兰地主的压迫的经过；夏天，他在草地放牧时时常躺在草丛中仰望蓝天，凝视浮云，作漫无边际的遐想，或在地面上学习绘画。他常将自己听到的民谣、俗语和民间谚语记录下来。不久，他拜了别村的一位画匠为师，开始学习绘画技巧。十五岁那年，他开始给地主打工，干过许多粗活。当杂役小厮时，他随主人到过维也纳，甚至还去过圣彼得堡。在那期间，他仍然坚持偷偷学习作画。为这家地主打了三年工之后，他终于如愿以偿成为一位彩画师的学徒。

一次偶然的机会，他认识了画家索先科。这次意外的相识彻底改变了他的一生。通过索先科，他又认识了著名画家勃留洛夫和诗人茹科夫斯基。他俩十分赏识舍甫琴科的天赋才能，便出资两千五百卢布，从地主那儿赎回他的自由身份，并帮助他进入艺术学院深造。身份和地位的改变并没有使他忘记自己贫苦的故乡——乌克兰，他开始用乌克兰文写诗，并创作出不少反映民间疾苦、号召人民起来反抗专制压迫与农奴制度的优秀作品。渐渐地，舍甫琴科，这位民间诗人的名字传遍了俄罗斯大地。在给他的一位熟人写的信中诗人说，他在乌克兰的每一处都会对人民的苦难流下同情的眼泪。1847 年，沙皇政府逮捕了他，将他发配到奥连布尔格斯基团服兵役。这种恶劣的流放生活环境严重地损害了他的健康。十年后，当他回到圣彼得堡时，年仅四十四岁的他已变成一位秃顶、胡子花白、身上伤痕累累的小老头子。三年后，即 1861 年，舍甫琴科走完了仅仅四十七年的人生路程。

在他生前留下的那首据说是脍炙人口的诗作《遗嘱》里，诗人希望死后能葬在他所深爱的乌克兰辽阔的草原中，希望长眠于大河之上的土丘中，从那里倾听山冈下古老的第聂伯河发出的怒号。他号召同胞们在他的葬礼结束之后，站起来打碎身上的镣铐，投身到争取自由的斗争中去。

在世界上的许多国家的历史中，有一个字眼为人们所向往，并且成为他们生活奋斗的目标，在俄罗斯也不例外，这个字眼就是"自由"。在冬宫博物馆欣赏油画作品时，尤利娅和利娅娜推荐我们欣赏的绘画作品中，有一幅就是以"自由"为主题的。画面上，有一只黑狗被主人用链子拴在门廊边的柱子上。在它脚前，摆放着一盆美味丰盛的狗食。黑狗对食物无动于衷，晦暗的眼睛里流露着悲哀绝望的微光。

在当今的俄罗斯，倘若你问起普通的俄罗斯人，在苏联解体之后，最令他们感触的是什么，那么，得到最多的回答应当就是"自由"。当我们的车子在圣彼得堡的基洛夫雕像附近停留时，我问司机尼古拉这个问题，这位五十岁上下的司机毫不迟疑地回答道："自由。"接着，他向我介绍起他的家人、他的工作和他们的生活，特别着重提起了宗教信仰问题。当我在航行于涅瓦河上的游艇里，向陪我们一起观赏市容风景的弗拉基米斯拉夫，一位三十来岁、从事零售行业的公司职员，提起同一问题时，他望着舷窗外面水波涟涟的深蓝色河水，神情严肃地回答道："自由。"他们的回答使我不由思考起在苏联时代人们在社会生活里的自由尺度来。

在每个历史时代，人的自由尺度是由生产力发展水平，对自然界和社会规律的认识程度以及社会制度和政治制度所决定的。即便在今天，世界上有些国家仍然存在着用种姓、阶层、法律和其他种种非人道的规矩最大限度地限制大多数人的自由的现象。在斯大林时代，有一个无形的圆圈将一部分人圈在外面。里面的人将外边的人称为"叛逆"和"异端"。这些人不但经常受到轻蔑的嘲弄和冷遇，而且失去活动、思想和信仰的自由。当我们翻开当今的俄罗斯文学史时便可以读到，在苏联时期，有不少作家、诗人和文学评论家，由于捍卫自己的思考、创作和出版的自由而饱受煎熬、屡受苦难，有的人甚至被杀害，当我读到这串名字：H.克留科夫、O.曼德尔施塔姆、B.科尔尼洛夫、N.巴贝尔、N.卡塔耶夫、S.皮利尼亚克、A.沃龙斯基、M.布尔加科夫、A.普拉东诺夫、M.茨维塔耶娃、A.阿赫玛托娃、M.左琴科、S.帕斯捷尔纳克、B.英贝尔……都会想到为争取自由所付出的沉重的代价，或者基本人权自由得不到保障的弊端。

因自己的"家庭问题"而遭受厄运，背起沉重的十字架的诗人茨维塔耶娃，在卫国战争开始后不得不流浪于俄罗斯的大小城市中。她甚至连找寻一份像洗碗工之类的工作以求生存的自由也被剥夺，最终被迫以自杀的方式离开人世。

二十世纪五十年代中期，作家帕斯捷尔纳克的妻子伊文斯卡娅带着丈夫的《日瓦戈医生》的手稿，奔走于各编辑部。起初《新世界》杂志同意刊登其中的几个章节，后来又沉默了。接下来是各家杂志社都不表态。直至 1956 年 5 月，意大利出版商费尔特里内利的特使丹热洛登门作家在作家村的寓所时，小说的出版才现出一点曙光。

作家布尔加科夫用了十年创作出来的巅峰作品——长篇小说《大师和玛格丽特》，直到作家去世二十多年后，他的遗孀说服了《莫斯科》杂志编辑部，在经过多处的删节之后才得以出版……

上车前，我忍不住地回眸凝视了一会儿诗人的雕像，心中默默地与它告别。从低处往上仰视，雕像的基座宛如山坡上一块凸起的岩石。而活着的舍甫琴科此刻正缓步走向他所钟爱的第聂伯河河岸。

在这瞬间，我突然忆起福建泉州的老子石像。这座宋代的人物石雕没有任何基座衬托，老子席地而坐，与他身旁的青草、泥土密不可分地融为一体。他左手扶膝、右手凭几，垂耳飘髯，指能弹物，目光炯炯，一副超凡脱俗、仙风道骨的神韵。

对于世间许多人来说，无论是古希腊神话中的安泰，还是乌克兰的舍甫琴科、我国哲人老子，大地是哺育他们成长的母亲，是他们最可依靠和信赖的亲人。从他们身上，他们获得了生存的力量、斗争的勇气和创造的智慧。

四、并非仅有这三支歌

第二回走访乌克兰宾馆是在 2011 年的 8 月底。那天傍晚，应几位乌兹别克斯坦朋友之邀，我们一行五人随他们来到他们下榻的这座宾馆。时值掌灯时分，但莫斯科的天色尚未完全暗淡下来。寥寥落落的几颗星，孤零零地悬挂在天幕上，朝我们眨眼。亮起的灯光将暮色中的宾馆的轮廓衬托得格外分明。正门上方的十几面不同国家的国旗，在晚风中猎猎飘扬。

我正兴冲冲地迈着碎步穿越宾馆大堂，忽然觉得有一股无形的神秘力量在吸引着我的目光，将我引到大堂的门边。这股神力来自门边的几尊人物塑像。当我回过神来，环顾四周，才发觉其他的几位同伴早已不知去向，只剩下利娅娜一人站在我的身后。此刻，她正沉浸在对雕像的欣赏之中。

于是，我也开始仔细地观赏起这几尊女性雕像来。觉得靠她们越近，劳动气息就越浓。见惯

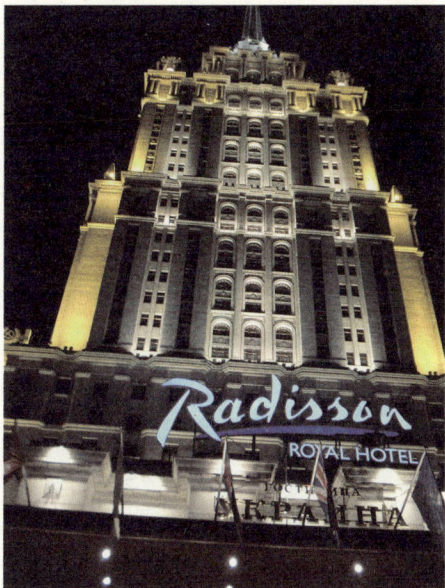

了过去苏联宣传画上集体农庄的女庄员笑逐颜开的形象之后，乍一看，这几张脸的表情还真的让我觉得有些异样。我不知道该如何用文字来描述它们，至于人物的内心活动更是难以推测。只觉得这种神情似乎表现着她们对生活和劳动的坚毅和执着，或是对并不令人羡慕的环境的不置可否的淡漠和木然。

这几尊女性雕像的形象，与我两年前在共青团四十周年纪念公园里所见到的《劳动之歌》的群雕形象颇为相似。那是三位身穿劳动服的年轻姑娘，正踏着夕阳的余晖，从远处的工地或田野劳动归来。这些妇女的脸上都清楚地写满了疲惫与倦怠，她们盼望在公园的长凳或草地上找到休息的地方。不论是肩上荷锄，手揽装满果实的箩筐，或是将孩子扶坐于自己肩膀上的人物形态，都可以轻而易举地在我们日常生活里见到，它们不但为我们所熟悉，而且也是我们中大多数人所经历过的。

我问利娅娜对这几件艺术品有些什么感悟。她沉吟片刻，认真地回答道："这是苏联时期的作品，从中很难发现当今女性美的特征。不说脸上没有淡施粉脂，身上不见珠宝饰物，就连她们的衣着和发式，身段体态也少了令女性自豪的线条和妩媚的特征，倒是让我觉得她们身上有一股淡淡的粗壮的男人味。"利娅娜是一位二十多岁的职业女性，她的这番见解很合理，毕竟引起我们审美情感的客体会随着个体的不同而变化。但既然它们是苏联时期艺术家创造出来的作品，不论你个人的感觉如何，它们都能真实地折射出那个时代的妇女及社会生活的主色调，比如歌颂妇女的解放，推崇劳动的神圣和意义等。在对它们的仔细审视之下，甚至可以从中幻化出苏联时期妇女生活的一幅幅动人图景。这里的每一张脸都是一篇讲章，会向我们叙说女性的幸福和辛酸、劳动与创造。

有三首歌伴随着她们走完生命的历程：第一首是母亲吟唱的摇篮曲，第二首是劳动之歌，第三首是奉献之歌。而这三首歌所歌唱的主题是爱。在苏联时期，特别是在伟大的卫国战争中，妇女为家庭、国家所作出的贡献不仅是难以估量的，而且她们对自己的付出不求回报，总觉得献上的礼物还不够好。

记得念书时，俄文读写课教材上总会收录着法捷耶夫的长篇小说《青年近卫军》中主人公奥列格怀念母亲的大段内容。奥列格是从他的母亲的双手开始认识自己母亲的心灵的："这双略嫌粗糙的手干过数不清的活。它在皂沫中搓洗儿子的小被单，用它将牛粪和黏土混合在一起，抹农舍的墙壁。这双手在冰窟窿里洗衣服、穿针引线缝衣裳，又用它挥动镰刀、收割麦子。节日里，它举过盛满莫尔达维亚红酒的酒杯，也抚摸过小儿子的头发和脖颈……"母爱成为苏联诗歌、小说、电影、歌曲、绘画及雕塑等艺术作品中的一个永恒的主题。人们怀着无限的深情，怀念着自己勤劳和慈祥的母亲，怀念着她所献出的无私的爱，圣母般牺牲的爱。

苏联电影《青年时代》里有一首曲调柔和、情思绵绵的歌曲《我亲爱的母亲》。歌中唱道："当年我的母亲，通夜没合上眼睛，伴我走遍家乡，辞别父老乡亲。当时天色方黎明，她送我踏上遥远的路程，给了我一条手巾，她祝我一路顺风……拿起这条手巾，不由想起我的母亲，想起小草细语，椴树摇曳不停。这条母亲的手巾，让我想起幼年熟悉的情景，还有母亲慈爱和殷切的心情。"

在卫国战争中，苏联妇女巾帼不让须眉，多达一百万的妇女走进军队的行列。在后方的产业工人中，女性的人数占其总数的一半以上。在农村的田野上，由妇女、儿童和老年人组成的劳动大军顶替了参军上前线的青壮年男子，成为农业战线上的主力军。更有许许多多的母亲，默默地忍受着丧子之痛，继续为祖国贡献着她们的诚挚的劳动。

在苏联高加索北奥塞梯自治共和国的朱阿里卡乌村，有一座加兹丹诺夫七兄弟纪念碑。碑底座旁坐着他们的母亲，七只仙鹤在她的头顶上展翅飞翔。碑文是："纪念为保卫祖国在伟大的卫国战争中英勇牺牲的加兹丹诺夫七兄弟。（1941—1945）"这位身穿丧服，悲凉地倚着石碑的母亲，是在卫国战争的烽火中，千千万万失去儿子和亲人的苏联母亲形象的写照。当我再次将目光投射到把孩子扶上自己肩膀的母亲雕像时，我想，母亲的职责不正是帮助在平地上奔跑的孩子得以登高望远，领略自然的博大雄奇，在他们的心中播下爱的种子，启发他们认识世界，树立起理想和梦想，雏燕凌空，展翅高飞，最终成为母亲所希望的人吗？

我和利娅娜移步来到第三座雕像前，利娅娜从正面和左右两个侧面将雕像仔细地打量了一番，仿佛只有三维空间创造出来的形体才能拨动她心中那根情感的弦一般。这尊雕像的形态对许多人来说一点也不生疏：身穿运动短衬和背心，一头齐耳短发，整齐而又柔顺；匀称发达的四肢和粗壮的脖子显示着她的训练有素；略显瘦削的面庞将眼睛和鼻子衬托得更大；沉着的面部表情和不慌不忙地套上跑鞋的动作，将这位正准备进场参加竞赛的运动员的心态传递给了我们。

虽然光从人物的雕像的形态去追寻生活的情感，并不是艺术审美的唯一方式，但对于像我这样美术知识有限，缺乏更多的审美体验的人来说，通过对艺术品的观摩和联想，却可以让我从中产生有益于生活的启迪。

我想起乌克兰作家冈察尔，想起他那篇跨越时代的小说《永不掉队》。许多人都希望自己的人生过得更充实，更充满成就感。这在人生的赛场上，不但包含着对成功的渴望，也包括对生命意义的追求。这篇小说里只有两个人物：一位下级军官和一位物理学工作者。在战火纷飞的岁月中，军官不断提出严格的要求，要物理学家在各项军事行动中不要拖连队的后腿，这使后者感到委屈和不适应；战争结束后，复员转业的指挥员，来到了物理学家带领的科研队伍。这时，原先的角色发生了转换，作为队伍带头人的物理学家转而要求自己昔日的上司赶紧学习文化，与团队成员一起攻占科学制高点。

我想起自己来。在大学里我所学的是俄语专业。毕业后，由于历史的原因改教英语。工作上的改变，给我提出一个崭新而又艰难的任务：学习英语，完成教学工作。我没有在这种角色的转换中掉队，最终获得"广东省英语特级老师"的称号。在这尊人物雕像前，我想到了许多。当我告别了人生的上半场，转入下半场或参加在离终

场哨音响起前不久的加时赛时，我想，在寻找人生意义的最后努力中，我们每一个人都不应当成为时代的落伍者。

五、俄罗斯人物雕像纵横谈

亚姆大街是红场朝西北方向延伸的一条街道，在它旁边集中了许多著名人物的纪念碑，其中有马克思纪念碑、多尔戈鲁基纪念碑、普希金纪念碑以及位于与特维尔大街交界处的马雅可夫斯基纪念碑。稍远处还有高尔基和法捷耶夫纪念碑。

那天，我们聚集在马雅可夫斯基的雕像旁，欣赏、拍照和低声交谈。"马雅可夫斯基是什么人？"我身旁有人问道。我朝他转过脸去，见是现在正在澳洲念大学的一位二十多岁的小伙子，便用斯大林对诗人的评价回答了他："他是苏维埃时代最优秀、最有才华的一位诗人。""他得过诺贝尔奖吗？有什么著名的代表作？"小伙子继续问道。显而易见，眼前这位旅伴，真的对马雅可夫斯基一无所知。我突然意识到，莫非诗人真的已经不属于我们这个时代了？几十年前，诗人那些铿锵有力、掷地有声的革命诗句不知吸引着多少热血青年，即使在今天的俄罗斯，我觉得诗人那像灯塔一般的作品的光芒并没有减退。几天之前，我走进吉姆商场的一家出售精品书籍和电影光盘的小店，一眼便发现诗人的集子被摆放在一只精致的旋转书架的显著位置上。

我仰脸凝视着眼前正昂首挺胸迈着大步的诗人，心中突然有了一种时空倒流的幻觉。那扑面而来的矫健的雄姿，唤醒了我心中热烈的情感，把我的记忆牵回到那个崇尚革命乐观主义精神的年代。那些熟悉的诗句，又在耳畔响了起来：

> 我前进，用雷鸣的轰响震惊世界，
> 我赞美
> 祖国的现在，
> 但三倍地赞美

祖国的将来。

一跨

一沙绳的大步。

我爱

我们高唱着

走向劳动

走向战斗的

进行曲。

——《好!》

在纪念碑的底座上，有这样一句碑文："我歌唱我的祖国，我的共和国，如同歌唱的劳动与战斗中诞生的人类的春天！""祖国"、"劳动"、"战斗"、"春天"，多么美好的、让人心荡神摇的字眼，它们与"青春"、"黎明"、"霞光"、"火星"、"希望"、"旗帜"、"功勋"、"友谊"和"爱情"等词汇一起构成了一幅暖意浓浓的苏联社会未来美景的宣传画。

这种短暂的追忆，很容易引起诸多或远或近的相似联想。

那天我们早早地来到全俄国民经济展览中心。迟迟起床的太阳将类似南方冬日般温暖的光芒照射到我们身上，尽管七月底的莫斯科仍然处于季节时间表上的夏天。洒水车刚刚离去，空气里弥漫着温暖的气息，残留在宽阔平坦的水泥地上的斑驳水迹，将并不炫目的阳光反射向四面八方。观者稀少，空旷幽雅而又宁静的展览中心，使我们这些习惯身处熙熙攘攘、人声鼎沸的旅游者旋涡中的国人顿时觉得无比心旷神怡，心中甚至还暗自思忖：难道这就是闻名遐迩的全俄国民经济展览中心吗？

这是莫斯科乃至俄罗斯最古老、最大的展览馆。起初为全苏农业展览馆，后改名为国民经济成就展览馆。列宁最后一次从他居住治病的高尔克村到莫斯科时，曾到他工作和生活过的一些地方看看，他的最后一处"告别"的地方，便是这处当时称为农业展览馆的地方。

小杜是我们在莫斯科的导游，他就是从这尊浑身上下披着彩霞、眼望东方的列宁纪念雕像开始向我们介绍苏维埃政权成立初期，列宁提出的新经济政策对农村农副生产所产生的积极作用的。

在通过高耸雄伟的凯旋门式的牌楼时，许多人都把手中相机的镜头对准门顶上把一大捆金灿灿的麦穗高举过头顶的拖拉机手和集体农庄员形象的雕像。这一展馆的标志很容易让人想起苏联著名女雕塑家穆希娜的不朽作品——《工人和集体农庄女庄员》，想起安德烈耶夫的《举着红星的工人》。这些雕塑作品都有一个共同的特点，即形象丰盈饱满，雄心发自内在，豪气溢于外表。这是有着珍贵的审美价值的时代艺术品，它给我们以丰富的无限想象的空间，同时也是对作为国家的政权基础的工农联盟的诠释。

接着，在我们眼前出现十五位金光灿灿的姑娘。她们高矮一致，体魄健壮，身姿矫健，以类似于赏心悦目的舞姿迎接到这儿来的每一位客人。这十五位姑娘，代表着苏联十五个加盟共和国的集体农庄庄员，她们每个人的手中都握有代表着各自国别的主产谷物果实，在她们身后是堆起的麦垛和向日葵等农作物。

苏联时期的许多雕塑作品着力于反映苏联人的精神面貌和建设成就。从许多雕塑人物身上，我感受到那个时代的劳动者身上的自信、喜悦、刚毅的乐观情绪和战斗精神。这些雕塑形象是从前未见，

或难以见到的。他们身上的情感变
化是时代的馈赠。列宁在革命前夕
曾写道："俄国的历史一日千里地
向前发展，现在的一年，有时要超
过平静时期的几十年。"（《列宁全
集》第六卷，人民出版社 1986 年
版，第 365 页）革命的时代需要有
激发革命热情的艺术品。展览中心
十分广阔，它的占地面积约为一百
四十公顷，里面的建筑物数量多达
二百五十座，各加盟共和国的展馆
外形各不相同，充满着浓厚的民族
特色。另一处反映时代风暴的人物
雕像可以在 1938 年落成的起义广
场地铁站中看到。那儿每个拱廊的
两侧分别列着一组组以工人、赤卫
队战士形象为主体的人物雕像。

当个人崇拜之风越刮越烈，故步自封之气在党内日益蔓延时，为虚
假、奉承的习气所侵蚀的艺术创作作风也逐渐显露出来。在三十年代，
精心策划的规模空前的苏维埃宫的建筑方案中，有一座高大的铝制列宁
雕像竖立在建筑物的顶端，光列宁的食指，就有十九英尺那么长。那
时，美化斯大林形象的雕塑也被制作得越来越大。在斯大林看来，建筑
物和艺术作品的象征意义是最重要的。

在莫斯科有两座果戈理纪念碑，但别的文学巨匠，比如普希金、莱
蒙托夫和陀思妥耶夫斯基等人的纪念碑只有一座。究其原因，当然并非
莫斯科人对果戈理情有独钟，或者对他的爱超越对"诗歌的太阳"普希
金的缘故。

第一尊果戈理的纪念雕像坐落在苏沃洛夫大街，作家度过自己生命
最后时光的房子的院子里。雕像人物神情忧郁。作品刻画了一位对人民

的命运深切关怀，其爱国主义遭受到横加侮辱，充满人性和饱受苦难的天才。这座纪念碑是巴斯特罗加诺夫工艺学院三十六岁的教师尼古拉·安德烈耶夫的杰作。

另一座被看作"文学将军"形象的果戈理雕像，骄傲地立于果戈理大街的起点处。雕像的台座很高，人物的胸部突出，青铜铸成的斗篷披于肩上，看上去仪表堂堂，并且人物的形体似乎还不够雄大。作家的嘴角上挂着由于身心疲惫而不易觉察到的一丝拘谨的微笑。

二十世纪五十年代初期，苏联有位上层人物发表了一通评论，认为国家需要有新的果戈理们和史迁普金们。〔史迁普金（1788—1863），俄国演员，俄国现实主义舞台艺术奠基人，戏剧改革家，是赫尔岑、果戈理、别林斯基和舍甫琴科的朋友。他主张戏剧要有社会教育意义。他的表演艺术和演员道德准则成为后来斯坦尼斯拉夫斯基表演艺术和演员道德准则，是后来斯坦尼斯拉夫斯基体系的基础〕在这种情势下，官方认为"伟大的俄罗斯现实主义作家的形象被安德烈耶夫严重地歪曲了，变成了一位神秘厌世的人物"。官方高层人物对于这位古典作家的雕像缺乏应有的乐观主义情绪表现出"真诚的愤慨"。之后，这座面容忧郁的雕像便消失不见，在它原来的位置上立起了一座新雕像。新的果戈理雕像体现着有些人认为必须有的乐观主义精神。

又过了若干年，1958 年，苏共二十大之后，安德烈耶夫的果戈理雕像的地位部分得到恢复。它被从地窖里搬了出来，不声不响地在一处不显眼的地方竖了起来。当时，还没有人敢于提出要将塑像摆回到恰当的地方。我在契诃夫墓的旁边见到作家果戈理的墓雕，那是

1936 年苏联政府所建立的。雕像体现当时政府的官方观点。

　　莫斯科的两座果戈理雕像折射出俄罗斯文化和文学的两个方面：其一是充满爱与怜悯，纵然是面带忧郁和沉思；其二是一本正经的、官方的乐观主义情绪。还有就是真挚和诚实的文学，以及对虚构事件的模仿。今天俄罗斯文学努力在历史学家面前恢复这个国家的历史，这样做的目的在于将公众被损害和束缚的心灵解放出来。

　　2009 年的一个夏日，我从圣彼得堡的喀山大教堂出来后，在立于教堂广场的巴克莱和库图佐夫元帅雕像前逗留了一段时间。时值午后时分，阳光分外明媚，涅瓦大街上人来人往，四处洋溢着勃勃生机，灿烂如锦似火。我对自己说，欣赏这样的艺术品，一定要让心绪平静下来，集中起注意力。

　　这两尊人物雕像都面朝大街，身穿带穗肩章的军服，披着斗篷，佩着宝剑，但都没有戴上军帽。彼此间隔着一段距离。

　　我首先来到巴克莱元帅跟前，只见元帅神情忧郁，且有给人以犹豫不决的印象。腰间的佩剑未见出鞘，手里的元帅权杖成水平状。这样的造型，绝非是一位指挥着千军万马，向敌人发起进攻时的元帅姿态。在 1812 年的卫国战争中，巴克莱的确是一位悲剧性的人物。他虽身居俄军统帅高位，却得不到他的同僚和下属的支持，甚至还不得不忍受晚辈的侮辱。最突出的例子莫过于巴格拉季昂将军对他的蔑视。

　　当拿破仑 8 月 16 日到达斯摩棱斯克时，沙皇的两支主力部队已在该城附近集结完毕。由陆军元帅巴克莱指挥的部队驻守在城内，他的东侧是巴格拉季昂的部队。由于将军对元帅的

反感，他按兵不动，拒绝向护城的元帅军队提供支援。在这种情况下，为了避免全军覆没，元帅只好下令撤退。诗人普希金曾这样写道："他的撤退，如今看来是明智之举……"当时，元帅所承受的压力无疑是巨大的。但是有许多人，其中甚至还包括一些作战经验丰富的将士，也纷纷将元帅的决策当作他"叛国投敌"的行为来加以指责。

是什么原因使元帅与上流社会中的某些人产生如此之大的隔阂？这不是因为他是苏格兰人的缘故，因为在俄国陆军中的外国人并不罕见；或者是这位元帅所制订的作战计划不可靠，可是后来接任总司令一职的库图佐夫元帅不正是依据该作战计划，成功地粉碎拿破仑的大军吗？

有人认为，这种现象是宫廷倾轧的表现，在这个人才济济、派系林立、自视甚高的群体中，肯定会有各种不同的观点和想法存在的。作家列夫·托尔斯泰在小说《战争与和平》中，甚至还归纳总结出多达九个不同的派系。其中人数最多的是一心谋私利、捞卢布、看重勋章和官衔、没有任何战略思想、随波逐流的利己派，但是，即便如此，请别忘记，当时的整个俄国社会都渴望能有一位具有领袖风范、英雄气魄，众望所归的"战神"出现。

再看看在巴克莱元帅右边的库图佐夫元帅，他的雕像形态恰好与前者形成鲜明的对照。不论是站立的姿态和面部表情，都能让人看到这位人物心中对国家的满腔热忱和对胜利的坚定信心。

库图佐夫伸出的左手，紧紧握住元帅权杖，用它向部队指明前进的方向；他的右手，紧握出鞘的利剑。他将法军的旗帜踩于脚下，旗帜的布面卷起，旗杆断折，看上去如同一块抹地的破布那样褴褛和污秽。有趣的是，如果再近前细看，将两位元帅脚底下的两面法军军旗作比较，便可依稀看到后者脚下的军旗上，绣在上面的那只老鹰似乎正扑打着它乏力疲惫的翅膀，在做垂死的挣扎。

今天，许多人都将这两位元帅看作是 1812 年俄国卫国战争中带领俄军走向胜利的军魄。在他们身上，折射出这场战争的前后两个阶段：巴克莱代表着"首创者"，指挥俄军实施战略退却；库图佐夫实施粉碎拿破仑大军的作战计划。两人都在国家危难中，为祖国母亲献出良心、智慧和力量。伟大的雕刻家以塑造人物立体形象的方式，将他们的才能、人品和经历展示于人们的眼前，如同一首优美壮丽的爱国主义史诗。

六、特列济亚科夫——"梅采纳特"们的典范

提起俄罗斯的"梅采纳特"们（меценат）最先让我想到的是巴维尔·特列济亚科夫，脑海中又浮现了他双臂抱于胸前的姿态。早期观赏列宾的肖像画和不久前在特列济亚科夫美术馆前面见到的基巴里尼柯夫创作的雕像，他无不以这种姿态显示于人。在艺术家们的作品中，人物略显疲惫的面容和深邃的眼神，让我们感受他的性格和气质，而双臂抱于胸前则很可能是他在观察和欣赏艺术品时的习惯动作。

巴维尔·特列济亚科夫是俄罗斯纺织业界的一位百万富翁。他从三十四岁那年开始系统地收藏俄国画家的作品。二十六年后，他的藏品已超过两千件。之后，他将自己所收藏的画，连同房子和土地所有权一起捐赠给了莫斯科市政府。

1898 年 12 月 4 日，特列济亚科夫离开人世。莫斯科艺术界乃至整个俄罗斯，都因失去一位杰出的爱国者和艺术的知音而沉浸在无限的悲痛之中。人们之所以尊敬他、怀念他，是因为他所从事的是一项严肃的、有意义的事业。他是人民培养出来的艺术品收藏家，这是一种很有

远见的"炫富"方式，他用自己的金钱和精力、知识和才能为国家和民族积聚和保留了精神财富。

到莫斯科的观光者中，许多人都会对特列济亚科夫美术馆中的造型艺术展品感兴趣。早在十九世纪七十年代，它便位于拉夫鲁森纳巷区中，此后，这座建筑经过多次改造和扩建。1902 年，建筑门面又按美术家 B.瓦斯涅佐夫的设计，改成故事中的俄罗斯阁楼形状，并饰有莫斯科城的古代城徽——枪挑毒蛇的圣乔治画像。入口处立着一尊特列济亚科夫的纪念碑像。

高尔基称美术馆为俄罗斯艺术宝库，是一本展示俄罗斯生活的巨大画册，当你一页页地翻阅时，就可以听到这些作品用艺术的语言，向你述说俄罗斯美丽的大自然风光、俄罗斯人民的苦难史和这个民族像雄鹰展翅高飞时显示出来的力量。苏联与当今的俄罗斯都将包括这座美术馆在内的众多各种类型的博物馆看作是文化教育中心，它们在丰富年青一代的情感，培养他们感受美、欣赏美、创造美的能力，以及提高他们的道德水平上发挥了不可替代的积极作用。

那天我们进去时，恰好有某个单位在一楼举办摄影展。因此，对那儿所展示的二十世纪以后的画作和十八世纪以前的宗教艺术品没有细看，但还是细看了一些十九世纪下半叶俄国现实主义绘画作品。像 N.克拉姆斯科伊、N.列宾、B.佩罗夫、K.萨维茨基、A.萨夫拉索夫、A.阿尔希波夫、B.苏里科夫、N.希什金以及 B.瓦斯涅佐夫等巡回展览派画家的作品和 B.韦列夏金的军事题材作品很是吸引人。

二十世纪六十年代，在与瓦列金娜·波波娃和捷克女生玛依卡通信时，我们都喜欢将一些明信片、邮票或其他一些轻小的玩意儿夹在信中，寄给对方。她俩给我寄来的东西大多已经丢失，保存下来的只有瓦列金娜几张印有特列济亚科夫美术馆名画的明信片和玛依卡的一条系着心、铁锚和十字架的小项链。

在其中的一张明信片上，印着俄国画家巴·契斯佳科夫（1832—1919）的名画《扎着头带的姑娘》。画面上，一位穿白罩衫，头上扎着一条几寸长红色布条的少女，微低着头，眼睑低垂，双唇紧闭，双颊出现红晕，似乎正在默默等候着某一时刻的到来。契斯佳科夫是一位善于将学院派的教学与现实主义原理结合起来的画家和绘画教师。

十九世纪中后期，俄国出现了革命民主主义美学原则，它成为许多画家创作的指导纲领。当时涌现出一些反映时代社会，体现公民性和人们心理问题的优秀绘画作品。有三幅画给我留下很深的印象，让我久久不会忘记。它们是佩罗夫的《三》、普基廖夫的《不相称的婚姻》和苏里科夫的《缅希科夫在贝留佐夫》。这些作品中的艺术语言常常使我联想到文学作品中用文字刻画的场面。

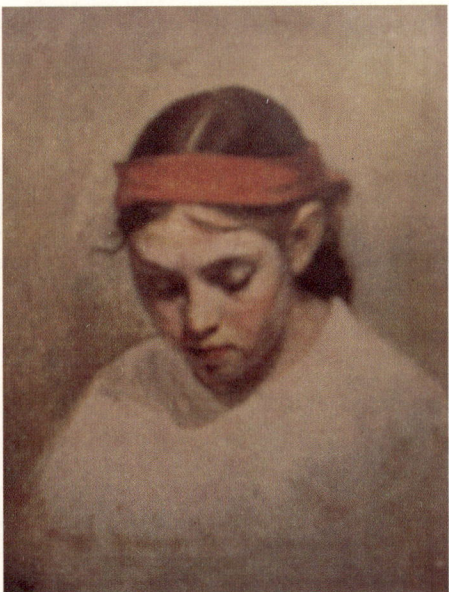

在《三》中，画家以一幅严谨的群体人物构图，集中表现着三个十来岁的孤儿，在一个昏暗的冬日，踏着积雪，拉着雪橇，弓着身子，将装满烧酒的木桶吃力地拉上斜坡。他们身上过于宽大、褴褛不堪的衣服、围巾和鞋帽似乎在告诉我们，这都是他们的亲人在生前给他们留下的“遗产”。在艰难的生活面前，孩子们苍白、倦怠、营养不足的脸上仍然可以见到几分天真的稚气。而唯一像亲人一般不离不弃地跟随着他们的，只有那只在他们脚边奔跑的小狗。“三”、“三人”与“三驾马车”在俄文中都是“Тройка”，在这里，通常由马担负的角色转而由年幼的孩童来承担。每当看着这幅画，总会使我想起作家柯罗连科的中篇小说《丑恶的社会》，想起那三个生活在“地窖里的孩子”。

1862年，画家普基廖夫创作了一幅在我看来具有永恒现实意义的作品《不相称的婚姻》。画面上描绘的是神父给新婚夫妇交换戒指的场面。有钱有势却衰老不堪的新郎斜视着身边的新娘。新郎头发脱落，双眼浑浊无神，脸上的皱纹似刀刻，尽管他努力地挺立着身躯，但那副模样完全可以做新娘的祖父。新娘黯然神伤，无可奈何地任人摆布。参加婚礼的亲友有的愕然，大多数人低头不语，脸色阴沉。这种买卖婚姻的现象在我们的生活里从来就没有停止过。初中语文课上教师讲解的东西几乎都已经淡出我的记忆，唯独当年朝气蓬勃的陈老师在课上为我们朗诵的那首打油诗，至今仍然牢牢地保存在我的记忆里。在《不相称的婚姻》面前，那首十分通俗、寓意不浅的小诗又响起来：

> 小妮子，泪交流，
> 思念爹娘终日愁。
> 爹娘喝了东家酒，
> 把我卖到山后头。
> 隔山听见老虎叫，
> 隔窗看到山水流。
> 一心想跟山水走，
> 唯恐山水不尽头。

《缅希科夫在贝留佐夫》是苏里科夫的一幅历史画。缅希科夫是宫廷司厨的儿子，后成为彼得一世的近臣。他三十四岁位居特级公爵，五十四岁时升为大元帅，是1700—1721年北方战争时期的著名军事长官。叶卡捷琳娜一世时期是国家拥有实权的执行者，在处理近卫军事件中他发挥了积极作用。彼得一世死后，在安娜女皇和德国人的阴谋策划下，缅希科夫及其全家被流放到西伯利亚秋明的贝留佐夫小镇。这幅画刻画了一位曾经在政坛上风光一时的风云人物在政治旋涡中浮沉和失意的心理。这种现象在一些专制国家中是十分常见的。

苏联画家M.涅斯捷罗夫在他的日记中曾这样回忆特列济亚科夫：

> 他是一位谦逊、文静，不爱夸夸其谈、装腔作势的人。他不但有一颗善良的心，而且有浓厚的公民意识，对祖国艺术的爱真挚、深厚。

特列济亚科夫小时候，有次偶然见到圣彼得堡公共图书馆馆长希尔德选中的画，这使他骤然萌发了渴望收藏绘画的愿望。后来，这种嗜好成为他一生孜孜不倦追求和坚持的事业。

记得我念绘画和雕塑学校一年级时，就经常上拉夫鲁森纳巷里那幢两层独家住宅。在它里面有许多优秀绘画供我们观赏。我和同学们一起一边欣赏着画家丰列夏金的成套绘画藏品，一边展开热烈讨论，渴望着弄清画家通过他的战争画表达的思想观点。丰列夏金的绘画风格与巡回展览派画家相近。

在一楼的大厅中，有一道由夹板隔成的"长廊"直通二楼的楼梯口。那儿陈列着许多名画。我们常在那个地方学习、欣赏画家伊万诺夫的作品，例如反映人类精神复兴、浪漫主义宗教道德的《基督出现在人们面前》等；研究勃留洛夫、基普连斯基、佩罗夫、萨符拉索夫等人的作品。特列济亚科夫在此处的藏画规模不断扩大，而我们对艺术的认识和见解也日益加深，兴趣与热爱日益浓厚。

在画廊中，不时会出现一个瘦高个子的男子，他时而会在某幅画前站站，聚精会神地观赏；时而从身上礼服的口袋中掏出手绢，将它揉成团，用它小心翼翼地拭去附着在上面的尘埃；时而走到离他稍远处的画廊工作人员那里，对他们说些什么，然后不声不响地离开。

我们都知道，他就是这儿的主人——巴维尔·米哈伊洛维奇·特列济亚科夫。在每年一次学校举办的活动中，他会出现在应邀前来的许多令人尊敬的贵宾中。在他们中，他的举止特别随便，丝毫没有任何想要刻意表现自己的举动。我们都喜欢他，尊敬他，明白他的生活意义，并且都了解有关他的许多事情……

特列济亚科夫生前说过："对于我这个真心热爱绘画艺术的人来说，我无限希望将这一国家民族画廊保存下来，大概不会有比此更好的愿望了，我希望它能成为一种对优秀艺术作品加以保藏的社会性事业的开端。"

在古希腊雅典极盛时代，有些慷慨的公民，自掏腰包支持该城市举行的活动。有的为着演出新的戏剧，出资培训诗歌班；有的为着国家的荣誉，出资训练比赛的运动员；也有的在城市危险的时候，出资装备战舰及武装战士。这种甘心乐意负起国家责任的公民意识和远见卓识，在特列济亚科夫身上得到完美的体现。他们奉献的金钱，得以在他们自己无法亲力亲为的事业上产生积极的作用。特列济亚科夫所作出的奉献，不但在空间地域上，而且在时间上发挥和延续着这种积极作用。它使一代又一代的人，通过艺术作品认识祖国、民族的过去，并从中得到心灵的陶冶和美的享受。

七、在歌曲发源地听《海港之夜》

大约在二十世纪九十年代初的一个夏天，我与妻子一起从粤北到珠海，探望在那儿工作的两位大学同学。几天后，我们告别热情好客的主人，心中装着对特区环境的美好印象取道深圳回家。

那天日出三竿时，我们登上了"飞翼船"。刚在客舱里落座，晃荡着的船体让妻子感到脑袋一阵晕眩。只见她急急紧闭双眼，双眉紧锁，一边伸出手来，紧捂着自己的嘴巴。不过，在离开我们下榻的宾馆之前，她凭着自己的经验，提前服下防晕丸，这才减轻了恶心发作的程度。

不一会儿，甲板上传来了一长二短的汽笛声，它通知乘客和船员，船即将起锚离港。又过了一阵，耳边传来了发动机突突的轰鸣声。我下意识地侧过脸，透过窄窄的舷窗，最后一次将目光投向岸上，默默与这座美丽的城市道别。

蓦地，一支我俩熟悉的歌曲，不知什么时候从扩音器里款款飘了出来，徐徐流入我们的耳朵，轻轻叩击着我们的心扉："唱吧，朋友们，明天就要航行，航行在晨雾中……""哦，是《海港之夜》！"妻子轻轻地叫出声来，两眼闪烁着欣喜的光芒，仿佛刚才的晕眩和所引起的不适根本就没有出现过，或者是被这突如其来的歌声卷得无影无踪。

她微微从靠背上直起身来，用搁在扶手上的右手食指叩击着扶手，和着歌曲的节奏和旋律小声地哼唱起来。当扩音器里传来第二首歌时，她又将身子往后一仰靠在椅背上，感叹道："真没料到，此时此刻能有如此让人心动的歌曲为我们送行！"见她一副心满意足的样子，一时间我也摸不清她是把话说给我听呢，还是在作一番内心的独白。

想当初，"特区没文化"、"特区人的生活品位低俗"之类的议论曾在社会中传播得沸沸扬扬。对此，我却一直将信将疑。我不相信滔滔的经济大潮可以淹没一个地区的优秀文化，更不相信对物质和精神的追求不能同时并存。不过，在部分特区人的心中，的确也充斥着急于发财致富而置其他于不顾的浮躁心理。因此，或许我们真的有必要让这种情绪尽快在我们心中沉淀下来，梳理一下人生努力的方向，调整好自己的心态，去努力提升精神生活的质量。

《海港之夜》这首歌还是我刚进大学时，在外语系举办的迎新晚会上首次听到的。师兄师姐们用中、俄两种语言为我们献唱了这首歌。那轻柔缓慢的旋律，分、合唱相互交替的演唱方式，渐渐将我们的思绪带进歌曲的意境之中。歌声中，我们仿佛听到海涛哗哗，看到了蓝色的海水在微明的晨曦中闪烁着白光。驶离泊地的军舰犁开水面，在它的身后留下一道翻滚着的浪花……但这毕竟是仅凭电影上见过的画面想象出来的景像，因为我那时从未见过大海，更不用说军舰了。想不到十多年后，我竟然有机会在这首歌曲的发源地听俄罗斯人唱起它。

2009年在圣彼得堡旅游时，一天傍晚，导游嬢娜通知大家次日午后将乘船前往涅瓦河出海口，在那儿观赏波罗的海日落的美景，途中在船舱里会有歌舞表演。我一看节目单，只见在歌曲演唱内容上，有几首我们十分熟悉的歌曲，其中就有《海港之夜》这首歌。这真令我喜出望外，心想，在波罗的海听《海港之夜》应当会有一番别样的情趣。

次日午后，在参观完冬宫博物馆和宫殿广场等处景点之后，我们在冬宫前面的河道上登上游艇。这儿附近是游艇招揽游客的地方，可见到不少大大小小的游艇在涅瓦河上来回穿梭，船尾桅杆上俄罗斯的三色旗迎风飘扬……

见大家都已登船，水手解开拴在岸边的绳索，随着"哐当"一声，游艇轻轻地颤动起来，不一会，便载着我们风驰电掣地朝出海口奔去。

左右两岸上的彼得保罗要塞和冬宫，渐渐地落到我们后边，前面的视野变得越来越开阔。而从芬兰湾吹来的海风也愈刮愈猛，让我们无法睁开双眼观赏周围的景物，大家只好钻进船舱中。

船舱里，整整齐齐地摆着六张桌子，上面蒙着雪白的桌布，每张桌子上摆着一些水果、饮料、糕点和鱼子酱。此外，还有一瓶伏特加，杯盘刀叉一应俱全。看上去，俨然与艇上餐馆无异。

不一会儿，从前舱里鱼贯走出八位演员，列队齐整站立后开始为我们演唱《莫斯科郊外的晚上》。一曲终了，他们依次朝大家鞠躬，作自我介绍。接着是独舞和双人舞表演。小伙子结实、精壮，姑娘妩媚动人。他俩全穿着绣花衬衣，不同的是男穿黑色长袄，女着彩色花裙。琴师拉响了手风琴，一支欢快的舞曲流泻出来，充溢了整个船舱。我说不出舞蹈的名称，只觉得他俩的动作协调优美。时而蹲踞、跳跃，时而旋转、击掌，舞步令我眼花缭乱，应接不暇。许多时候，他俩将头高高昂起，使舞姿更加优雅，而脚上舞鞋叩击地板发出的嗒嗒声，更是把这种热烈的气氛推向高潮，赢得大家阵阵掌声。舞罢，我见到他们扑闪闪的明眸里，都充满着青春热情的光芒！表演节目一个接着一个地继续着，船舱里荡漾着一片欢声笑语……

这时，我们眼前出现了一望无际的茫茫大海，这就是波罗的海。虽然已近傍晚，但晚霞仍是那样的灿烂，碧波粼粼的海面上闪闪烁烁，使人觉得有些眩目。嬢娜以她两天来的习惯做法，照例开始给我们介绍波罗的海。她说："波罗的海属于大西洋，古斯拉夫人称它为瓦兰海。沿岸贯北欧与中欧，经丹麦海峡与北海相通，面积约为四十二万平方公里。大部分地方，海洋深达四十至一百米，最深地方可达四百五十九

米。较大的海湾有波的尼亚湾、芬兰湾和星加湾。注入波罗的海的河流有涅瓦河、西德维纳河、维斯瓦河和奥德河。主要海港有圣彼得堡、塔林、里加、哥本哈根、斯德哥尔摩和赫尔辛基。"接着，孃娜又讲了些在卫国战争中苏联波罗的海舰队参加列宁格勒保卫战的英勇的故事。

当我把视线延伸至远处时，发现那儿有黝黑的长条形轮廓的物体停在海面上。一打听，才知道是几艘属于波罗的海舰队的俄罗斯军舰。在卫国战争中，这支舰队当时拥有的舰炮与岸炮有三百多门，一共向敌人发射了炮弹两万五千余枚。其中有六千余枚是从口径大于一百毫米的火炮发射的。这种威力强大的火炮舰队拥有一百五十三门，他们有效地阻挡了德军的进攻。

我正与身旁的人交谈着，歌手们在手风琴的伴奏下已开始唱起《海港之夜》，戴着眼镜文质彬彬的琴师也仰起头放声歌唱，加入合唱的行列中。看得出来，大家都在用心灵在歌唱。这首歌是情感的慰藉和倾泻，感情的流淌中夹着理性。

苏联卫国战争爆发不久，德军围攻列宁格勒，市民纷纷自愿加入到修筑卢加防御体系的行列中。八月的一个傍晚，作曲家索洛维约夫·谢多伊在一个港口帮助卸木材，远处传来了沉闷的炮声。在不远的一艘军舰上，水兵们正在唱歌。听着由于风琴伴奏的歌曲，作曲家心想，也许水兵们明天就要踏上危险的征途。在他心里，自然而然地涌出一句歌词："啊，别了，亲爱的海港！"他把自己的构思告诉诗人丘尔庚，后者很快填上歌词。

半年之后，即 1942 年春，作曲家率领演出小组赴加里宁前线，为掩蔽所里的战士们演出。节目演出后，战士们还要求再唱一些"动心"的歌曲。于是，他想起了他的《海港之夜》，便唱了起来。从歌曲的第二段起，窑洞里的三四十名战士开始跟着他唱。作曲家感到歌曲如此受欢迎，说明它有着存在的价值。从那时起，这首饱含着时代特征和内涵，同时又能拨动心弦的歌曲便被广泛传唱开来。1942 年，在被法西斯军队围困多日的英雄城市塞瓦斯托波尔，还在极其艰苦的条件下印制发行这首歌的唱片……

归程中，我们一边品尝着桌上的食物，一边聊天。海风吹进船窗，使人顿感凉爽。游艇开足马力向前，窗外海水的波浪哗哗地流过船舷。不一会儿，灯火在花岗岩的堤岸上开始游动起来，彼得保罗要塞里大教堂的金顶尖塔已隐约可见。

我与姐姐就《海港之夜》攀谈起来。她告诉我，在她们中大退休老教授合唱团里，不少人也特别喜欢这首歌，它使人想到故乡、亲情和和平的生活。这或许也是七十年前，在前线作战的苏军战士心中所向往的生活图景吧。歌曲将他们的心暂时带离了战火纷飞的险境，驱散了他们心中的缕缕阴云，让宁静生活的涓涓漫流从他们心中穿过。

我想，波罗的海应当成为和睦合作共享之海。这么多的国家成为隔海的邻居，人们乘船前往他国时，从前那种出远门的印象一定会被走亲戚的感觉所替代。那气氛，如同当年中苏关系蜜月期那样。那时，在国境线江河上航行的两国船只相遇时，水手都会拉响汽笛相互问候，甲板上的乘客则彼此招手致意。

2011年，我们在符拉迪沃斯托克（海参崴）逗留时，曾应殷勤主人之邀，乘他的私人游艇离港。那天，下了两天的蒙蒙细雨突然停止，微风轻拂，碧空如洗，白云悠悠，阳光灿烂，海鸥在我们头顶啼叫盘旋。在甲板上待了一会儿后，其他人陆续下到船舱，只有我独自留在驾驶员——五十来岁的瓦洛夫旁边。长久与海洋和船只打交道的经历，在他的脸上留下了职业的痕迹：古铜色的脸庞上布满了密密的皱纹，一顶蓝色鸭舌帆布帽将满头浓密的灰白头发紧紧地压住。说不清什么原因，一种难以名状的情感顿时在我心中翻腾起来，一张口便唱起《海港之夜》来。"……啊，别了，亲爱的海港，明晨将启程远航。天色刚发亮，回看码头

上，亲人的蓝头巾在挥扬。"瓦洛夫默默地听着，双眼仍然专注地注视着前方航道。我斜眼一看，发现瓦洛夫嘴角露出一丝不易觉察的微笑。他应该会感觉到我这是为他而唱，当然也是自己的有感而发，但更重要的是为了那夜莺般伟大的苏联作曲家——索洛维约夫！

告别时，瓦洛夫走到我身旁，紧紧地握住我的手，说："咱俩一起照张相留个纪念吧。"接着，他摘下头上的帽子，摆好姿势，让我俩的形象留在相机中。

八、歌曲《喀秋莎》与它的主人公

在莫斯科和圣彼得堡，我两次听到俄罗斯人演唱歌曲《喀秋莎》，一次是在一间配置有舞台的颇为气派的餐厅里，另一次则在游艇中。

这首创作于 1938 年的苏联歌曲至今仍然风靡世界，魅力不减当年。记得多年以前，在韩国汉城（2005 年改名为首尔）举行的奥运会入场式上，当年的苏联体育代表团入场时，就是伴随着广播里传出的这首歌曲接受观众的欢呼的。2014 年 5 月 9 日下午 2 时，当我打开电视，看到了我国中央电视台转播的俄罗斯在红场上举行的阅兵式，听到了军乐队奏响了这支动人的乐曲时，我又一次感受到它在人们心中的位置。

《喀秋莎》的魅力不仅来自它曲调的委婉动听，也来自歌词意境的形象丰富。比如像"梨花开遍了天涯"、"飘着柔曼的轻纱"、"跟着光明的太阳飞去"、"站在峻峭的岸上"以及"歌声好像明媚的春光"等，都很容易拨动人的神经，使人仿佛觉得自己置身于歌中所描绘的环境中，与歌的内容产生共鸣。但更主要的原因是歌中所出现的人和事，都是切切实实地来自普通人的生活中的一个共同必经的领域，即爱情。在诗人伊萨科夫斯基的笔下，卡佳与她的边防军战士男友的爱情光彩夺目。两人在为共同的事业的斗争中相互支持，各自承担着维系爱情的工作和生活中的义务和责任，同时也表现了爱情要求忠诚，忠诚要求坚定的态度。歌颂美好、纯洁的爱情歌曲大多具有永恒的魅力。

歌曲的创作来自生活，主人公的人物形象才具有广泛的代表性。在我有一次从苏联一份《农村生活报》中读到 H.萨赫诺所写的文章之后，我更深信歌曲《喀秋莎》永远不会被时代所遗弃。萨赫诺这样写道：

在世界上，很难找到一个地区，那儿的人民不知道我国《喀秋莎》这首歌。在我国，这支歌几乎是家喻户晓。在第二次世界大战期间，它是南斯拉夫、意大利和法国游击队员的战斗歌曲。在保加利亚，它成了复仇者的联络暗语。我记得，我们解放波兰时，每到一处，那儿的居民就对我们唱起了《喀秋莎》。这首脍炙人口的歌曲由诗人米哈伊尔·伊萨科夫斯基作词，马特雅·布兰特谱曲。除了人们所熟知的那段歌词外，另有一段为老战士紧紧牢记着：

花园的樱桃树又开了花，
河上飘荡着薄雾犹如轻纱；
卡佳·伊凡诺娃走出家门，
走向高高的、陡峭的河岸。

歌中的卡佳·伊凡诺娃在生活中确有其人。她出生在库班梅德韦多夫镇，容貌俊美，异常勇敢且忠于祖国。她既高度自尊而又非常谦虚。战争刚爆发，这个女中学生就走出校门，奔赴前线，来到斯大林格勒城下。她先后当过卫生员和机枪手，又随空军团通讯连从伏尔加河一直打到巴尔干半岛，并多次获得奖赏和上级的感谢。

她在前线与军官安德烈·安德烈耶维奇·叶烈缅科结了婚。1968 年我到叶卡捷琳娜·安德烈耶夫娜家中作客，在那四周果树环绕的简朴住所里，她对我回忆起过去战斗的岁月……我无意间发现女主人保存着一张已经发黄的战争期间的纸，上面抄录着关于卡佳·伊凡诺娃的歌词。在这张小纸上还有一位坦克部队军官的附笔，证明歌词中说的就是她。

我与这两位优秀人物交往多年，却不知道他们的经历中有如此值得注意的一页。我把我的发现写信告诉了米·瓦·伊萨科夫斯基，同时附上那段歌词。没过多久，便收到诗人激动而又详细的回信：

　　谢谢您给我寄来《喀秋莎》那段歌词的变文。现在来谈一谈正题。实际上您是希望了解寄来的变文的作者。对《喀秋莎》歌词的改编早在苏芬战争时就已滥觞，一直继续到卫国战争。这种改编，通常是使其适应各兵种的作战特点。

　　喀秋莎姑娘扮演过自动步枪手（歌词中有"姑娘端着自动步枪"之句），扮演过在战场上抢救伤员的卫生员，与敌人拼搏的游击队员等。此外，还出现过对喀秋莎踪迹的答复。比如，有名的一首，开头一句是："我如今在芬兰，喀秋莎。"这一切无不说明人们对这首歌的欢迎。已经离去的罗赞夫教授是一位对民间创作颇有研究造诣的专家，他所念到的《喀秋莎》歌词的变文就约有100种，还以此为基础，写过一篇学术论文。但我本人认为，寻找那些按着自己的方式改写歌词的作者未必有意义，因为可以这么说，它们是人民群众改编的⋯⋯

　　祝您万事如意并致问候！

米·伊萨科夫斯基

　　伊萨科夫斯基的意见是对的。然而歌中及生活里的卡佳·伊凡诺娃的故事并未就此结束。在纪念伟大的卫国战争胜利35周年前夕，保加利亚《教育报》报道了库班镇的一对苏联爱国者与国际主义者的家庭生活情况。这个家庭的主人便是卡佳和她的丈夫安德烈·叶烈缅科。保加利亚的读者纷纷给他们写信。记者瓦利雅·格诺娃和莲娜·克切娃在信里这样写道："您好，喀秋莎！但愿您永远是那首全世界都在歌唱的优美的俄罗斯歌曲中的那个喀秋莎！"另一封信是这样写的："您好，叶卡捷琳娜·安德烈耶夫娜！给您写信的是库尔干区奥勃佐尔村的幼儿园教师兹拉特卡·波格丹诺娃。我每一年都带新入园的孩子，他们都喜欢听《喀秋莎》，有的还学会唱呢。"

　　安德烈·叶烈缅科已经退休，但仍在"共产主义之路"集体农庄里工作。卡佳因病退休，在享受理所当然的休息之前，她也在该集体农庄工作。

> 喀秋莎走向河岸，
>
> 走向高高陡峭的河岸。

这两句歌词铭刻在一块金属板上，嵌入一座巨大的圆石纪念碑。这座当今世界上独一无二的歌曲纪念碑，就耸立在离诗人米·瓦·伊萨科夫斯基的故乡格洛托夫卡村不远的乌格拉河河岸上。在这条河河边，有一座叫弗斯霍德的城镇，它属于斯摩棱斯克州，在镇里的文化宫中，设立有关于歌曲《喀秋莎》的展览室。《喀秋莎》将长久存在人们的心中！

九、大剧院的由来

十八世纪五十年代，有位叫洛卡捷里的意大利人，在莫斯科"红门"不远的地方修建起一座剧院。洛卡捷里是巡回音乐会演出活动的一名组织者，在他的剧院里上演的只是些歌剧和幕间小喜剧，后来又增添了假面舞会等内容。初时上演的节目，颇受市民的欢迎，也给剧院带来了可观的收入。后来，由于服务对象偏向上层社会人士，生活在中、下层的市民难以支付高价戏票，最终阻碍了剧院的发展。

1756 年 8 月 30 日，伊丽莎白女皇在圣彼得堡签署了在莫斯科建立公共剧院的命令。三年后，俄国演员兼戏剧活动家弗多尔·格利哥里耶维奇·沃尔科夫从圣彼得堡来到莫斯科，解决有关莫斯科公共剧院的选址事务，分别由莫斯科大学和洛卡捷里负责处理。

公共剧院以一出三幕娱乐剧《可怜的宠儿》正式拉开了公演的帷

幕。该剧演出时有音乐配合，由意大利大学生伊歌尔·尼拉特尼茨基用自由体诗歌，对人物对白和剧情进行同声翻译和讲解。当时各剧院之间也发生了抢演剧目，彼此设防，明争暗斗等恶性竞争现象。由于剧团演员从职的不稳定，以及演出地点流动性大等原因，到1761年，莫斯科公共剧院已名存实亡。

伴随着叶卡捷琳娜二世登基庆典的准备工作的正式启动，莫斯科市民无不翘首等待欢庆活动的尽早到来。遵照彼得一世的遗训和女皇自己的意愿，剧院一直被看成是人民的学校。不论是激发起人们崇高情感的巡游，还是谜一般的假面舞会，都能给参加者留下许多美好的回忆。为此，积极准备，精心策划，便是产生理想效果的保证。

从1762年9月22日女皇举行加冕大典这一天开始，包括戏剧演出在内的各种庆祝娱乐活动同时展开，莫斯科沉浸在莺歌燕舞之中。在克里姆林宫的宫殿广场上，来宾接待和化装舞会进行得有条不紊、热闹非凡。宫殿剧场里上演的芭蕾舞剧、歌剧或法国喜剧争奇斗艳；洛卡捷里的剧院自然也不甘落后，一出出的俄国和德国戏轮番登台，这些剧目多数属于首演，令人赏心悦目；在彼得一世的近臣戈洛温伯爵的宫宅中，在他的私人剧场上演的节目更是令人叹为观止，欲罢不能。

再说克里姆林宫广场，那儿的喜庆气氛最为浓厚。晚间，高悬的彩灯，竞吐光华；喷射的烟火，在夜空中绽开朵朵五颜六色的花朵；在搭建的拱门的门楣和门柱上，张贴着花花绿绿的佳句贺词，装点着花带、花环和灯笼；还有那一桌桌供宾客享用的美味佳肴更是让人垂涎三尺。至于那一幕幕的贺庆喜剧，更让观众游兴大增。在繁忙的操办庆典的活动中，沃尔科夫患了重感冒，病情逐渐加重，以致卧床不起，最终于次年四月离世。

虚实呼应、匠心独运的化装大巡游

化装大巡游是节日庆祝不可缺少的一个内容，它体现着仿古典主义的艺术风格。许多传统的、内涵丰富的艺术形象都在巡游中与观众见面。比如，在一辆徐徐向前移动的双轮大马车上，坐落着希腊神话中众神居住的奥林波斯山和帕尔诺索斯山。它们从远处飘来，又渐渐在远处消失。接着，一支类似于迎宾曲的乐曲飘了过来，乐曲昂扬激越、节奏明快，在它的招引下，太阳神阿波罗及众文艺女神的居所出现在人们的眼前。苏联作家纳索夫在《俄罗斯剧院编年史》中这样描述当年的一次化装巡游：“在嘹亮的号角声和低吟舒慢的宗教乐声中，由双轮大马车驮着的帕尔诺索斯山慢腾腾地向前移动。在另一辆车上，端坐着战神马尔斯，他是一位令人望而生畏的人物。跟在他后面出场的是希腊神话中智慧和战争的女神帕拉斯。她浑身上下被胜利的标志所笼罩着。此外，就是酒神狄奥尼索斯和精灵西勒纳斯，后者是一个秃顶、长着一双尖耳朵、满脸醉态的老头子。他俩双双坐在一只大酒桶后边，在他们四周，一群疯疯癫癫、如痴如醉的酒神女祭司，正打着铃鼓或敲着定音鼓，享受着酒精给她们精神带来的快感……酒神的到来和离去，带出了庙宇和魔宫，与动物起舞同乐的色鬼萨足蒂尔以及神情忧郁的武士……”

这些让人感到有些虚无缥缈的神话故事过去之后，现实世界里的一派歌潮乐涌的欢乐景象便出现在眼前：在起降旋转的秋千上，快活的歌手在引吭高歌，小酒馆里的顾客起劲地玩着纸牌……

这种化装巡游将消遣作乐的内容，通过诙谐与严肃相结合的方式，将组织者的劝谕意图表现于轻松的游乐活动之中，使车里车外、台上台下、角色扮演者与旁观者的情感交融在一起。这在彼得一世的时代颇为普遍，并且规模也很可观。有时参加者的人数可达四千人。从每年的一月一日开始到谢肉节结束，这种巡游活动每天都在城里举行。谢肉节是一个送冬迎春的传统宗教、民族节日。节期持续一周。周一是迎节日，周二是始欢日，周三为美食日，周四为狂欢日，周五、周六和周日分别为岳母日、大姑小姑聚会日和原谅日。在最后的这一天里，人们与谢肉节，也就是与冬天告别，并向有过委屈的亲人和熟人请求原谅，说出藏在心底的话，互相宽恕，然后一起点燃篝火，烧掉稻草人，希望一切旧事、不好的事都将随即将逝去的冬天而逝去。

民间游乐场的兴起

叶卡捷琳娜二世时代，在莫斯科的索科利尼基和纳维斯克郊外，逐渐兴起游乐园活动，这项活动一般始于春季。在五月一日举办欢庆还是在彼得大帝时代由德国人开始开创设立的，因此便有了所谓的"德国营地"或"德国餐桌"之称。彼得本人还在活动中设计了一种竞技性很强的观赏活动——要塞空袭。伊丽莎白也对父亲的这一创举十分推崇。到了叶卡捷琳娜二世时代，女皇将在索科利尼基的游园活动办得气派、豪华、有声有色，有传统的"骑马兜风"，也有在服饰与装扮上模仿法国纨绔子弟的豪华、轻便的马队展示。

在莫斯科，除了上述两地外，供人们聚集游乐的地方越来越多，这些地方大多在郊区。在圣诞节、复活节等重要的宗教节日前夕都会安排此类活动。来自外地的江湖流浪艺人、驯兽师带着他们的器械、道具和动物，成群结队赶来助兴。节目表演时，功底深厚的老手与初出茅庐的新秀，新剧目与传统节目相互搭配，取长补短。最能吸引观众的是一些像变戏法、走钢丝之类的项目。而带智力竞赛性质的答题游戏往往也是参加人数最多的活动。今天的俄罗斯，仍然流行着各种各样的知识竞赛。竞赛题中既有严肃的，也有戏谑的。谁能回答出这一复杂知识竞赛的所有十二道题，就能得到一套著名的图拉茶炊或一只活公鸡作为奖励。

社会的渴求：大剧院应运而生

叶卡捷琳娜二世常到莫斯科长住。她最热衷的消遣便是看戏。那时，国家剧团的剧务通常由私人剧团负责。在 1766 年至 1769 年这三年中，季托夫担任院长的莫斯科公共剧院为戏剧界培养了一批有影响的天才演员，他们开始与贝里蒙特和丘金的意大利人戏班子在舞台上展开竞争，并最终将他们打败，从官方那儿成功地得到五年期的演出优先权以及上演歌剧、芭蕾舞剧及喜剧的权利。

面对激烈的竞争意大利人也不甘示弱，他们一改以往只排演意大利剧的做法，开始着手积极排演俄罗斯剧目。这时，洛卡捷里剧院以其国有性质开始在莫斯科为建立新剧院寻觅新址。最终，他们在兹纳缅卡的属于伏隆佐夫伯爵名下的领地找到一块地方作为剧院新址。

1780 年 2 月 29 日的《莫斯科公报》刊登了一则简讯称："兹纳缅卡剧场由于内住其中的杂役的疏忽，导致在演出将近结束时发生大火，火势蔓延迅速。后经沃尔戈斯基公爵的指挥，消防队员控制并扑灭了大火，使剧院周围的一些剧院附属建筑幸免于难。但大火已让剧院面目全非，不能再使用。这样，剧院便迁至彼得罗夫大街的一幢石砌的建筑物中继续营业。于是，大剧院又被称为彼得罗夫大剧院。"

1824 年建筑师 O.博韦采用了 A.米哈依洛夫的设计，在被烧毁的剧院原址上建起了具有帝国风格的剧院新建筑。它的正面用八根圆柱式柱廊和骑坐有阿波罗的二轮四套铜马车群雕（雕塑家巴·克洛特）装饰。从此，剧院正式改名为大彼得罗夫剧院，简称为大剧院。剧团分话剧和歌剧芭蕾舞剧两个部分。

1856 年，剧院进行维修和改建。它的观赏厅有五层，高二十一米，可容纳两千多名观众，并拥有极佳的音响效果。大剧院的真正繁荣时期出现于十九世纪后半期，那时上演了许多饮誉国内外的著名歌剧。

在苏联时期，大剧院又被改为苏联国立模范大剧院。除了演出世界著名的古典作品，还上演苏联和外国现代作曲家的作品。卫国战争时期，剧院部分演员被疏散到古比雪夫，并在那里继续坚持演出。留在莫斯科的演员则在分院的舞台演出。

无论是俄国时期还是苏维埃年代，在大剧院的歌剧与芭蕾舞剧团中都汇集着一批卓越的艺术大师。上演过像格林卡的《伊凡·苏萨宁》、《鲁斯兰和柳德米拉》，穆索尔斯基的《鲍里斯·戈杜诺夫》，里姆斯基—利萨科夫的《雪姑娘》、《金鸡》、《萨特阔》，鲍罗廷的《伊戈尔亲王》，柴可夫斯基的《叶甫盖尼·奥涅金》及其他一些外国优秀歌剧作品，而柴可夫斯基的芭蕾舞剧《天鹅湖》、《睡美人》、《胡桃夹子》成了大剧院的固定剧目和俄罗斯芭蕾舞剧的象征。大剧院成为俄罗斯艺术的精华所在。

十、人才摇篮——莫斯科大学

二十世纪六十年代初，三哥在北京大学毕业后留校任教。有一天，他给我寄来两枚精美的苏联盖销纪念邮票。我猜，邮票很可能是他的苏联学生从自己的家信信封上揭下来送给他的。在我居住的地处偏远的粤东小城里，这样精美的邮票我还是第一回见到，那时的心情甭提有多高兴。

这套邮票共两枚，分别印着莫斯科大学新旧校址的建筑和罗蒙诺索夫头像的图案。旧址建筑中的多立安式柱廊，给我一种沉稳、安详和典雅的印象；新址高耸的主楼建筑，则留给人对称、和谐的感觉，同时还透露出气魄不凡和朝气蓬勃的气息。据说莫斯科大学新校建筑物的内部空间设计并不十分合理，但当时，作为斯大林时代的标志性建筑，其象征意义远大于实用功能。

莫斯科大学新校址在麻雀山上。1935年曾改名为列宁山，今天又被重新更改回来。我们到达那天，天气特别宜人：清风、丽日。加上我们心中对它仰望已久的渴念，让我心神荡漾，兴趣盎然。而导游如数家珍般的讲解更使我们融情于景，收获颇丰。

1755年1月25日这一天，彼得一世之女伊丽莎白·彼得罗芙娜女皇签署了建立莫斯科大学的命令。4月，莫斯科大学开学。初时的校址在红场复活门旁边的一所大药房里，其位置就是今天红场上的国家历史博物馆。

1782年到1783年间，莫斯科大学师生在莫霍沃依街中的一幢建筑中上课。1812年的那场莫斯科大火烧毁了城里的许多建筑。之后，建筑师德·日利亚尔迪受命着手指导对它的修复工作。今天，这幢房子成为莫斯科大学新闻系的所在地。随着时间的推移，在它四周逐渐形成了一个大学区，校区被莫霍瓦雅·大尼基茨卡雅和特维尔斯卡雅等街道所分隔开。

导游这时招呼大家穿过学院大街，到莫斯科大学主楼跟前看看。主楼前面有一片宽阔的平地，中间绿草如毡，两边树木成行，一派生机。

不时有几个学生，三三两两从我们旁边走过，其中不乏亚洲人面孔。导游告诉我们，如今在莫斯科大学学习的中国学生数量可观，并说，对许多新生来说，要过的第一道学习上的坎，恐怕就是俄语这一关，而词汇又是它的关键。我们慢步朝大楼走去。罗蒙诺索夫纪念碑离我们越来越近。只见他身上的大衣敞开着，头微微仰起，双眼平视远处，脸上露出自信的微笑，一副朝气蓬勃、精力充沛的模样！从这个人物身上，每一位莘莘学子都可以感到他心中的理想和抱负，感受到这位莫斯科大学奠基人对事业的坚定和执着。

1711 年 11 月 19 日，罗蒙诺索夫来到了人间。家在白海之滨的科尔莫戈利港附近的杰尼索夫卡村。父亲是渔夫，从小家境贫寒。母亲是教会一位执事的女儿，她对孩子的早期教育十分重视，在她的帮助下，年幼的罗蒙诺索夫很早就开始学习俄语，1731 年，他 19 岁离家求学。通过隐瞒自己的家庭出身，得以进入斯拉夫—希腊—拉丁学院学习。几年过后，他和其他十一位同学一道被选送进圣彼得堡科学院工作。在那里，他开始研究数学和物理学。1736 年，他又被选派到西欧深造。五年后返回圣彼得堡，即被授予科学院物理学副教授职称，不久又获聘为化学教授。1748 年，他创立了俄国第一个科学化学研究室；七年之后，在他的倡议下，莫斯科大学诞生。

导游对这位人物的成长过程的言简意赅的介绍，使我悟到了这样的道理：只有当孩子追求知识，而不是知识追求孩子时，在知识的海洋上航行，才能感受到顺风扬帆所带来的惬意。并且只有见多识广才能奠定聪明有为的基础。

接着，导游又给我们介绍了学者罗蒙诺索夫的办学理念，他的很多真知灼见令我们无限钦佩与崇敬。

　　在给一位叫舒瓦洛夫的宫廷待从的信里罗蒙诺索夫提出，大学教育应当对所有不同出身的学生一视同仁。这种观点与《论语》中提到的"有教无类"一样。这种教育思想，很可能来自他本人自身的切身体会，以及对西欧教育制度的思考和对人的本质的认识。教育在本质上说，就是培养人应如何生存，在尘世上应当做些什么，以达到上帝创造他所要达到的崇高目的，存在便有价值。

　　莫斯科大学在开创之时，只设立医学、哲学和法律系。罗蒙诺索夫认为这三个系至少应当配备十二名教授。他甚至为此而提出如下的安排：医学系中应当配备化学博士兼教授、自然史博士兼教授、解剖学博士兼教授各一名。在这种安排中，他特别强调教授的学历层次。哲学系中设立有六个学科专业，即物理学、清唱剧、诗学、历史、古迹学和评论学。每个专业都应当配备有一名教授。法律系开设有普通法律学，俄罗斯法律学和政治学专业。同样，各专业都应至少配备有一名教授。教授是各专业的教学骨干和学术带头人。最后，罗蒙诺索夫还认为大学应当有自己的附属中学，没有它，如同土地没有种子。

　　给予每个孩子机会，帮助他们最大限度地发展他们与生俱来的潜能，无论过去和现在都应当看作是教育的最高原则。首席教师的存在，如同太阳之于宇宙，他们应当在教师集体中，播撒追求道德美和攀登科学高地、积极进取的阳光，带头在阳光照耀的教育土地上辛苦耕耘，永葆青春的活力。

　　到了二十世纪八十年代，莫斯科大学已经拥有物理、数学力学、计算数学、控制论、化学、生物、土壤、地质、地理、哲学、历史、语言文学、新闻学、心理学、经济与法律等系，并且还有一所亚洲学院。随着市场经济的发展和人们对生活质量的要求和变化，各类新院系正在不断地涌现，莫斯科大学也不例外。

　　离开莫斯科大学主楼，我们顺着原路，向麻雀山上的观景台走去。麻雀山高出莫斯科河六十至七十米。"从高高的山上，我们瞭望四方，莫斯科的风光多么明朗。看高楼大厦，排列成行……远处的太阳，闪烁着金光，嫩绿的树叶，轻轻地歌唱……俄罗斯的心脏，我们的首都，啊，莫斯科！"倚着平台边的栏杆远眺，心中又响起了那支优美的歌曲《列宁山》，我眼前所见，如歌所唱。

回到宾馆后，我和姐姐她们聊了当天上午的观光活动，大家对未能进入莫斯科大学内部略感遗憾，并且觉得导游的讲解过于概括。姐姐建议我回国后找些资料来研读。后来，我真的读到了莫斯科大学前校长维克多·安东纳维奇·萨多夫尼契一篇在莫斯科大学学习和工作生活的回忆文章，萨多夫尼契这样写道：

……早在农村念书时，我便向往着有朝一日，能到莫斯科大学求学。1953年，有份宣传品，不知怎样就发到我们的哈里科夫斯克地区，里面报道了新莫斯科大学的建筑工程已完工，并对学校开设的系和专业情况作了介绍。

那时，对于我来说，莫斯科大学如同梦境中的宫殿，可望而不可即。那个时代的农业人口被禁止向城市流动，除非是进城干体力活。后来，我与朋友相约，结伴到顿巴斯煤矿区挖煤，一干就是两年，再到后来，我的莫斯科大学梦终于变为现实。从此，我"挖掘"科学这块"顽石"的长达四十年的生涯也开始了，这样的生活可一点儿也不比挖煤轻松！

我考进莫斯科大学的经过是这样。初时报考，我将自己的证件寄往白俄罗斯的一所农学院。我的工段长则打算报考莫斯科大学法律系，他想我与他一起上莫斯科念书。但那时，我对能否考上莫斯科大学，一点底都没有。我们还为此而争论不休，谁都无法说服谁。后来我赌气说，如果他有办法将我已经寄出的报考证件取回来，我便跟他上莫斯科。想不到第二天早上，他居然成功地将我的证明材料转寄往莫斯科！后来我才知道他的"神通广大"，来自他那位在邮电局当头儿的妻子。就这样，我顺利地通过入学考试，名正言顺地走进这所令我梦寐以求的最高学府——国立莫斯科罗蒙诺索夫大学。以后的经历便遵照传统的晋升程序：大学生、研究生、助教、副教授、教授、研究室主任、系主任直至大学副校长这个"宝座"。

1992 年，与其他三位同事一道，我被推荐为莫斯科大学校长候选人。有关方面还给了我另外颇具诱惑力的选择建议：比如说，可以到中央委员会，或国家某部委工作。但是，我不想离开大学，记得科尔莫戈罗夫，顺便说说，他是著名的数学家，概率论与函数论某个学派的奠基人，苏联科学院院士，社会主义劳动英雄，有一次对我说，在他看来，最崇高的称号莫过于"莫斯科大学教授"。而他恰好说出了我的想法。

我的妻子安东·彼得罗芙娜及我们的三个孩子全部都毕业于数学力学系。婚前，妻子是我同班同学。从上课的第一天开始，我们就认识并且此后就不曾分离过。五年级期末，我俩向民事登记处递上了结婚申请。毕业那天，我们登记了结婚。婚后，她工作，我读研究生。头三年，我们一直住在宿舍里。不久，我们的儿子出世了。如今，我依旧住在学校里的教授区。儿子尤里从数学力学系毕业后，进入研究生院，攻读硕士学位，女儿安妮娅也走这条路。在我写这篇文章时，小女儿依娜还是大学五年级的学生。

我的学生中，有四十位毕业后读了研究生。其中，八位后来成为教授，变成了我的同事。一般我们在周三都聚在一起，开展学术讨论，有时也邀请学生一起参加。这种会面活动于我们无比珍贵。在我看来，莫斯科大学是世界上最优秀的大学。这种判断既来自国外权威机构对世界大学的评估，他们认为我们的数学培训水平名列前茅，也来自莫斯科大学毕业生在国外就业工作的状况，以及学者们在国外专业刊物上发表论文的数量和质量。莫斯科大学对专业人员进行为期五年的培训所达到的水平，是任何一所西方大学所难以比拟的。诺贝尔奖获得者杨振宁博士对我说过，在美国，数学力学系的所有大学教师都来自莫斯科大学，而几乎所有的学生都是中国人。

虽然有许多教授到西方工作，在那里，他们的工资报酬之高，国内教授无法与他们相比，但他们很多人对我说，他们心中的一个愿望就是让自己的孩子能在莫斯科大学上学。他们认为，在国外，孩子们难以获得真正意义上的教育。但等他们的孩子念完书以后，他们仍然会让孩子们到国外工作。

莫斯科大学的毕业生，一般都会到科研、经济、生产及政治文化部门工作。不少毕业生后来成为著名的国务活动家。在国家杜马中，有由莫斯科大学毕业生组成的校友会，人数近四十人。这些议员们，往往期望自己的下一代能到父母就读过的母校学习。

时代在前进，社会在变化，获得具有市场价值的教育，而不是一纸文凭，已成为许多年轻人追求的目标。过去普遍令人青睐的专业，像历史、哲学、语言学和生物学等，已面临着"门庭冷落车马稀"的局面，而像经济、法律、计算机、地质及地理专业，则广受热捧。这些系及专业的入学竞争日趋激烈。此外，国家管理与社会研究等系的入学竞争率也很高，可达到10.9比1。该系的培养目标是国家及州、市权力部门的高级管理人员……

大学教育如何遵循人的成长和发展的规律，顺应此时此地的变化着的环境，对本身的定位作出判断，自觉选择可以接受和必需的前进方向，正成为这个领域的从业者必须认真思考的问题。在这一点上，莫斯科大学也不例外。

十一、大教堂的悲欢史

离红场西南方不远，在索伊诺夫斯基街与普列切斯捷斯卡雅河岸街相交点的附近，耸立着东正教最大的教堂——耶稣基督救世主大教堂。教堂整体高度为103米，占地面积1 100平方米。这座气势雄伟、金碧辉煌的建筑既是宗教圣地，又是一处热门的旅游景点。两次到莫斯科，我都前往瞻仰了这处美丽神圣的地方。

大教堂修建于 1994 年，2000 年工程竣工，耗资 3.6 亿卢布。十九世纪四十年代，在这一地点上曾修建了一座与之同名的大教堂，那是为纪念 1812 年卫国战争胜利而兴建的。不幸的是，在 1931 年 12 月 5 日这一天，这座教堂被炸毁，因为当局计划在原址上修建一座庞大的苏维埃宫大厦，后因战事而未建成。

新教堂是根据旧教堂的设计模式修建的。白石外墙、葱头状金色圆顶、十字架与墙上浮雕，构成了它鲜明的外部建筑特色，特别是那五个金色圆顶，用掉的金箔多达 103 公斤，在蓝色天幕的衬托下显得格外美丽。

到这里来的人，有的将它作为建筑史上的成就来观赏，领略它的壮美；有的则把它当作圣地来瞻仰，希望从中获得某种宝贵的启示或有益的感悟，同时也将它看作是在心灵上与上帝相交通的地方。

女性入内时，都被要求扎上头巾，将头发蒙住。在古时，妇女蒙头乃是服从的记号，同时也是对她们谦恭贞洁神圣不可侵犯的保护。虽然时至今日，人大可不必做传统的奴隶，但传统之所成为传统，一定有它存在的原因，并且有些原因可能是永远有意义的，蒙上头巾进圣所，是对圣地的尊敬和敬畏。

趁利娅娜为我们购票和领取头巾时，我又再次将教堂的外貌观看了一遍。发觉它的前后两面的建筑外观十分相似，无不体现着简洁、明快和对称和谐的特点。它的前面是莫斯科河，主教桥直通至对岸；它的背后是沃尔霍克街，不但交通往来十分方便，而且周围空气格外清新。在俄罗斯及欧洲的其他一些国家旅游，教堂文化是一个最经常涉及的内容。有时，我还会将他们作一番比较，以区分出各自的特色。

从教堂背面入口进入，只需走过短短的一段距离，便来到教堂大厅中央。大厅的内部结构与我见过的一些大教堂的风格不一样。后者常常有将内部空间分割成片的列柱，这些粗大的圆柱，不但使人产生拥挤急促的感觉，而且也阻挡了视线往前面圣坛延伸。

救世主大教堂的大厅拱顶四周排列着 20 多个椭圆形大窗，外面的光经它们以多个角度的方式照射进来，不但使宽阔的大厅更加明亮，而且让拱顶变得光彩夺目。仰视，有如亲见神光从天而降。大圆顶四周环壁上，可见到金和白以及浅绿为主色调绘制的基督、天使及圣徒的画像。基督位于画像中间的宝座上，一边做着手势，一边向世人传讲天国的福音。众圣徒与天使分立两侧，或低头合掌，或将十字架长杖搭靠在肩上，恭敬聆听救世主传讲的福音。大圆顶的这种建筑式样，象征着基督教的周而复始，教会的和睦和稳固。《圣经·新约》"马太福音"中记载着耶稣基督的话："我告诉你，你是彼得，是磐石，在这磐石上，我要建立我的教会，甚至死亡的权势也不能胜过它。"教堂的建筑还象征着真理的柱石和根基。意大利的米兰大教堂给我留下了深刻的印象。这座教堂长157米，宽93米，它代表着意大利灿烂的哥特式建筑风格，大教堂始建于1386年，历时五百年才竣工。它有两个引人注目的特色，一是人物雕像众多，总数达到3 200尊，分布于教堂内外和尖顶上，雕像所用的大理石来自意大利北部的马乔列湖地区，经运河水路运送抵达米兰，教堂主尖顶上立有4米高的圣女玛丽亚的全身雕像。二是尖塔、尖顶众多，这些密密麻麻的尖顶宛如"黎巴嫩的香柏树，枝多荣美，影密如林，极其高大，树尖插入云中，众水使它生长……"又像普天之下的信徒，仰脸向上伸手，在祷告中赞颂上帝。高而且宽敞的大厅，彩色玻璃镶嵌的尖拱型大窗户，曲身雕像等复杂装饰，营造出一种升向天空的氛围。象征寓意的结构与新的精神意向，和抒情激情结合在一起，扩大了对现实世界和大自然的丰富感受和兴趣。

大教堂大厅的内壁装饰异常华丽、典雅。连接着天花板的壁柱和墙面几乎都覆盖着各种富有象征意义的宗教图案和画像。中央祭坛上有一塔形装饰，上面同样有以基督形象为主的圣像画。金棕色的图案花纹地板使整个大厅的氛围更显柔和。在周边的墙壁低位上还修有约一米多高的柜台，供摆放点燃的白蜡烛之用。

在所有的圣像画中，有两幅最为醒目。它们分别绘制在拱顶下面、形成中间拱门的两根壁柱上。这两幅画均取材于《圣经》。左边那一幅为耶稣改变形象图。《圣经·新约》"马太福音"第十七章记载："过了六天，耶稣带着彼得、雅各、约翰悄悄上了高山。耶稣在他们面前，改变了形象，脸面明亮如日头，衣裳洁白如光，忽然有摩西、以利亚向他显现，同耶稣谈话。……说话间，忽然有一朵光明的云彩遮盖他们，且有声音从云彩里传出：'这是我的爱子，我所喜悦的。你们要听他的。'"

右边那一幅，题材选自《圣经·新约》"路加福音"第二十四章中的"耶稣被接升天"。耶稣被钉于十字架上，三天之后复活，显现给门徒看。……耶稣领他们出城，往伯大尼去。在那里，他举手给他们祝福。他在祝福他们的时候离开了他们，被接到了天上去了。他们就敬拜他，怀着极喜乐的心回耶路撒冷，时常在圣殿里颂赞上帝。

我和姐姐、女儿她们一起，按着自左至右，自上而下的次序，一一观看这一幅幅大小不一的圣像画，一边思考着大教堂建立的初衷及它的现实意义。当初，教堂的策划出自于沙皇亚历山大一世，为了感谢上帝帮助俄罗斯成功地抵御了 1812 年拿破仑的侵略。如今，将在苏联时期被炸毁的教堂重新建立起来，表明了俄罗斯民族盼望来自天国的光的照耀和引领，使他们走向兴旺和强盛。而对于一般的信徒，大教堂以物化的方式表明基督的神性、人性和救世的使命。神性是信仰的依据，使命是实施，使我们能从上帝得到恩典和真理。有了恩典，罪才能赦免；认识真理，依它而行，人才能显得完全。不论是整个民族，还是作为个体的人，最基本的罪是自逞或是得人赞美的欲望。只有在认识我们依靠自己不能做什么，只有上帝能为我们成全一切，真正的宗教就是在这时开始的。

当我们从第二层下到底层，在一处地方发现有一只用有机玻璃制成的捐献箱。看样子，可能会有接近一立方米的体积，里面的近三分之一的空间已经装满了人们自愿捐献的钱币。有卢布、欧元、美元、英镑、日元、韩元和人民币及其他我无法辨认的国家的面额不等的纸币。这只箱子成了接受人们甘心乐意流露出来的爱的"容器"。这种爱的馈赠，能够在奉献者无法亲身前往的地方发挥侍奉的作用。到这里来的许多人都会认为，他或她自己应当有权利帮助天父的家。我对此深信不疑。

望着眼前这座气魄雄伟、富丽堂皇的大教堂，有谁能想到它曾经在二十世纪三十年代遭受到一次无情的灭绝。那时，斯大林的肃反扩大化，使许多无辜者受到种种的迫害。宗教界人士和各地的许多教堂建筑也不能幸免于难。按当时的官方计划，从大教堂到猎品市场沿河一带的建筑都在拆除之列。政府要在大教堂的原址上建一座前所未有的雄伟的苏维埃宫。建成后的大厦拟作为苏联最高苏维埃主席团、国家档案馆、国家图书馆、世界艺术博物馆、最高苏维埃议会大厅、宪法大厅、国内战争纪念馆、社会主义建筑纪念馆、最高苏维埃代表工作室以及代表团接待室的所在地。为此，普希金造型艺术博物馆必须外移一百多米。此举引起首都的许多知名学者、艺术界人士的强烈反对。1931 年 12 月 6 日《莫斯科晚报》报道了人们的抗议。而在前一天，即 12 月 5 日，大教堂的拆除工程已经开始。

据该工程负责人宁柯夫斯基介绍，5 日那天，正午十二时整，第一次爆破被起爆，随着一声巨响，支撑教堂拱顶的第一根柱塔轰然倒下。半小时之后，再次的爆破震塌第二根柱塔。又过了二十分钟，建筑物的其余柱塔相继崩塌。几次强烈的爆炸震坏了教堂的内墙和部分外墙体，几天后，大教堂便被夷为平地，不复存在。

时任纪录片电影摄影师的 B.米科沙在他后来的回忆中谈到这一事件的有关情况。米科沙说：

我第一回亲眼见到大教堂的金色圆顶，是在我乘火车到大学参加考试的那一天。它像一轮金灿灿的太阳挂在天上。坐在我身旁，紧靠车窗的是一位年纪不轻的妇女，她感叹着："哦，基督救世主大教堂！"说着，朝自己的身上画十字。大教堂居高临下，俯瞰全城，与伊万钟楼一样，成为莫斯科的一幅标志性的剪影。三年后，我从水陆两用飞机的浮筒上，从远处拍摄到莫斯科河河岸上的这座大教堂。那时，我已经是一名拍摄新闻纪录影片的摄影师。如今，对着我手里攥着的一张张照片，怎么都难以相信，它在顷刻之间变成了一个大水洼。

六十年前，1931 年寒冬，新闻纪录片导演 B.约西列维奇把我叫到他那儿，对我说："米科沙，我决定让你去完成一项严肃的工作，你要将它干好，同时要严加保密，明白吗？这可是来自领导的指示！"他直视我的眼睛，一边用食指指了指自己头顶的上方。"领导下令拆救世主大教堂，你的任务是将拆除的全过程原原本本地拍摄下来。"我当时觉得，约西列维奇自己也对这道极其可怕的命令心存疑虑。不知为什么，我突然问道："难道列宁格勒的伊萨基耶夫大教堂也要拆吗？""我想应该不会吧。不过我也不清楚，不知道——就这样吧。从明天开始，你带上摄影机，将拆除过程尽可能详尽地拍下来，从爆破、安置防护栏，直到全部建筑拆除完毕，明白吗？别舍不得用胶卷。好，祝你满载而归！"

回到家里，我对妈妈说起这事，她无论如何也不肯相信这会是真的。她说："这是不可能的！大教堂装点着我们的莫斯科，它像小太阳一般从上面照耀着我们。教堂的里里外外有多少大理石雕像、金色的金属缀片、圣像和壁画啊！苏里科夫、卡拉姆斯科依、谢米拉斯基、韦列夏金、玛科夫斯基、克洛特、洛加诺夫斯基的美术作品！在它周边，还有大理石碑，上面镌记着 1812 年卫国战争阵亡者的英名。毕竟基督救世主大教堂是为纪念 1812 年卫国战争胜利而建立起来的；毕竟它是用俄罗斯民众节衣缩食、捐献出来的金钱修建起来的，愿上帝拯救它！"

到了现场，目睹这种可怕的毁灭，一开始，我一动也不动怔怔地站在那儿，不相信在我的眼皮底下，这事终于发生了。过了一会，我好不容易控制住自己的情绪，操起摄影机拍摄起来。从敞开的青铜铸成的门洞里，我见到了工人将绳索套到一尊尊大理石雕像的脖子上，将他们拖到外面。雕像从高高的台阶上跌落下来，身上的手脚、天使像背上的翅膀断裂开来。浮雕和紫红色的柱子也支离破碎。重型拖拉机拉着捆绑在金色十字架和小圆顶上的钢丝绳，将它们拖走。一堵堵用从意大利和比利时运来的大理石镶面的墙壁，被电镐、风镐钻塌，绘制在它们上面的一幅幅栩栩如生的壁画也随之毁于一旦。教堂内外，尘土飞扬，烟雾弥漫，一片乌烟瘴气。教堂前景色如画的公园，变成了一个堆放废墟杂物的大垃圾场。被连根拔起的千年椴树，损坏了的拖拉机履带，珍贵的波斯丁香树，被践踏过的玫瑰花随处可见……

大教堂的墙体出乎意料地坚固，大锤、凿子等工具，一碰上沙石、水泥板墙基都一筹莫展。伸进墙基达三米深的钢钎也都无法撼动它们。参加拆毁工程的军队士兵，忙活了整整一个十一月，工程进展微乎其微，残垣断壁仍然顽强地屹立在风雪之中。一位样子讨人喜欢的工程师私下对我说，斯大林对工程进展的速度很不满意。他吩咐使用爆破手段从速拆毁，一点也不再顾及大教堂的位置是在莫斯科建筑群集中的地方。

1931 年 12 月 5 日这一天，威力巨大的爆炸终于让这座曾经令俄罗斯人无比自豪的伟大艺术品变成一堆瓦砾。在相当长的一段时间里，夜里总能听到母亲的哭泣声。但她闭口不谈大教堂。仅有一次，我听到她说："命运是不会宽恕我们所犯下的过错的！""为什么是我们呢？"我问她。"不是我们，那还会是谁？是我们大家。人应当建设，而不是破坏，这是反基督的行为。"……

1958 年，在二十七年前被拆毁的大教堂的废墟上，建起了莫斯科最大的露天游泳池。六七十年代，冬季还对池水加热，使之更适合公众游泳。到了九十年代，当局根据民众的意愿，着手考虑大教堂的重建。其前期准备工作开展得异常迅速。几年后，2000 年的圣诞节纪念崇拜终于在这座新建立起来的耶稣基督救世主大教堂中隆重举行。

物质的大教堂能被外力所摧毁，但俄罗斯人心灵中的"大教堂"是任何力量都无法推毁的。这或许就是这座大教堂的悲欢史留给我们的一个有益的启示。

第九章 审美与实用——难以穷尽的建筑话题

一、斯大林的莫斯科：越来越高

1947 年的节日特别多，有传统的"五一"国际劳动节，五月九日的胜利日，十一月七日的十月革命胜利三十周年纪念日，此外，还有斯大林诞辰七十周年和莫斯科市建城八百周年纪念。诗人马尔夏克写道："敬礼——年届三旬的苏维埃祖国，八百高龄的首都莫斯科！在这周年纪念的日子里，莫斯科因祖国而旧貌换新颜。你比三十年前更青春年少……克里姆林宫上空，苏维埃的红星，散发出更加绚烂的光芒。"

1947 年 9 月 7 日，是莫斯科建城八百周年纪念日。在欢庆的日子里，留在市民记忆里的不是官方组织的庆祝游行、群众集会或其他带有政治色彩的活动，而是在各处广场上搭起的临时性快餐摊。在那里，市民可以吃到美味可口的面包、馅饼，喝到从茶炊里煮出的香茶。从那一年的十二月开始，莫斯科人不再凭票券购买供给食物了！

在庆典举行的这一天，首都各处有七处被称为"斯大林高度"的高层建筑群的奠基仪式同时举行。它们都是经斯大林的建议，而后付诸实践的重点建设工程。

在列宁区莫斯科河河岸上，将建起一幢三十二层高的大厦。建成后，大厦将拥有七百五十间住房和五百二十间办公室。

另一幢二十六层高的大厦建于克里姆林宫所在的扎利亚季伊区。在那儿，还将开辟莫斯科的另一条主干道——新阿尔巴特街。此外，其他的几座十六层高的建筑物也奠基开工。

在兴建这些高层建筑的过程中，如何使原有的美景不因它们的修建而受损是人们关心的一个普遍性话题。时任首都总建筑师的尼·切丘林一直思考着如何使新老建筑物的相互映衬的审美问题。他的一些同事曾担心，新出现的这些大型建筑群会遮挡住施维瓦小山岗上古老的教堂建筑，使人们再也无法领略它们雅致庄严的一面。除此之外，像如何确立建筑物的最高高度，它们的外部形态的选择等具体问题都在相关的会议上进行过深入的讨论。高层建筑必须与城市的其他建筑构成一个和谐的整体，这是当时许多专家的一个共识。

有一些设计方面的建议，至今看来仍然很有意义，也有着存在的价值。比如，有人提议莫斯科的高层建筑要继承俄罗斯在建筑上的古典主义美学传统：它们应穿上白石"外衣"，塔楼的拱顶可以建成像克宫那样的球状体，并且都要对它们加以精雕细刻和装饰美化，保持建筑的整体风貌与俄罗斯的自然环境相匹配，融进首都历史的轮廓中，创造更加迷人的感觉，使莫斯科人世世代代从自己的生活环境中看到民族和城市纯洁美好的童年时代，使客观现象在自己的主观印象中形成整体的美感经验。

后来落成的高层建筑几乎都沿用了尖塔形主楼，辅以或左右，或前后左右的副楼模式的建筑风格。在这七座新建筑中，最令人瞩目的是莫斯科大学的主楼，它象征着一个时代——斯大林时代。这些建筑在视觉艺术上似乎可以让人见到十七世纪西欧古典主义建筑的一些风格：结构简明清楚，墙壁厚重而坚固，笔直的向上线条感和适当的艺术装饰混合了哥特式与巴洛克风格的某些特点。这些如画般的大厦，又似乎在刻意表现一种与那个时代所提倡的政治理念和目标相一致的雄浑壮丽的"伟大风格"，它们让面对着这种风格的人们，想起斯大林时代人们的豪情壮志，同时也折射出领袖的"英明"。建筑物的象征意义的确给我们留下了深刻的印象。它们几乎成为面向未来的一面面镜子。

负责建设新莫大的是当时具有创造性思维的人物群体，主要负责人是著名的建筑师 T.B.鲁德涅夫。其他的主要成员还有列宁格勒学派的代表人物，参加过 1931—1935 年莫斯科市改建计划制订工作的负责人，兴建基辅乌克兰加盟共和国部长会议大厦的建筑师等。当我们站在莫斯科大学主楼前，所有的人都不由自主地被它的气魄和和谐的美感所叹

服，难怪长久以来莫斯科大学一直都是当地一个颇负盛名的风景区。

遗憾的是，在后来的城市建设中，莫斯科仍然受到各个时期的政治美学因素的影响。比如说，在著名的加里宁大街，高层建筑完全忽视了美丽古老的西蒙教堂的存在。在俄罗斯的民族传统中，教堂应当立于能使人们从各个方向都能清楚看到的地方，而绝不应当被置于比它高出两倍多的公寓楼群的阴影中。将规模宏大的俄罗斯大饭店建于莫斯科列茨卡雅河岸街和瓦尔瓦尔卡街及中国城之间，就更加大煞风景了。

二、独树一帜的地下艺术宫殿

衣、食、住、行是人们生活不可缺少的四要素，其中"行"是以自己所处的空间位置的变化达到满足自己生活需要的方式。

莫斯科的市内交通，经历了一个从地上进入地下的发展阶段。1899年4月7日，在莫斯科的下玛斯洛夫卡举行了"电车"发车仪式。首条线路经过布蒂尔斯克哨卡、老彼得罗夫斯克及拉朱穆夫斯基街，线路后来逐渐延伸到普希金广场。

到1912年10月，市里的电车线路猛增至三十二条。标号为俄文字母表上的头三个字母的电车分别行驶林荫道环形路、花园环形路和彼得一世时的财政部。经市中心抵达城郊接合部的线路有波特罗特茨卡雅线、小麻雀街线和彼得罗夫斯克线。此外，还有三条开往郊区的线路。

那时的电车票价，是按乘客搭乘的距离和在一天中的搭乘时间段来确定的。不但早、午、晚的票价不同，而且直达、转车的票价也不一样，夜间十一点之后乘车还需补增票价。平时的发车时间为晨间六时至午夜十二时。节日和礼拜天则延至晨间七时发车。最初的电车是由蒸汽作为动力的。作家 K.巴乌斯托夫斯基在他的小说《生活》中，这样描写这种电车："车头像一只茶炊，吐气的筒管藏于一只铁皮盒中。但是冒出来的缕缕蒸汽和发出哨子般的吱吱声，还是让它露出马脚。车头后拖着别墅似的四节车厢。夜里，车厢里灯火通明……"在今天的"红色大学生二十七号站"中，陈列着十九世纪末二十世纪初的市内"机车"，它们成为纪念碑式的交通标志。

1994 年，莫斯科市作出了建立城市交通博物馆的决定。在那里，陈列着的各种实物、照片和蒸汽电车、公共汽车及无轨电车的模型，从中可以了解到莫斯科市内交通发展变化的一页。

二十世纪九十年代的莫斯科，已是一个拥有复杂的现代化城市公共交通体系的首都。公交车因为经常迟到已经不是大众所乐意使用的交通工具。如今，越来越多的莫斯科人出行选用地铁和私人轿车。在不见有任何立交桥的莫斯科，城市交通拥堵的问题日益突出，就连总统普京出行时也开始更多地使用直升机。

素有"地下宫殿"之称的莫斯科地铁，修建于二十世纪三十年代中期。地铁站台的建筑风格和艺术装饰别具一格，极少雷同。如果说有共同点的话，那就是所有线路的站台都选用美丽的天然石料作装饰。以青铜水晶大吊灯闻名的共青团环线站台，拱顶上的浮雕花纹简洁大方，它的整体色调使用浅灰色。

以巴赛克镶嵌

艺术闻名的基辅站，处处可以见到富有乌克兰民族风格的图案画像。通向轨道边的拱形门廊之间绘有色彩艳丽的革命图画，并配有金色的浮雕花纹，给人以庄重、高贵的感觉。

塔岗环线站以冷色为主色调，进入其中，人的情绪会一下子安静下来。门廊通道之间的墙壁上，塑有红军战士头像浮雕，头像四周环以麦穗和旗帜等图案。

革命广场站的主题是纪念这个国家的两次卫国战争的胜利。在大幅壁画中可见到当年的不朽功勋缔造者的豪迈形象。

安尼诺站的候车间开阔，浅灰蓝色的格调伴以凹形天花板透射出来的白炽灯光，在蓝色列车车体的映衬下，使人产生了在海洋中穿越的感觉。值得一提的是安置在该站天花板上的大吊灯，看上去就像簇簇绽开的白色花朵般洁净、明亮，使人产生嗅到花香的幻觉。

航空发动机站由于选用的建筑材料和黄铜色调，极易让视觉产生立体感，给人留下难忘的印象。

地铁修建初期，尽管那时已有西方的经验和模式可借鉴，并且有十月革命前论证过的建设方案可参考，但苏联的地铁建设者们在工作的过程中仍然遇到不少难题。首期地铁工程是从修建从索科尔尼基至猎品市场线开始的，这条线路后来向莫斯科的西南方向伸展，最终经文化公园站、韦尔纳茨基站到达终点西南站。

1935 年 5 月 15 日是莫斯科人难忘的喜庆日子。这一天，落成的首期地铁线路正式对市民开放。早上七时，地铁的入口处前面早已排起长队，谁都希望自己能成为首批地铁乘客。那一年，为纪念首期地铁工程的胜利完工，政府还发行了四枚一套的纪念邮票。它们分别采用橙、蓝、脂红和绿色作底色，将铺设隧道路面、分岔处车站、列车运行于隧道中和列宁图书馆站站台的图案印刷在这方寸之中，作为永远的纪念。

苏联时期，一些重大的庆典常常会选择在某一个有意义的节日前夕举行。可是为什么像开通地铁这种具有划时代意义的大事件却会在 5 月 15 日这样的普通日子庆祝呢？在它的背后有一段鲜为人知的小故事：

地铁正式运行之前，斯大林曾亲临现场视察。领袖参观了各条准备营运的线路，并对车站的外部建筑感到十分满意。但当他登上列车检查列车的运行情况时，列车在中途因意外的故障而停车达半小时之久。这一起看似问题不大的停车事故却让斯大林心有所虑。当列车又恢复运行时，他问道："地铁何时能够投入营运？""五月一日，斯大林同志。"斯大林并没有认可这个日期。他以行家的口吻说道："地铁可是一项复杂的技术性系统，不可操之过急，一切准备工作都应当确保万无一失才行。我建议将开通的时间定在五月十五日。"就这样，在五月十五日这一天苏联第一趟地铁列车正式开始营运。

据说当时的地铁车厢是仿照美国纽约制造的同类车厢生产的。1934年8月，这些车厢经麦蒂希斯克工厂生产组装完毕。伊万·伊万诺维奇·伊万诺夫——一位具有地道的俄罗斯人名字的司机担任该列车的驾驶员。当时的发车程序颇为滑稽。最初由站在车尾的乘务员，挥动手中的绿色圆环，同时朝车前部大声报告"准备完毕"；接着再由站在处于列车中段月台上的值班员重复一遍"准备完毕"；最后再由列车长在位于列车中间位置的车长室，大声对在车头的司机发出这一信号。至此，司机才正式开动列车。在当时，没有大嗓门的人是难以胜任值班员和车长职位的。

后来，当年的地铁建设者们将自己的工作体会写了下来，汇编成册。莫斯科地铁实际上就是当年首都面貌改变的反映，它凝聚着建设者们的创造热情和对新生活的激情。

第一期工程结束后，1938年地铁又修建了几条新线路，它们分别朝北、东北、南、东南等方向延伸。沿着首期落成的线路行驶的列车，车身都涂上黄红相间的颜色；在二期落成的线路上行驶的列车，车厢外观颜色采用蓝和天蓝色，因此也就出现"蓝色特快"的说法。

卫国战争爆发后，大部分地铁工作人员都上了前线。1941年夏季，地铁发挥着运输和防空袭两个功能。而尚未竣工的地铁第三期工程中的隧道交通成为部队调动的路线。只有在遭遇到空袭时，地铁运行才暂时停止。战争期间，有两百多个莫斯科婴孩在地铁中出生。那时，许多妇女和儿童都被安置在地铁站台中，男人则待在隧道里，轨道上面铺上特

制的面板，供人们坐卧休息。就连牛奶分发点也都安排在地铁中。1941 年 11 月 6 日，在马雅可夫斯基地铁站隆重举行了庆祝十月革命胜利二十四周年的纪念大会。

1967 年，后续地铁工程陆续开工。到 1998 年，莫斯科的地铁规模和设置更加完美，各线路分别用不同的颜色表示。比如，红色：基洛夫—伏龙芝线；浅绿色：高尔基—莫斯科河南岸线；浅紫色：阿尔巴特—波克罗夫斯克线；天蓝色：菲里线；黄色：环形地铁线；深绿色：卡卢加—里加线；深紫色：塔甘—红色普列斯尼亚线；浅灰色：加里宁线；橙色：谢尔普霍夫线。

第一次乘地铁，获得首次感知的乘客常常会对它留下深刻的印象。当年，当满载着出席第七届全苏苏维埃代表大会代表和出席第二届集体农庄突击手代表大会代表的列车，飞似的通过十三个地铁站时，代表们无不为所见到的新奇景象而惊异。满载着代表的车厢里鸦雀无声，有人摊开双手，对眼前这一切感到难以理解和惊讶。来自集体农庄的代表，深深为这正在地底下奔驰的列车车轮发出的有节奏的响声所吸引，他们不约而同地放开喉咙唱起歌来。每逢通过一个车站时，站台上的乘客都会朝列车中的代表们挥动着他们手里的手绢，朝他们发出"乌拉"的欢呼声。

今天的莫斯科地铁线总长度已达到二百六十四千米，共设有一百六十个地铁站。

第十章　胜利公园遐想

一、在胜利公园里的战争小径

七月三十日是我们在莫斯科的最后一天。上午，我们游览了景仰山上的胜利公园，中午在阿尔巴特街走走，顺便在那儿吃了午餐，下午赶往纳沃捷维奇公墓，傍晚时分，在谢列梅捷沃第二国际机场登机回国。

将在胜利公园里的卫国战争纪念馆里所见到的一切介绍出来，无异于读完一本厚实的战争回忆录。这个纪念馆以照片、文件、实物、模型和雕塑及文字，将战争中将领、士兵和游击队与平民百姓的功绩集中地展现出来，这如同馆内的一处塑料制成的台阶艺术品一样。苏联人在这场战争中付出了巨大的牺牲；经过多次的前赴后继的奋战，最终登上胜利的顶峰。站在这个台阶前，很容易让人想起柏林战役的最后一刻：苏军战士沿着德国

国会大厦的楼梯往上攀登，逐层消灭负隅顽抗之敌兵，最后将红旗插在大厦的圆顶上。这条台阶的象征性十分明显。在它的左右两侧，有扶摇向上的绿色藤叶作装饰，台阶上，星星点点地散放着红军战士的钢盔和枪械模型。每隔六七级台阶，便安放着一座蜡烛雕塑，洁白的烛身、米黄色的烛焰，是那样纯洁、清寒，它寄托着生者对死者的哀思和对他们创立的功绩的怀念。

走出纪念馆，我们来到公园的中央，在那里，高一百来米的方尖碑直插蓝天。这座卫国战争胜利纪念碑，气势雄阔，震撼人心。它的顶端是手执桂冠、身披羽翼的胜利女神雕像。碑座上，建有勇士砍杀怪兽的大型雕像。

在中央通道的左侧，是著名的战争小径。一根根卫国战争主要战线纪念圆柱排成一列。纪念圆柱的顶端有由旗帜簇拥着的红星与麦穗标志的雕塑。下端是立方体灰红色大理石柱座。正面有描绘苏军战士战斗的

浮雕，浮雕下面用文字记录着战线名称和战役主帅的名字。比如第二次
白俄罗斯战役和 K.罗科索夫斯基元帅，第一次乌克兰战役和 H.科涅夫
元帅等。

在公园入口处建有长条形喷泉池，在库图佐夫大街上，可见到由黑
白大理石建成的威风的凯旋门。在这座公园里，看着烈日底下在喷泉下
戏水嬉闹的莫斯科小孩，在临时性的沙滩排球场上赤膊打球的青年男
女，我想得最多的是一些发生在卫国战争中与莫斯科人相关的事件。

二、剑悬莫斯科

在斯大林时代，尽管有过"大清洗"，苏联人向往光明未来的信心
仍然坚定不移。然而，1941 年 6 月 22 日爆发的卫国战争严重打击了人
们的信心。令人猝不及防的强大的德国战争机器把莫斯科逼到悬崖边。
每个莫斯科人的心情，犹如他们的头顶上悬着用纤细的马鬃绳吊住的达
摩克利斯宝剑一般忐忑不安。这种危险来自德国人在通向莫斯科的决定
性方向上，集中了六至八倍于苏军的军事力量。一个国家组织起如此大
规模的军事打击力量以发动一次军事行动，在历史上还不曾有过。

进入秋季，德军"中央"集团军群朝莫斯科方向猛烈突进，迫近莫
斯科门户斯摩棱斯克。九月底，德军开始对莫斯科发动代号为"台风"
的总攻。莫斯科召集起一切防御力量奋力抵抗。市民积极构筑工事和布
置路障，响应筹建民兵师的号召，但可提供的武器装备只够两个师使
用。时任苏军中将捷列金回忆道："在这种条件下，尽管缺乏武器装备，
但命令终归是命令，我们也只能将他们赤手空拳派往前线，只能希望他
们能胜利归来。与此同时，首都还积极组建防空部队朝天空发送阻塞气
球，招募飞行员志愿兵，以应对敌人对首都的空中威胁。"

捷列金接着回忆道："当时大家都认为必须在通往莫斯科的要冲地
带尽快修建防御工事。时任莫斯科州委兼市委第一书记的 A.C.谢尔巴科
夫随即将此建议提交联共（布）中央讨论。7 月 16 日，国防委员会作出
决定，由莫斯科军区军事委员会负责在莫扎依斯克建立防线。在这条防

线上，将布置由莫斯科军区指挥的第三十一至第三十四共四个军的兵力。

这条防线覆盖的范围有三万平方千米。用于建筑的水泥达两万四千五百八十六吨；碎石、砾石五万一千四百四十吨；木料五十八万多立方米。按照该项工程的计划预算，需要花耗的人力是五百多万人次，使用机械六万多台次。

当时，无论州或区都无法为这项工程提供可使用的干部。因此，对防线地段的勘察测量工作便落在军校学员和教师身上。因为单靠数量有限的工程师是难以完成这项如此紧迫的任务的。尽管各方作出了努力，工程的进展却是缓慢的。

形势的急剧变化，使莫斯科军区司令部的职能从原来的提供后勤支援，转变为负责首都的安全防卫上来。遵照军事委员会的命令，司令部需对所有的军事基地，特别是对军火库、仓库进行仔细的巡查，对各军事单位拥有的武器数量进行严格的统计、核实。对已查明的库存多余的武器，及时下发到前线的后备部队。九月底，双方的军力对比显示，德军占有很大的优势，特别是在坦克和飞机的数量上。

回顾开战之初的四个月里，德军所采用的战略手段基本上是以强大的坦克部队，接连不断地冲击苏军纵深的战法，因此及时准确地获取战场上的动态，对双方都至关紧要。因为这有利于各方在摸清对方的战略意图的基础上，制订有效的作战计划。斯贝托夫上校指示空军侦察机，在通往莫斯科的各要冲地带进行不间断的全天候侦察飞行，建立起有效的空中监视哨。

9月30日夜间获得的情报，查明了德军开始对驻守在布良斯克的苏军发起进攻，并侦知了德军的右翼部队向奥寥尔—布良斯克发起猛烈的攻击。但苏军在叶利尼亚市郊对敌人发起的一次成功反击，大大缓和了对首都的压力。同时，加固防线的工作不断进行，增强了苏军防卫的信心。

10月3日，德军攻占了奥寥尔，图拉市受到了威胁。无论是州司令部还是莫扎依斯克的防线上的苏军，都把注意力集中到对图拉市方向的防卫上。10月5日，苏军飞机照常进行侦察飞行。早上八时莫斯科军区司令处负责人从小雅罗斯拉韦茨城给捷列金打来电话，报告黎明前后发现有小股苏军从雷泽尔夫防线后撤。敌人开始对西方方面军及若列尔夫防线发起攻击。执行巡逻飞行任务的飞机驾驶员报告，他们发现德军的坦克摩托化纵队正大举朝尤赫诺夫方向运动，距莫斯科只有二十五千米。

后来，根据西方方面军与若列尔夫防线联合司令部的军官叙述，十月二日黎明，敌机对前线后勤基地进行了猛烈的轰炸。机场上的大部分飞机被炸毁。随后，德军的坦克和摩托化部队长驱直入，与莫斯科的联系受到了破坏。波多科斯克军校的学员、第十七坦克旅坦克兵、梅登斯基歼击机队的战士、西方方面军的一个步兵团联合莫斯科军区的航空兵一起，在敌众我寡、力量对比悬殊的困境中，与敌人进行了六天六夜的激战，将德军部队堵在通往莫扎伊斯克防线的要冲地带，为苏军大本营集结、调遣后备部队赢得了宝贵的时间，使若干支坦克和炮兵部队、四个独立机枪营得以及时重新配置，帮助被困的部分西线后备部队冲出敌人的包围圈。

十月十二日，国防委员会和大本营作出了在被取消的莫斯科后备战线上建立防御圈的决定，布置了在通往莫斯科最近的要冲地带上建立坚固防线的任务。这一任务的目的是要把整座城市变成一座无法攻破的堡垒。遵照莫斯科党委会的指示，成立起以党团员和工人为骨干的几千人的民兵队伍，开始为保卫首都做战斗准备。

按莫斯科卫戍司令部颁发的命令，从罗斯托基纳起，经希姆基、舒基纳、昆采沃、尼科里斯科依、沃尔霍卡，到巴特拉科沃建起防线，在城市边缘建立两个防御区。第一个区域从恩图济亚斯托夫公路至莫扎伊斯克公路，第二个区域从莫扎伊斯克公路至梁赞斯克公路。军事委员会的城市防御体系主要依靠这三条防线。具体说来，即以环形铁路为界的边缘防区，花园环形路防线，以及"A"环形圈及南莫斯科河防线。在各防线之间，建立穿街过巷的防御工事，布置重型反坦克路障，将街道的出入口封堵住，在高层建筑的地下室和建筑物的阁楼上布置火力点。

据国防委员会及莫斯科防区指挥部的报告，十月十九日，德军对西线发动的最后一次突击遭到了苏军的顽强抵抗。德国指挥部多次声称，红军的基本力量已被粉碎，后备部队也消耗殆尽。但是红军好像童话里的不死鸟一样，一次又一次地复活过来，并且更加生气勃勃，更加骁勇坚定。党号召成千上万名继承者们投入到这场神圣的战争中，他们被重新组织和武装起来，走向前线。

三、"参加民兵去！"

H.奥勃雷尼勃是当年莫斯科的一名民兵，他这样回忆自己参加民兵团的经过：

晚霞降临时，莫斯科的天色仍然异常明亮。那天夜里，本来无须服兵役的我，作出了报名入伍上前线的决定。第二天，上完早班，我便和几位同事相约到征兵处看个究竟。从一大早起，征兵处便聚集了一大群人，他们都是些接到征兵通知，前来报到的小伙子。工作人员把我们领到屋檐边，以免妨碍他们的工作。看到这个热烈的场面，我们心里十分激动。谁也不想再返回博物馆工作。

这些日子以来，我们虽然身在工作，可脑子里全在盘算着如何才能参上军、上前线。终于，我们自认为找到了一个窍门：找《真理报》的主编帮忙。主编听了我们的心愿，对我们说，这个忙他可以帮。果然，四天后，他通知我们，说征兵站答应让我们去他们那里，帮忙贴标语、口号，画画宣传画。主编的"帮忙"，真让我们大失所望，哭笑不得。要知道，我们眼下所做的，不正是这些宣传鼓动工作吗？我们所热切盼望的，是参加到真正意义的战斗中去。也就是说，到前线与敌人面对面，真刀真枪地干上一仗！

就这样，我们仍然依旧干着自己的老本行。有一天，在外出完成规模不大的民兵团征兵站宣传工作之后，发现小小的办公室里，人声鼎沸、热闹非凡。人们里三层、外三层地围住一张办公台，争先恐后地往桌上的报告表上签名。这些人，不用说，心里早就盼着上前线，唯一让他们放心不下的就是应当往什么地方安顿自己的妻子和儿女。我望着他们，心理思忖，这么一股高涨澎湃的激情，不正是一股无形的巨大力量吗？这股力量，在保卫我们的莫斯科的战斗中，一定能够发挥积极的作用。这么一想，更觉得自己应拿起武器上前线，那是我们义不容辞的天职！在家里，我们将自己的决定告诉妻子，用"战争终有一天会结束"的话劝慰着她。

没过多久，妇女和孩子都被通知疏散到后方，而我们也终于都如愿以偿地参加了民兵。原先浓密的头发，都被剃成一个个大光头。第一天晚上，我们被集中到一间学校里过夜。尽管校门紧闭，我还是偷偷溜了出来，直到黎明时分，才又爬窗返回我们睡觉的地方。

起初，对于业已改变身份的我，自己还无法适应，但我必须尽快习惯这个作为士兵的我。我躺在学校的地板上，无法入睡，盼望着能够回家一趟，给妻子提行李，把她送至疏散队伍的集合点。

我们这些民兵，身上的衣着形形色色、五光十色。唯一能够让人识别的标志，便是那一个个锃光发亮的光脑袋。在指挥员的带领下，按着他发出的口令，齐步穿过亲爱的莫斯科街道，一边放开嗓门，高唱着士兵歌曲。

每个人都努力展示一副雄赳赳、气昂昂的士兵风貌，努力使自己迈出的步伐与指挥员的口令合拍。即使如此，步伐不齐整的现象仍然不时发生，丢人现眼，让我们尴尬、脸面无光。但在我们内心，大家都俨然觉得自己是一个顶天立地的男子汉，一个英雄。即使列队前进时步伐紊乱也并不是什么大不了的事，关键是我们将在即将到来的战斗中负起自己心目中神圣的责任。

……告别的时刻到来了。我们在学校的院子里集合好队伍，栅栏外边早已聚集着前来为我们送行的亲人。在她们面前，虽然我们依然穿着自家的衣裳，剃成秃瓢似的脑袋戴着草帽、鸭舌帽，甚至还有绣花小圆帽，但我们所表现出来的精神面貌，有如勇敢的军人，打过仗的老兵。

栅栏外边几百对眼睛的视线，全都落到我们身上。许多人的眼睛里，泪光闪闪。有的人朝我们点头，挥动着手里的小手绢，努力挤出笑容，鼓励着我们。我看到妻子也在人群中，她的那对炯炯发亮的蓝眼睛直勾勾地望着我，纤细的双手紧紧地抓住铁栏杆，朝我微笑。

我们开始与自己的妻子告别，安慰着她们，说我们一定能凯旋之类的话。我提醒妻子，离开莫斯科无须带冬装，这仗没等冬季到来就会打完。那时，我们都习惯于充分信任自己的政府，坚信他们会有克敌制胜的法宝。至于眼下组织妇女、儿童疏散，那也只不过是一种防备万一的预防措施而已。或许没等我们开到前线，一切都已结束：敌人落荒而逃，而我们的飞机飞翔、坦克轰鸣、骑兵策马挥刀，砍杀溃逃的敌军……就像在电影里看到的场景一样。而我们的妻子，秩序井然地撤往后方，满怀信心地等待着我们立功归来。

在我们的队伍里，不乏大龄队员。他们中有人打过仗，经历过革命战争的洗礼。他们的眼睛里，流露出来的是另一种神色：忧虑的神色。他们以另一种不同的方式，在与自己的亲人告别。妻子细心地检查着丈夫的行装，甚至连最小的遗漏也不放过。现在，她们愈来愈频繁地用手绢揩自己的眼角，一脸忧愁地望着自己的丈夫，还不时失声喊了几下。看得出，她们是在竭力控制住自己的情绪，将身体偎依在丈夫的胸前。这是见过世面，或者说，经过患难的女人，在丈夫面前的毫无矫揉造作的真情表现……1941 年夏天，这幅由苏里科夫艺术学院人员组成的民兵师，我所在的连队的分别情景，在以后漫长的岁月里，无论是风和日丽的艳阳天，还是黑云密布的阴天，无论在白天还是黑夜，一直清晰地留在我的记忆中。

四、从惊慌失措到镇定自若

民兵师参加了在叶利尼亚那场毫无意义的反击战，让他们损失惨重。正如德军将领冯·加利焦尔所述："……俄国人阵亡的人数远远高于德国人。"从"台风"战役开始以来，退却中的民兵师屡遭重挫，特别是陷入被称为"维亚济马火炉"的战士，命运更是悲惨。

十月十三日前，莫斯科党委会作出了建立共产主义营的决定。它的成员人数为一万二千二百八十二人。这个营与首批组建的民兵师不同，组成的成员都具有一定的军事素养。但形势仍然险恶。德军用三天多的时间，撕破了苏军在鲍罗金诺地区的莫扎伊斯克防线。莫斯科被笼罩在一片慌乱之中。

学者拉巴斯，当时只有八岁，后来他这样回忆起当时的情形：

1941 年 10 月 16 日所发生的事情，深深地刻在我的脑海中。那天，像往日一样，我们在雕塑家桑多米尔斯卡雅那儿过夜，天一亮，我们习惯地扭开收音机，听苏联情报局发布的战况报道。

起初是听到播音员含糊不清的声音，后来便被一阵嘈音所淹没。在沙沙声中传出一支飞行员进行曲："……大家更高、更高、更高……"这让我们感到纳闷。我们调了调收音机的频道，但仍然听到这首歌。这回的歌曲，不是用俄语演唱，而是用德文："……旗帜高扬，队列严整，步伐坚定，突击队员们向前进……"这是一首纳粹军歌！

这是否只是一次因技术故障而引起的偶然事件，或是敌人已经成功地连接了莫斯科的无线电广播频道，我们一时间无法判断。过后，谁都没有听到有关这次事件的任何进一步的报道。但是，不管大家如何想，这事切切实实地发生过了。当时，并排睡在走廊里的士兵，全都跳起身来，开始手忙脚乱地缠绷腿，大声的吵嚷不绝于耳，有人甚至哭了起来。五分钟后，收音机的广播沉寂了。又过了二十分钟，开始了苏联情报局的战况通告……

连同这一天在内，在过去的三四天中，甚至在市中心，都可以听到远处传来的炮击声。傍晚，地平线上不时灯光闪烁。城里各处流传着种种传闻。有的说，克留科沃、列瓦别列日纳已被德军占领。有的又说，运河车站将失守，德军坦克就要开进高尔基大街……莫斯科到处人心惶惶。

早上，妈妈带我出门购物，才发现基洛夫大街已面目全非，几乎都认不出来了。大街上，满是载满人和行李的大小车辆，好像是刚在城外什么地方度完假，返回城里的车队似的。在一些轿车中，坐着衣衫不整、流着眼泪的女人。许多车辆上，都可见到有红军军官和士兵混杂在其中。在基洛夫大街与鲍勃罗夫胡同的拐角处，站着一群荷枪实弹的战士。其中有一名对坐在车上的军官破口大骂。突然间，他出其不意地举起枪，瞄了瞄站在卡车上装着大包小包行李的军官，冲他开了一枪，然后急急忙忙地躲进拥挤嘈杂的人群中。

一路上，我们还不时见到有人从家中搬出一袋袋行李，把它们装到独轮手推车上，准备离开莫斯科。有的地区，黑烟弥漫，黑色的灰烬随风飞扬。妈妈说，大家都在焚烧文件。在离我们住的公寓正门不远处的街道上，妈妈在众目睽睽之下，突然跪在艺术家联合会的一位官员面前，央求他将我也捎走。如今，每每想起那可怕又令人尴尬的一幕，我仍然感到战栗和羞愧。"我没有权利这样的"，那官员难为情地回复妈妈的央求，"我们是按核对过的名单送人的"。

窗外传来了一阵轰鸣声，地平线隐没在浓厚的黑烟中。两架苏制Rk-3歼击机在电话局上面的低空掠过，银色的尖状机头看得一清二楚。多么神奇的记忆，儿时见过的景象就像刚刚见过的一样清楚！

无线电广播突然中断了，接着响起了"我们的祖国多么辽阔广大"的呼号，过后的播音员清晰响亮的嗓音："请注意，请注意，三十分钟后将广播莫斯科劳动者、城市苏维埃主席普罗尼同志的讲话。"然后又是那个熟悉的呼号……

终于普罗尼的讲话开始了。他讲话的态度从容不迫，语流富有节奏感："在最近的一段时间以来，在首都，有一些不负责任的人，到处制造恐慌气氛，声称一些不在疏散名单内的某些大企业的领导人也在匆忙撤离。莫斯科发生了社会主义公有财产被侵占和偷窃的事件……莫斯科已被德军包围，城里要马上实行宵禁云云……我要说，没有被允许撤离的人，如果擅自离开自己的岗位，将受到严厉的追究，要对自己的行为负责。食物与生活必需品的生产仍然在继续，文化戏剧部门，城市的所有交通设施照常运转，莫斯科过去、现在和将来都是苏维埃的！"所有与我们站在一起听广播的人无不喝彩、鼓掌。

我还清楚地记得斯大林在七月里发表的那次无线电讲话。听得出来，他很激动，用带着浓重的口音说话，一边还不时停下来喝水。我们听得特别清楚，甚至还听到斯大林的牙齿碰到玻璃杯沿的声音，何等奇妙。甚至像我这样一个才八岁的孩童，听着他的讲话，心中也能产生希望，而不是悲观失望。斯大林的讲话，与华西里·普罗霍罗维奇·普罗尼的讲话有很大的差别。后者的话，如今在我的记忆里，只留下了只言片语。而斯大林，这位各族人民的父亲，他说话的态度是那样的安详，语气是那么的温和，内容充满智慧。在讲话播出后的第二天，城市秩序又恢复了正常，甚至出租车也照常营业。大街上出现了由军人和警察组成的巡逻队，张皇失措的逃跑现象顿时销声匿迹，居民的疏散和企业的搬迁在有条不紊地进行着。

五、克留科沃阻击战

遏制住德军对莫斯科进攻的自然不是天气的严寒，而是城市保卫者们顽强的抵抗，但严寒在其中也发挥了它应有的作用。德国统帅部最初打算在冬季严寒到来之前拿下莫斯科的希望落空了。

十一月六日，政治局在莫斯科召开了一次有名的重要会议，会场便设在马雅可夫斯基地铁站。斯大林在会上的发言被作了实况转播。第二天，红场举行了隆重庄严的阅兵式。参加阅兵的部队，从红场直接走向前线。

从西伯利亚紧急调来的师团，成了阻挡德军攻势的有生力量。在这些部队中就有由潘菲洛夫指挥的第 316 步兵师。这支队伍是 1941 年夏天才在阿拉木图组建起来的，正是该师的二十八名勇士，在离克留科沃村的杜巴谢科沃铁路分岔道不远的地方，炸毁了十八辆德军坦克，迫使来势汹汹的坦克纵队的进攻停了下来。

当年参加战斗的英雄，有名的中篇小说《沃洛科拉姆斯克公路》一书的作者之一 A.贝克在他的战争回忆录中，讲述了这场城市保卫战和苏军发起反攻开始的经过：

我们的部队驻守在克留科沃村及车站一带，进行持久艰难的阻击战。每一个潘菲洛夫师的战士，都会对自己所经历过的那场恶战永志难忘。克留科沃是距离首都莫斯科要冲地带的最后一道防线。敌人占领了亚历山大罗夫·卡缅卡，开始一步步地向我们的阵地逼近，眼看我们就要支持不住了。直到傍晚，我们组织起好几次反击，才勉强将防线暂时稳定下来。尽管的军力部署严密，各战斗单位也都能协调行动，但旷日持久的战斗，仍然造成部队减员严重。可我们仍然保留住原来部队的番号，等待后备人员的补充。

我记得，那时给我们补充了一个骑兵连，但是这个名义上的连队，总共只有十来个人。后来来了一个总共只有二十来人的工兵营，外加三十颗地雷。再就是一支炮兵分队，不过只带来二门火炮。如此的补充，让我无法抑制住自己心中的愤怒，于是大声责问道："人员在哪儿？武器装备在哪儿？是根本没有，还是有意留一手?！""也许是留着有用场吧，"政委答道，"或者是人员集合起来，准备进行什么大动作也未可知。你这就别发火啦，既然给了，你就收下，作拆东墙补西墙用吧。但这些战士，可都是经过战斗洗礼的！"

克留科沃边缘地区的战斗，一直打得十分激烈。有时甚至一天当中，阵地就几次易手。由于仗已打得如此难分难解，双方都不敢动用火炮。起初，政委和我还待在观察所指挥作战，但没多久，我们就不得不分别奔走于两翼之间，在阵地上指挥战斗。我们的任务相当明确：尽一切力量不让法西斯攻进克留科沃，压住他们，让他们趴在地上，不敢动弹。激烈的战斗，一直不停地打了十二个小时。

第二天早晨，德国人还是突入克留科沃。接着，双方便是展开激烈的巷战、近战。步枪、自动步枪、机枪声和手榴弹的爆炸声响成一片，反坦克炮直接近距离地瞄准坦克射击。我们的迫击炮与师部的炮兵火炮，从隐蔽的阵地上朝敌军指挥部和后备部队集合点发射猛烈的炮火。

十二月的严寒肆虐着莫斯科。战斗仍然不停顿地进行了十八个小时。德国人几乎已经成功地将我们挤出了克留科沃。傍晚时分，从莫斯科来了一支由三百五十名人员组成的后备部队。他们都是些身强力壮的成年人，不过却没有一个拥有军衔的。政委与他们的谈话快结束时，有一位战士说："指挥员同志，政委同志，我们都是土生土长的莫斯科人。我们都是工人，大家都是自愿来参战的。我们认为，作为潘菲洛夫近卫师中的战士，我们是在为荣誉而战。把我们派到前面阵地上去吧。莫斯科党组织把我们送到这里，我们定会像布尔什维克那样与敌人搏斗，决不会给近卫军的旗帜蒙羞。"很快，这批补充人员便被分派到各营中。

我的副官叫彼得·苏里玛。他瘦高个子，稍长的脸庞上，长着一对看起来好像在沉思的蓝眼睛。在波尔塔瓦，常常可以遇见这种长相的人，属于典型的乌克兰美男子。对于他的父母亲的情况，我一无所知。不过，照哈萨克人的说法"见儿如见父"，看来，他应该是在一个勤劳、俭朴、和睦的家庭中长大的。

苏里玛给我带来一幅经拼凑黏合在一起的大比例地形图。它的右下方印着一个莫斯科的古城徽。我用袖子拂去地图上的尘埃，就着煤油灯发出的昏暗的亮光，将敌我双方所处的位置标明在其中。在拟划出后勤储备的区域之后，我发现这份的边缘上留着"莫斯科"字样的题字。我望了望苏里玛，只见他伸开两臂，用瘦长的手指撑在桌面上，微微弓起背，一言不发地审视着地图。"你是什么时候去过莫斯科的？"我问他。"如果不将乘专列经过莫斯科算在内，那么，我一次也没到过。""我跟你一样，充其量也算是雾里看花地看看而已。"从地形图上的各种不同形状和颜色的标志符号中，我仿佛看清了首都的大街小巷、房子建筑、大小公园、河流和位于地图中央的克里姆林宫。用测量仪器量了量，克留科沃与莫斯科之间的直线距离是 30 公里！

我突然有了一种骇人的感觉：德国人可能很快就会占领莫斯科。脑子里浮现了一幅幅可怕的图景：精瘦干瘪的德国将军，戴着眼镜和白手套，脸上挂着占领者的冷笑，领着全副武装的法西斯士兵，出现在莫斯科的大街上；被炮火摧毁的莫斯科，到处是残垣断壁，扯断的电线，翻倒的电车；用最后一颗钉子挂住的商店招牌，在凛冽的寒风中，东摇西摆；人行道上，满地是碎玻璃片、废墟；瓦砾边、街道、院子里，横七竖八地躺着妇女、儿童和红军战士的尸体……

"难道可让这伙恬不知耻的强盗进入莫斯科?""您同谁在说话,指挥员同志?""哇,没什么,苏里玛。"我从一种半眩晕的状态中清醒过来,对刚才脑子里浮现的景象倒吸了一口冷气。"苏里玛,你说说,指挥员为什么需要地图?""怎么问起这个来?"中尉有些莫名其妙反问道。一会儿,他若有所思、像学生回答考题似的说:"指挥员能根据地图确定地形和方向,对阵地的环境条件进行研究,作出判断,以便更有效地部署作战计划……"我伸开手掌,把因断裂而重新黏合起来的地方的褶皱抚平,看清了我们团的后方是距克留科沃后面三至四公里的地方。"把折刀给我。"苏里玛从军用图囊中取出一把削笔刀。我用它将粘贴处外端部分的地图裁了下来,把它递给副官:"拿去,将它烧了!我们用不着用它来研究地形地势和方向什么的了!"中尉将克留科沃以东地区的地形图揉成一团,扔到小壁炉里烧了。然后立正挺胸,将一只手举到护耳皮帽边说道:"一切都明白了,指挥员同志!"

克留科沃是保卫莫斯科的最后一道防线。从列兵到指挥员,无人不知,无人不晓。在这里进行的战斗是最后的、决定性的战斗。不是我们将敌人击退,就是战死在克留科沃。大家心里都清楚:无路可退!

指挥部对各地段的防卫阵地作了重新部署。炮兵观测手被派到前沿步兵掩体中,为炮击指明目标;各营的指挥员与后备部队保持着通畅的联系。后备部队接到的命令是,不论前沿离他们有多近,一步都不准后退。

战斗打响后,我方人员伤亡严重,希特勒匪徒摧毁了我们在右翼战线上的防御,占领了火车站。我们团的阵地,一下子缩小了三倍。危急之中,友邻部队将我们战斗力薄弱的阵地,一个接一个地接管过去……

1941年12月6日的早晨,天气格外寒冷。突然,天空中响起雷鸣般的轰鸣声,火光映红了地平线。我军的排炮不停地轰击着敌人的阵地。一个月来,在克留科沃的阵地上,像这样猛烈密集的炮击,我们还是第一次见到。在排炮声中,东方渐渐出现了朝霞。接着,地平线上露出了一个巨大的血红色的圆盘。炮击,仿佛是一支正演奏着的胜利进行曲,它一遍又一遍地重复着。这场反击战一直继续到1942年的1月底才结束。德军被迫后退一百五十至二百五十千米，莫斯科的威胁解除了，达摩克利斯剑的可怕的威胁除去了。

六、战败者的"检阅"

1944 年 7 月 17 日，在白俄罗斯向苏联红军投降的五万七千名德国战俘中有军官也有士兵，他们被押送往莫斯科，参加历史上记载的有名的战败者的"检阅"，或者按我国的习惯叫法，称为"游街示众"。

这群战俘被分为两个纵队，一队经高尔基大街、马雅可夫斯基广场，经五环路前往库尔斯克火车站；另一队则前往卡纳特济柯沃火车站。В.А.沙别里尼科夫当年还是一个十五岁的少年，他目睹了这次战俘游街的经过：

……那时，莫斯科的许多市民家里，收音机广播从早到晚响个不停，我家也一样。7 月 17 日这一天早上，我从广播里得知，在白俄罗斯被击溃的法西斯军队中，有一部分"弗利茨"战俘，将经过莫斯科花园环形街的消息。我们这群住在阿尔巴特街的男孩子，闻风赶往斯摩棱斯克广场，等待德国战俘的现身。

我们一点也不想掩饰自己的好奇心，很想看看这批曾经昂首阔步、趾高气扬踏遍欧洲的侵略者是如何在莫斯科的大街上，以战败者的身份接受令他们颜面无存的"检阅"的。我站着，等着，不禁回想起法西斯飞机对莫斯科发动起一次又一次猛烈空袭的日子。

每天傍晚，一听到播音员列维坦通过广播发出空袭的警报，我们便冒着猛烈的防空炮火、四处飞溅落下的弹片，朝阿尔巴特地铁掩蔽所奔去，一直待到空袭警报解除。我们躺在隧道里的铁轨上，带婴孩的母亲则在停靠的车站上的车厢中躲避。就这样，一直待到凌晨三四点钟。

早上一看，被炸毁的建筑物还在冒着浓烟。在波瓦尔斯卡娅的瓦赫坦戈夫剧院的防空洞里，躺着被炸死的儿童、妇女和老人的尸体。列宁图书馆后面的书局燃起的大火烧了好多天……光我们阿尔巴特胡同，没有一所房屋不曾被燃烧弹击中。空袭发生时，值勤人员奋不顾身地将燃烧的东西，从房顶、阁楼上抛到地面的柏油马路上。在下面的纠察队队员便用沙子将火焰扑灭。

我正想着，俘虏纵队已经在远处出现了。看上去，就跟一大片灰色的云朵一般，这片云很快便将斯摩棱斯克广场覆盖住。走在纵队前面的是将军。我们数了数，总共有十九名。他们身上的制服，都挂着在征服欧洲的战场和战争初期，在我国的许多地方掠夺和残杀无辜平民而得来的各种勋章和奖章。我见到，其中有一名挂着拐杖，左手的胳膊肘上搭挂着一件将军雨衣。走在将军身后的是其他各级军官，最后边是士兵纵队。

队伍根据参加检阅时队形规格，即以二十人为一横行排列。这支数以万计，身穿灰绿色制服的德国法西斯战俘队伍，默默无言地往前走着，大多数垂着头，有的则好奇地向四处张望。士兵行列中，随着他们脚步的移动，传出了系在他们腰间的皮带上的饭盒和匙勺有节奏的碰击声。

街道两旁的莫斯科人，同样默默地注视着这群给我们的国家带来苦难和不幸的残兵败将。听不到人们对他们的大声斥责、恫吓，也没有任何侮辱战俘的举动发生。他们只是简单地看着，心里明白，胜利已经临近了，法西斯主义将无可挽回地崩溃，希特勒的冒险行动即将结束。

作家 B.B.奥尔洛夫这样回忆道：

……我当时在铁匠桥的"塔斯社之窗"照片科工作。第二天，一些有名的摄影记者拍摄的照片便冲洗出来，这些艺术家们成功地把这一事件反映到"塔斯社之窗"的宣传画页中。橱窗前面，一下子聚集起许多人，他们一边观赏，一边为我们的工作效率啧啧称奇。很快，全国各地都看到了这部具有历史纪念意义的新闻纪录片。在放映故事片之前，莫斯科所有的电影院都无一例外地加映了这些让人无法忘记的镜头。在英、美、加拿大和澳大利亚等西方国家中，人们第一次见识到法西斯分子"游街"的场面。他们派驻莫斯科的记者所写的采访报道、所拍摄的照片，连同由我国塔斯社所提供的材料，也都刊登在国外的许多报刊上。它们成了苏联送给阿道夫·希特勒的最好的"礼物"。

七、续写辉煌

离开胜利公园前，我在公园门口，再一次回过头，遥望巍峨雄伟的卫国战争胜利纪念碑，同伴戏称我游兴未尽。在过去的几十年里，这个国家一直乐此不疲地宣传卫国战争的胜利，歌颂她的人民在消灭法西斯斗争中建立的丰功伟绩。在苏联时期，大城市，特别是那些被国家誉为"英雄城"的城市（列宁格勒、斯大林格勒、塞瓦斯托波尔、敖德萨、基辅、莫斯科、刻赤、新罗西斯克、明斯克、图拉及布列斯特英雄要塞）除了建立方尖碑，还陆续建起一批以"祖国—母亲"为主题的大型塑像和无名战士墓。比如，斯大林格勒马马耶夫高地上的英姿飒爽的俄罗斯妇女塑像、基辅卫国战争纪念塑像群等。在"二战"后的和平时期，苏联人一如既往地续写着英雄的史诗，只不过建功立业的领域改变了。最值得一提的是他们在空间技术上所取得的骄人的成就。

我在国民展览中心附近看到的航天纪念碑，正是对这一成就的纪念。看着那带着烈焰腾空而起，直飞蓝天的美丽的火箭雕塑，一定会激发起你心中对太空奥秘的许多美丽的想象和幻想，也会让你对人类的创造力产生赞叹。在这项伟大工程中，许多划时代的成就都与这个国家紧密相连：第一颗人造地球卫星的发射成功，第一次实现"太空行走"等。而这些成就的后面，是排列着的长长的一串名字：空间旅行设想的先驱者康·齐奥尔科夫斯基，苏联火箭制造和宇宙航行方面的科学家和设计师谢·科罗廖夫，太空人尤·加加林，以及实现首次天空行走的列昂诺夫等。至于在其他领域里被国家授予"社会主义劳动英雄者"称号的更是不计其数。

第十一章　千姿百态，揭示人生价值的墓园

一、走进纳沃捷维奇公墓

由于旅伴中有几位没按时归队，我们直到下午四点多钟才离开阿尔巴特大街。车子刚离开不久，就听到前排座位上传出了导游的声音："各位，由于时间的关系，在新圣母公墓的活动取消……"新圣母公墓就是纳沃捷维奇公墓，后者是俄文的音译，至于前者的来历，我到现在仍弄不清楚。不过，大家都是这样称呼它的。

导游用毫不在意的语气说出的话，在我听来却如同晴天霹雳。我无法按捺住心中强烈的不满，便噌地从车尾的座位上站起身来，咚咚咚，三步并成两步冲到车前排。在这以前，多少年来我一直期待着亲身参加这样的一次活动！许多在青年时代就从书本、电影或新闻报道中认识的英雄人物虽然早已离开了我们，但他们以各自独特的方式，有形或无形地为我们留下了许多美好的东西，比如说对生命价值的理解，对祖国和生活的热爱仍然留在许多人的心坎里。而能够到他们长眠安息之地，向他们表示自己的敬意和感谢，是一种别样的幸福，同时也是对自己所走过的人生道路的一次审视，是一次对生命再次思考的机会。对于成年人是这样，对于少年儿童又何曾不是如此，而且还是一次对人生阶段——死亡的认识……

听了我这么一番有根有据、动情的陈述（我认为是如此）之后，导

游与领队彼此间交换了一下眼色，点点头，爽快地答应了我的请求。他让司机将车先开往公墓。不一会，我们一行十一人（包括四名儿童），在领队的引领下，从不很宽的入口处鱼贯步入墓园。

没走上几步，从前对墓地所形成的印象便一扫而光。比方说，冷寂、荒凉，乌鸦在墓丘歪歪斜斜的十字架上聒噪，到处杂草丛生，地上满是枯枝败叶，空气里散发着潮湿的气味。而今，眼前之所见，是一派明媚的景象：苍翠的墓地柏，树影斑斑；迷人的鲜花，争妍斗艳；经修剪过的绿草，遍地如茵。形态各异的大理石墓碑，栩栩如生的墓主人物浮雕和塑像以及十字架和小天使的模型雕像，使人几乎将这处墓园视为雕塑公园。"能在这儿安息的人，福气可真不小！"同行的几位老太太在窃窃私语。

这儿的墓位十分拥挤，密密麻麻，一个接着一个，已达到饱和，就算用"见缝插针"来形容它也不为过。在给我们有限的二十多分钟里，我们只能见到它的极小部分。我们跟在领队的身后，一边走，一边听他小声给我们介绍许多中国人都认识，或听说过的墓主：契诃夫、果戈理、赖莎、叶利钦、赫鲁晓夫、王明、乌兰诺娃、尼库林、马卡连柯、葛罗米柯、马利诺夫斯基、夏里亚宾、奥斯特洛夫斯基、卓娅和她的弟弟舒拉及他们的母亲柳·科斯莫杰米扬斯卡娅等。他们之中，有俄国著名的文学巨匠、苏联的政治及国务活动家、元帅、舞蹈家、教育家、杂技演员以及苏联英雄等。

我在一处墓雕前面收住脚步。这是一座以发动机螺旋桨为基础的人物群雕，这样的式样我还是平生第一次见到。这三扇叶片分别插入地下，向天空平伸。在这处平伸的叶片模型上，镌刻着六位人物的头像。领头的名叫波拉阿夫斯基。在群雕的前面，还单独为他建了一座由红灰色大理石作基座的人物胸像墓碑。我不清楚这几位墓主生前的情况，但从墓雕所显示的信息，我猜，或许他们是由这位叫波拉阿夫斯基领导的飞机发动机研制团队的成员吧。这个群体，可能在某次试验飞行中集体遇难。

在公墓里，以墓主职业特征为标志的墓雕随处可见：杂耍演员尼库林的表演搭档——小狗，炮兵大将戈沃罗夫的炮弹，作曲家的竖琴，乌兰诺娃的芭蕾舞姿深浮雕，播音员列维坦的麦克风，作家的著作，元帅的勋章，战士的自动步枪，教育家培养出来的学生等。

有些墓雕的墓主面部表情不但反映着他们生前从事的职业类别，同时也是人物性格特征的集中表露。1971 年去世的苏联火箭及航空发动

机总设计师、社会主义劳动英雄亚·米·伊萨耶夫的半身雕像便是一例。

雕像中的他，左手靠近在基座上，两手相叠于前腰间，他一身正装打扮，前胸衣衫上挂着勋章；头部微微低歪，双眉微蹙、双唇紧闭，目光向下，一副专注沉思的神情。在这种严肃认真的表情后面，依稀可以让人感悟到人物刚毅和不屈不挠的性格。在他的身后，竖立着一块白色与天蓝色的大理石，它象征着墓主生前从事的探索太空的事业。他的名字与生卒年月就镌刻在这蓝天白云之上，多么富有诗意，多么充满希望和幻想。

苏联解体后，墓雕上出现了越来越多的基督教信仰的标志。2007 年 11 月 2 日去世的苏联舞蹈编导、苏联人民艺术家、社会主义劳动英雄、苏联民间舞蹈团创办人和领导者、多项国家级奖金获得者莫依谢耶夫的墓碑便是典型的一例。在他安息着的碧毡绿毯般的墓地上，只简单地立着墓主的一张相片。它的上面是一小块刻着他名字与生卒年月的小牌匾，最上面是一个带有耶稣基督受难雕像的十字架。这或许在表达莫依谢耶夫生前的心怀意念：使我认识基督，晓得他复活的大能，并且晓得和他一同受苦，效法他的死，或者我也得以从死里复活。（《圣经》"腓立比书"第三章）

二、一面镜子

在公墓的边缘，有一块用大理石雕琢而成的墓碑，它高不足三米，宽约一米。碑面光滑如镜，光彩照人。从这面"镜子"里，我看到了一位身穿军便服、三十出头、颜容消瘦的男子，正半侧着身，斜靠在病榻的枕头上。他长着一头浓密的黑发，颧骨凸起，眼窝深陷。向前伸出的右手，攥成拳头，压在一摞书稿上面，消瘦的面容中露出不屈乐观的神态。在这幅深浮雕的下方，镌刻着他的签名：尼·奥斯特洛夫斯基。

在这块平面直立着的墓碑右前方，紧挨着它修有一块一尺多高的墓碑，那是他的夫人拉娅的墓碑。墓碑上，雕刻着一顶带红星的布琼尼红军骑兵帽，一柄系着流苏穗子的马刀和几朵黄、白色的花朵。这些都是拉娅的丈夫奥斯特洛夫斯基生前使用过的物品。

"镜子"中一幅幅鲜活的画面若隐若现，唤起我对墓主一生深沉而又亲切的记忆。

十四岁那年，他参加了红军恰托夫斯基师的布琼尼骑兵第一团，骑

上战马，与战友们一起，以扇形阵势迎战敌军。战马奔驰，蹄声嘚哒，尘土飞扬。大地在马下往后驰去，大炮轰鸣，大地颤抖。银色的马刀在灼人的阳光下闪烁着炫目的亮光……

突然间，不知从什么地方飞来一块灼热的弹片，钻进了他的头颅。天和地在他眼前不可思议地旋转起来。他像一只袋子似的滚下马鞍，扑通一声，重重地摔倒在地上。那时他才十八岁，征战在乌克兰里沃夫附近的战场上。伤残无情地剥夺走他继续从军的机会，但他并未与火热的生活隔绝。他加入了共产党，在一处地方的共青团组织中任职。二十岁那年，他的身体健康状况日渐恶化，虽几经治疗，仍未能阻止病情的发展。二十三岁时，他病重瘫痪。他的活动空间只剩一床之地。第二年，就连那只在战斗中幸存下来的左眼也背叛了他。他既不能动，也无法看，但他仍然不懈地与疾病进行顽强的抗争。

他那搏动着的心房从未蹦出"离队"的念头。于是，他又重新积聚起身上所有的力量，全身心地投入到学习的战线中，他要设法为他所从事的事业尽最后一分力量。二十九岁，他在小说创作的陌生领域中取得了骄人的成就：他的处女作《钢铁是怎样炼成的》出版问世了。几年之，他为此而获得苏联文学界的最高奖章——列宁勋章。

1936 年 12 月 22 日，作家、战士尼古拉·奥斯特洛夫斯基走完了他光辉而又短暂的人生历程。

这时，我听见身后有人在用英语小声交谈。我侧过身，斜眼一瞥，见是一对老年外国夫妇。丈夫指着"镜子"，说："瞧，这是尼古拉·奥斯特洛夫斯基。"妻子应道："哦，没错，是他！"他俩谈话的语气，好像是在什么公共场合，无意中认出自己久未谋面的熟人一般，惊喜亲切。奥斯特洛夫斯基，这个叩人心扉的名字，因他一生的经历和那部自传小说，而被许多人所记住。我们年轻时读《钢铁是怎样炼成的》觉得它真带劲！它让人生活有目标，对生活有热情，对未来有希望。它帮助我们每一个人，在实现自己崇高的理想中，锤炼坚强的意志和铸造起献身精神。《钢铁是怎样炼成的》这本书，先后被译成六十一种文字，在世界各国出版。在我国"文革"前，它排行畅销书榜的第六位；"文革"后二十年再统计，跃升至第五位。

在奥斯特洛夫斯基的墓碑上，体现墓主作家形象的浮雕最为突出。我想起多年以前，在一本俄文书中读到的一篇对他的回忆文章。文章的作者是俄罗斯女作家瓦列莉娅·阿那托里耶芙娜·格拉西莫娃。她将自己所写的这篇文章，定名为"创作的勇气"，在文章中，她回忆起在 1936年 11 月 5 日，她与她所在的作家小组的成员一起，在高尔基大街的奥斯特洛夫斯基的寓所里开创作研讨会的经过。格拉西莫娃写道：

我们来到一幢房子跟前，沿门口的台阶拾级而上，鱼贯入内。我发觉大家的心情显得有些紧张，举止也有些拘束。这可能与我们此行的目的有关，在这里，我们将应主人的要求，对他的新作《暴风雨里所诞生的》进行讨论。

这位作家的创作经历极不平常。如今，他患病卧床不起，身体无法动弹，甚至连从枕头上稍微欠起身来也难以做到。他的双眼已经失明，只能凭口音分辨我们各人的身份。一见到他身上的军便服，便让我们记起国内战争那血与火的岁月。说到要对这样一位作者的作品发表意见，特别是批评意见，对我们来说，确实不太容易。因为即使像我们这样无病无疾的健康人，要做到以认真、诚恳的态度，虚心倾听来自各方的各种批评，也并不是件容易做到的事情，更何况这样一位将自己的青春和力量，献给人类解放事业，如今正忍受着病痛煎熬的年轻人……

我从绥拉菲摩维支慈祥的眼神中体会到他的同感，又从法捷耶夫的脸上捕捉到掠过的一丝阴影。这时，我们听到一个低沉清晰的声音，声音中还带着笑意，这是保尔·柯察金式的年轻人所特有的、不易失去的态度："……我恳请大家把我当作一名战士，一名渴望改进、也能够改进自己的作品的战士来看待。"稍稍沉默了一会，这位红军前政委将头转向我们，像当年他在前线那样，下达了战斗口令："开火吧！"这几句开场白，不但满有令人感到愉快的幽默感，而且还充满着青春活力的气息。这是一位在肉体上，暂时离开队伍的战士，在要求他的战友对他的作品进行直接、铁面无私的批评。他似乎预先估计到我们的批评，可能在某种程度上会有所保留，因此，他直截了当地提醒我们不要那样做。

我们对这部小说的结构，里面的人物形象等进行分析、展开讨论。期间，大家还不时开着玩笑，气氛十分融洽。对此，他报以会心的微笑。要求别人朝自己的作品"开火"，对一位作家来说，是需要有足够的勇气的。须知，那里面的每一页，都倾注着他巨大的心血。他的意志是那样的坚定，目标是如此的明确，行动是那样的坚实，因为他知道，他是在为自己所热爱的事业及公众的利益而劳动。在批评的火力下面，他看到作品存在的缺点、不足和毛病，决心对它加以修改和加工，使之臻于完美。

我们眼前躺着的这位患了不治之症的病人，给我们上了独特的一课——创作勇气的一课。当大家的讨论快近尾声时，他用责备的口吻对我们说："还必须更严厉些！"难怪他在回答记者关于他为何给自己的处女作起名为"钢铁是怎样炼成的"时这样说："钢是在烈火中燃烧，高度冷却中炼成的。于是，它才变得坚固和无所惧怕。我们这一代人，正是这样经受锻炼的。"而他本人，不正是那经受革命烈火锤炼的一代人的光辉典范吗？

我的视线转回到碑石浮雕上那只攥成拳头的手，这紧捏着的手该蕴含着多大的力量！这是他的精神、希望和勇气的集中表现。

1944 年，卫国战争已接近尾声，苏联人民已经看到了法西斯的末日和和平的曙光。作家尼古拉·奥斯特洛夫斯基的半自传体小说《钢铁是怎样炼成的》的主人公保尔·柯察金的形象得到了有力的恢复。这可以看作当时的苏联领导层，对战后的苏联社会的心理状态不无忧虑的征兆。这部出版于 1932 年的小说的主人公，并没有用自杀来对付背叛自己的肉体，当生活变得不可忍受时，他仍然顽强地生活下去。当年的红军机关报《红星报》，把这位主人公看作是人们生活的楷模，这在当时的环境中，平心而论，的确对社会心理的治疗产生了积极作用。

人生的完整性在于知道如何面对缺陷，在于学会勇敢地面对人生悲剧并继续活下去。从某种意义上说，当我们失去某些东西时，反而会使完整性更加凸现出来。生活的经验告诉我们，心灵最美的地方，不是毫无损伤的完整性，而是对别人的爱——付出不求回报。当奥斯特洛夫斯基发现已掌权的旧日积极分子中有不少人已在道德上蜕化了时，他感到无限的忧虑。

我将目光从墓碑的上方移到它的下端。那儿是墓主的夫人拉娅·奥斯特洛夫斯卡娅的墓。拉娅的墓碑上，除了她的名字什么别的装饰都没有，它与她生前一样的平凡、朴素和善良。在拉娅的回忆录《一昼夜的二十四小时》中，她细腻而生动地记述了她丈夫与一位邻居小男孩尼柯尔卡的真挚友谊。他对孩子的爱，可与孩子的父母相比。后来，男孩不幸患病住院，瘫痪在床上的奥斯特洛夫斯基忘却了自己的病痛，中止了他视如生命的创作，时刻提心吊胆地关心孩子的安危。后来，男孩不幸夭折，而他在相当长的一段时间里，久久无法重新工作，沉浸在无限的悲伤之中。

在另一篇文章里，拉娅谈到有一回，一个外来的"入侵者"如何侵吞他家的一间房子中的十二平方米的经过。"入侵者"封锁了他们直接上街的出口，并且就连这位瘫痪病人被抬到屋外，透透新鲜空气的机会也没有了。初时感到不满，甚至无法容忍的奥斯特洛夫斯基学会了换位思考，将心比心，最终不但消除了争战的硝烟，而且发现了对方的长处和优点，并与他成了好朋友。这是因为他身上有爱。爱是恒久的忍耐，爱是不求自己的益处，爱是不轻易发怒，爱是凡事包容，爱就是信仰和信念的出发点。

奥斯特洛夫斯基的墓碑，虽然仅是一个平面，却又深不可测。我想，每一个人在它面前，只要真诚地观看，积极地思索，将他的一生与自己的生活联系起来，就能发现有益于我们学会忠实地生活、正直地奋斗的宝贵的启示。

三、"不作英雄归来，便作英雄死去!"

离开奥斯特洛夫斯基墓，往前走出没几步便来到苏联英雄卓娅的墓前。墓的斜对面，是她弟弟舒拉的墓地，两座墓之间只隔着一条不足两米宽的小径。1945 年 4 月，卫国战争胜利的曙光已出现在地平线上，在一次战斗中，一颗炮弹在舒拉驾驶的坦克前面爆炸，夺去他年轻的生命。多年以后，他们的母亲柳博芙·科斯莫杰米扬斯卡娅去世后，遗体也葬在小儿子舒拉旁边。

瞻仰卓娅的陵墓，视线是从地面开始的，因为她的名字镌刻在铺在地面上、淡红色的大理石基座上。当你的目光慢慢自下而上移动时，她的人物雕像便渐渐呈现在你的眼前。这是一座奇特的人物墓雕，对其审视良久之后，我终于悟出雕像的形象来自何处。

战争爆发不久，卓娅便自愿加入游击队。在彼得里沃舍，莫斯科郊外的一座小村子执行任务时，落入敌手，遭严刑拷打并被杀害。这个墓雕，正是根据卓娅牺牲后，她的遗体被战友、村民从绞刑架上放下，她的双脚刚刚接触到地面那一刻的形象所创作的。

莫斯科的隆冬，天寒地冻，单衣蔽体的卓娅，浑身露出累累伤痕，但她那不屈的头颅仍然不肯低下。我凝视着卓娅遗体的形象，仿佛看到在英雄的身前身后，有无数双无形的手，正准备把她接托住，小心

地、轻轻地将她放到地面上，唯恐不小心的摩擦刮痛了她身上的伤口；又仿佛见到有人手捧大衣，准备盖在卓娅的身上，为的是不让凛冽朔风让她再感到寒冷。

这是墓园中一处僻静的地方。那天，许多游客都被导游领到赫鲁晓夫的墓地，那儿有他一座黑白相间、寓意丰富的墓雕。四周静悄悄，很少有人在这边走动。静下心来的我开始悉心谛听，心想，或许在静谧之中可以听到这个家庭的成员来自另一个世界的谈话。毕竟他们彼此之间这么接近，如同同处于一室之中。

我听到了什么呢？什么也没有听到。只听到几只小鸟从墓地柏上飞过，发出吱喳的叫声。但是，却听到了上学那时，在课堂上，同学们依照文学老师的布置，依次朗读卓娅母亲所写的回忆录中的片断。被老师指定朗读的那几位同学，俄语发音清晰、准确、动听，并且她们的文学素养在班里也都是数一数二的。

这段名为"丹娘"的章节，记录着母亲与儿子舒拉之间的对话，和最终母亲获悉女儿遇害的经过：

"舒拉"，我回到家里说，"今天你读了《真理报》吗？据说在那上面有一篇很引人注意的通讯。"

"读了。"舒拉简单地回答，眼睛望着别处。"关于什么事呀？"

"关于一个青年女游击队员丹娘的事，德国人把她绞死了。"（在第一位同学读完了母亲到团区委打听女儿消息那一段之后，另一位同学接着读了起来）：

舒拉靠窗站着。我望了望他的脸，我们的视线相遇了。就在那一刻，我突然一切都明白了……

舒拉把我安置在床上，并在床边坐了一整夜。他没有哭，他的眼睛没有泪，只是向前凝视着，双手紧握着我的手。"舒拉，现在我们该怎么办呢？"我好不容易地说出话来。

一向很能控制自己感情的舒拉，这时候倒在床上号啕大哭起来。"我早已知道……我全知道。"他呜咽着重复说，"当时，《真理报》上有照片啊! 脖子上带着绳子……虽然是另外的名字……可是我认出那就是她。我没敢告诉你, 因为我心想, 可能是我弄错了……"

舒拉还对我说了些什么, 我都没有听清。突然, 我耳朵里听到了他说这么一句话: "你知道她为什么说自己叫丹娘吗? 你还记得丹娘·索罗玛哈吗?"那时候, 我就回想起来了, 并且一切都明白, 那是一位她从前读过的一位姑娘的名字。这姑娘是革命者, 后来牺牲了, 卓娅用她的名字丹娘来称呼自己……

就这样, 段落朗读结束了。我发现女教师的眼睛湿漉漉的, 眼睛下面有抹过的泪痕。虽然几十年过去了, 但当时课上的情景又被眼前所见到的墓碑激活起来, 因为我们所敬仰的卓娅、舒拉和他们的母亲, 就安息在这儿的墓地里。

在一个人的成长过程中, 可以发现他身上有他所学习的榜样的影子, 这影子便是榜样的精神。保尔·柯察金身上有斯巴达克, 有"牛虻"的精神; 而卓娅身上有契卡洛夫, 有丹娘的精神。卓娅本来可以不必上前线, 留在莫斯科照顾母亲和参加别的支前工作, 但她认为"去是必须的"。有一种责任是没有人可以代替自己担当的, 有一种使命是我们必须亲身担负的, 这种使命就是拯救祖国于危难之中。

当卫国战争爆发时, 苏联的整个社会及其武装力量不但面临着在军事上, 同时也突显了在精神上的危机。当时的紧急任务是克服这种危机, 使全国全军发挥出战斗力, 在难以想象的艰难条件下歼灭入侵之敌。在许多人的心里, 都在思考着同样一个问题: 我能为祖国做些什么吗? 我用什么帮助前方? 有不少人, 他们本来也像卓娅一样, 不必应征入伍, 但他们认为"去是必须的"。这些人中有作家、艺术家, 有一般的集体农庄庄员。他们以各种不同的方式, 履行着自己对祖国的责任。

1941 年, 年届 58 岁的老作家阿·托尔斯泰积极为苏军机关报《红星报》撰稿, 与他一样废寝忘食地为《红星报》工作的还有战地记者伊·爱伦堡。后者在战争的最初两年时间内, 几乎每天写两到三篇稿。

薇拉·英倍尔在战争爆发后, 与丈夫一同赴列宁格勒, 在这座被围困的城市里，她作为《真理报》的记者，向国内外报道德国法西斯军队对列宁格勒残酷的攻击和列宁格勒人在敌人的包围下，在饥寒交迫中，保卫祖国、坚守岗位的业绩。

与她有着相同经历的还有其他女作家、女诗人，比如薇拉·凯特玲斯卡雅、奥莉加·别尔戈列茨以及阿利格尔等。她们参与了城市的"每日广播"工作，为通讯社写稿，并继续创作抗战小说和诗歌。

更多的作家，放下手中的笔，换上军装，走上前线。战争中，有一百四十多名作家牺牲，著名的儿童小说作家盖达尔便是其中的一位。有三百多人获得各种勋章。

在列宁格勒被围困的日子里，科研所里的工作人员，宁可忍受着饥饿的煎熬，也不肯动用所里贮存的大麦、土豆和花生等作物的种子。这也是责任感的一种表现。

导游他们正朝我这边走了过来，不用说，他们是想提醒我：该准备离开了，别忘了傍晚登机回国前在机场仍有一些手续需要办理。我朝卓娅的雕像投去最后的一道目光，心中想起阿利格尔的诗句：

　　……此时，犹如在雪地上空，
　　一个少女轻盈的身影，
　　匆匆向前飘动，
　　她赤脚的最后步伐，
　　安然走向永生。

四、胜利的报讯者

自然界中，一种现象出现之前常常会有一种征兆，预示着它的来临。人们常将这种征兆看作是它的报讯者。

当花草上露珠点点时，我们便听到了黎明匆匆的脚步声；当田地还有积雪泛白，冰河解冻，冰块碰撞，发出欢呼声，我们听到了春之交响曲；当连降了四十个昼夜的暴雨终于停息时，嘴里衔着橄榄树新芽飞回到挪亚方舟的鸽子，成为洪水退去的第一个报讯者；当白嘴鸦飞回到银装素裹的树枝上，叽叽喳喳喧起春欢，尽管不见杨柳吐翠，花蕾累累，更没有和暖春风，沁人肺腑，但白嘴鸦的到来带来了丝丝春息。

黎明的报讯者也好，春之使者也罢，由于他们给人类、给万物带来了光明、温暖和希望，因此也就成了人心的趋向和赞颂的对象。

在离开纳沃捷维奇公墓之前，我见到了卫国战争中苏军取得第一次转折性重大胜利的报信人的墓地。在他的墓碑上，有他的头像和置于他嘴前的麦克风雕塑。他就是苏联著名的莫斯科电台播音员尤里·列维坦。

1943年8月以前，尽管苏军在战场上取得一些局部的进展，但形势仍然对苏方不利。8月1日，朱可夫到了莫斯科。据叶廖缅科说，朱可夫使斯大林同意了"鲁缅采夫统帅"计划的基本原则。该计划预定在沃罗涅日方面军和草原方面军的别尔戈罗德—哈尔科夫战场上发起进攻。战役于8月3日开始，8月5日，在实施"库图佐夫"和"鲁缅采夫"两个战役的过程中攻克了奥寥尔和别尔戈罗德。为了向城市的解放者表示祝贺和感谢，莫斯科率先鸣放礼炮。列维坦回忆起当年他通过电台，向全国人民播放胜利喜讯和最高统帅部决定鸣放礼炮的决定的情景：

与往常一样，我提早来到播音室，以便在开播前预先熟悉广播的内容。开播的时间眼看就要到了，苏联情报局的战况通报却还未送来，我们焦急地等候着。终于，克里姆林宫打来了电话，称当天没有什么特别的战况通报，但要我们准备宣读一份重要文件。

眼看快到深夜十一点，这时我们又接到通知，让我们在广播里宣布，在十一点与十一点半之间将有政府的重要消息要广播。这以后，每隔五分钟，我们便用不带任何情感的语调，将这一通知宣读一遍。

时间在一分一秒地流逝，终于，我们见到一位军官，手里拿着一只密封着的大信封匆匆朝我们走来。军官将信封交给了电台的一位负责人。只见装公函的信封上写着：二十三点半无线电广播。

时间已快来不及了，我接过信封便沿着走廊奔跑起来。一边跑，一边将封口揭开。刚走进播音室，就到了播放电台广播的呼号"我们的祖国多么辽阔广大"的时刻。利用这机会我匆匆对文稿扫了几眼……

"最高统帅部命令……"我念了起来，故意拖音拉调，以获得熟悉文稿的时间。念着，念着，我顿时明白过来了：我们取得了一次重大的胜利，奥寥尔和别尔戈罗德解放啦！我的眼睛湿润、视力模糊起来，喉咙也感到干涩。于是，匆匆喝了口水，将领子上边的扣子解开，倾内心的全部激情念完通知里的最后几行内容："……今天，八月五日，我们祖国的首都莫斯科，将于午夜零时，为解放奥寥尔和别尔戈罗德的英勇军队，用 124 门大炮鸣放礼炮 12 响。"

萌发为城市的解放者鸣放礼炮还有焰火的想法来自斯大林。根据叶廖缅科元帅的回忆，当时斯大林正在霍罗舍沃村与他们见面。他打电话给莫洛托夫说："维切斯拉夫，你听说了吗？我们的军队攻取了别尔戈罗德。我在这里与叶廖缅科同志商量过，决定要为攻取奥寥尔和别尔戈罗德的部队鸣放礼炮。为此，请你发个命令，在莫斯科预备一百门大炮，别因我不在那里而影响这项决定的顺利实施。我们将从现在开始，走向胜利。我傍晚时返回莫斯科。"

第一次鸣放礼炮的命令就是列维坦宣读的。后来，鸣放礼炮成了习惯。直到伟大卫国战争结束，共有三百五十八次鸣放礼炮的命令。

莫斯科人 E.O. 季姆钦科后来回忆起当年她目睹第一次胜利焰火的经过：

第一回鸣放胜利礼炮的情景，于我来说刻骨铭心，终生难忘。我们这群战前出生，住在小布隆纳公寓的孩子，当时只有八九岁。

八月五日黄昏，大人们从收音机的广播中得知，我军在库尔斯克方面取得了胜利。因此，所有的人都怀着紧张而又激动的心情，等待着由苏联情报局提供的战况通报广播。……终于，广播里响起了列维坦庄严的声音，他宣读了最高统帅部的一道命令。命令宣布要用鸣放礼炮的方式庆祝胜利，这是谁都没有料到的。所有的人全部都迫不及待地跑到街道上。尽管那时已是深夜，我们这些孩子却破例被允许和大人们一起跑到外面。

随着声声礼炮的轰鸣，在探照灯光交叉照射的天幕上，霎时间绽开朵朵五颜六色的焰火。在所有的人眼里，它们是那样不同寻常的美丽，给人们带来了前所未有的快感，大家都情不自禁地欢呼雀跃起来。我们这些孩子就是弄不明白，为什么大人们会呆呆地凝视着这美景，而眼睛里却又是泪花点点。

第十二章　在符拉迪沃斯托克

一、再见，莫斯科

第二回离开莫斯科，我们取道符拉迪沃斯托克（海参崴），再从那里飞往哈尔滨。

从莫斯科市区到郊区的多莫德多夫机场得乘坐半个多小时的列车。那天，莫斯科赤日炎炎，天气酷热难耐。登上列车，才发觉这趟车上尚未安装空调，也没有配备风扇，但门窗却都紧闭，简直像个不折不扣的大蒸笼。我默念起一句老话："心静自然凉。"但没过多久，就觉得浑身汗水淋淋。大家都随手拿起身边的报纸或广告本之类的东西当扇子扇，但扇出来的风却是一样的热，无法使自己凉快一些。

好不容易熬到机场，接着便进站排队登机。我们是最后进入机舱的，一看，除了我们五个人的座位还空着之外，所有的位子都坐满了。飞机在傍晚时分起飞。尽管在离开莫斯科之前，我们曾在克里姆林宫旁边的亚历山大公园里的草坪上休息了将近一个小时，并且在火车站附近的一家阿塞拜疆人开的餐馆里，享受了赶来为我们送行的主人的一顿颇为丰盛的晚餐，但在酷热的天气中活动、行走，仍然使大家感到困倦，因此，飞机刚起飞不久，大家便在位子上七倒八歪地酣然入睡了。

一觉过后，睁开惺忪的双眼，一瞥手表，离天亮大约还有两个小时。我已无法再睡，便索性从挎包里取出从圣彼得堡买来的新书《没有

斯大林的三年（1941—1944）》。该书出版的时间是 2010 年，作者名叫
伊哥里·叶尔莫洛夫。翻看了前言部分，才知道是一本介绍苏联卫国战
争期间，在德占区里的苏联公民的生活状况的历史类书籍。书中缺少更
多的实例，而那是我最想读到的。于是，我将书重新放回挎包中，向服
务员要了一杯绿茶。喝下了这杯香气四溢、清冽甘泉般的绿茶顿觉精神
好多了。取出 MP4 机，拨开开关，耳机里传来了苏联电影《莫斯科不
相信眼泪》那支旋律优美的主题歌《亚历山德拉》。"……莫斯科与你
命运与共，莫斯科不相信眼泪，而相信爱情……"歌曲将我的思绪又带
回莫斯科。重新听到在那儿响起的时代的脚步声，见到穿越时代的风
雨，呼吸到不同时代的社会气息……脑海里渐渐浮现苏联人民艺术家的
那幅记录着莫斯科城建新貌的抒情风俗画《新莫斯科》。这位名叫尤里·
皮缅诺夫的画家将苏维埃国家的劳动生活描绘得诗意十足。他的组画
《新市区》同样给人留下了深刻的印象。在《新莫斯科》中，画家通过
一位开着敞篷小轿车，慢慢沿着街道行驶的女司机的眼睛，将一处莫斯
科新街景展示在我们面前。这几天乘车经过莫斯科街头的情景又一次回
闪在我的眼前……

　　如果说，通过 2009 年和 2011 年，先后两次行走于莫斯科，观赏各
景点、名胜和博物馆，与俄罗斯人接触和交谈能有所收获的话，那么，
首先就应当感谢十七、十八世纪的莫斯科的"梅采纳特"们，感谢他们
为收集和保护国家的文化艺术品而作出的巨大努力和无私奉献。正是他
们对国家和民族的热爱，深邃远大的眼光和自身的文化造诣，使这些富
商、企业家们的人生目标，从对物质的价钱追求转向对它们的价值思
考。其次，在苏联时期，社会各界许多有良知的知名人士，利用他们的
社会影响力，常常以不同的方式，提醒当局对文化遗产进行保护。他们
的不懈努力使多个世纪以前的文化遗产，至今得到较好的保护。

　　二十世纪七十年代初期，莫斯科市政局对市中央城区的改建计划进
行审批。计划公布后，苏共中央和《真理报》便不断收到来自社会各阶
层人士的抗议信件。其中包括不少科学艺术界的知名人士。例如，科学
院院士、苏联同位素电磁分离法的首创者、主持首次物理热核反应的物

理学家 N.A.阿尔齐莫维奇；低温物理学及强磁场物理学奠基人之一，科学院院士、物理学家 P.L.卡皮察；知名电影导演邦达尔丘克以及知名诗人米哈尔科夫等。

这些信件都表达着这样一种共同的诉求，即必须以认真、爱护的态度对待对中央城区的改造，特别应当对那里的一些有价值的广场、道路和史迹加以认真地保护。一旦它们因此而消失，无异于对伟大古都的毁灭。结果，留下来的无非只是像"新切列姆什卡"之类的公寓楼。不仅在中央城区，在城市的一些别的区域，有些纪念碑，甚至整条街道或街区都是构成俄罗斯民族文化和历史革命传统的不可多得的博物馆。

在这些信件中，还具体列举了一些值得保护的建筑物，例如普希金和十二月党人、赫尔岑和奥加廖夫进行过知名活动的地方，1905 年发生过街垒战斗，二月革命中值得纪念的地方和建筑物。信中还对未经深思熟虑而仓促作出拆毁有价值的历史遗址的决定提出谴责，甚至还指名道姓地对莫斯科总建筑师米哈依尔·华西里耶维奇·波索欣提出批评。

我想起二十世纪六十年代末，在这位波索欣的主持下，在加里宁大街上兴建的中、高层建筑。在十七世纪修建的西蒙教堂旁边矗立着的高层公寓楼，使教堂的形象相形见绌，很不和谐。同样的实用主义建筑还有克里姆林宫红墙内的大会堂以及靠近瓦尔拉古街的俄罗斯饭店。逐渐增加的这些破坏古都历史特征的所谓实用性的现代化建筑，不能不让社会上有识之士对体现莫斯科古文化价值的遗迹的保存感到忧虑。

信件中还仔细地指出，在所谓必须拆除的建筑物中，实际上只有百分之十五的建筑属于真正破旧老朽的房子，很多都可以通过修缮继续使用。有些房子可以改成博物馆或展厅，或用于别的公共事业。他们还指出，从经济角度上考虑，进行住户搬迁、废墟清理及垃圾的清运后，再从原址上建房子，所需的费用要比在一处新地上建房的造价高出两倍。他们还建议将大型的工商业用地的选址，移到花园环形路以外的地方……总之，在这些信件的字里行间，无不表露着人们对新的改建计划带来的文化毁灭的担忧，认为如果将这样的计划付诸实践，那么所造成的损失将是难以估量的。

时任苏共中央总书记的勃列日涅夫对信件作出了回应。他在 1976年给政治局的信中表达过这样的看法："最近在莫斯科，围绕着一些个别问题产生了一些罕见的过激社会反应。这些反应与首都的改建工程有关。大家都知道，此项计划是根据最高层作出的决定而制订的。信件的发起人主要是一些著名的、有创见的知识分子代表，他们对该项改建工程表示担忧。原因是据说历史遗址和建筑物正遭到破坏，其中提到位于瓦尔瓦拉街（瓦卡卡街）的十五世纪的戈尔岑公爵的宫殿，位于巴库尼斯基和斯帕尔达科夫斯基街那些十八至十九世纪的房子，普希金广场上古老的街区建筑等。他们还将莫斯科与别国首都，比如华沙、布拉格和巴黎等，甚至还与加盟共和国的首都，像塔林、基辅和里加进行比较，以衬托出莫斯科的缺憾。虽然信里所使用的言辞有些夸大和感情用事，但我想，撇开这些，我们还是应当再次审视在保护真正的珍贵的文化遗产上，我们的建筑师，建筑工作者，有没有过激的行为……"

在党中央介入之后，文物的保护工作得到了一定的重视。一些本将拆除的文物存留下来，并得到妥善的保护。在城市改建工作中，人的个性发展、历史文化传统以及与自然环境的关系等问题，再次给人们敲起警钟。

在漫步莫斯科时，我还有一个感觉，不论你观赏街道建筑，参观古迹、纪念碑、瞻仰教堂或欣赏绘画和雕塑作品，懂得一点历史和相关的学科知识，结合自己的生活经历和对生命的理解，不但可以增加旅游的乐趣，而且还能收到学习效果。比如，一座外表雄伟、金碧辉煌的教堂，如果你缺乏对浸透着仁爱理性之光的基督教精神的了解和认识，那么你的瞻仰活动就不会太完整，而缺乏这种从整体上，由表及里的了解，当然收获也就十分有限。那天，当我爬上庄严、质朴、大度而又雅致的伊萨基耶夫大教堂的顶部，站在环形外廊中自上而下观看时，发现身旁正站着一位面相慈祥，留着长胡子，穿着圣服的神职人员，他正聚精会神地俯瞰教堂下面。我想，他绝不仅仅将这处地方当作远眺市容的观景台，或许此刻他正思考着人与物质世界、人与上帝之间的关系。他相信，只要人与上帝亲近，一切道德上的松弛就会自动从生活中逃之夭夭；或者，当他的视线投向身下三角墙两端的圣徒全身雕像时，他可能思考起应如何以这些先圣为榜样，凡事谦虚、温柔、忍耐，用爱心互相宽容，用和平彼此联络，带领更多的人认识基督。基督的教导，就"写"在这些圣徒的身上。

在红场，面对看来像是平凡无奇的"白石高台"，如果没有对罗曼诺夫王朝的了解，它很快便会淡出自己的视线。像这样的例子，在漫步莫斯科时不胜枚举。

我想起在圣彼得堡新结识的朋友，三十岁左右的家具店服务员弗拉基米斯拉夫，他在陪我上书店选购图书时，常用手指在一排排排列紧密的书脊上掠过，从中挑选出我所需要的图书。在一本2010年出版的图书《莫斯科》的前言中，我读到了编著者科罗廖夫对该书的介绍："在这本书中，许多莫斯科人将为你介绍这个城市，用质朴自然、毫不夸张的言语，对你介绍和讲述发生在莫斯科的许多有名的历史故事……"我问我的这位新朋友，为什么要用"毫不夸张"这个字眼，他回答说，这句话出自于罗森布乌曼写的一首很有名的歌曲中的歌词。实际上，《莫斯科》这本书的内容，是由众多的历史事件的参加者或目击者所写的回忆录汇集而成的。

"还记得前天我们乘游艇游涅瓦河吗？"弗拉基米斯拉夫问道，没等我回话，他接着往下说，"那位讲解员讲了不少与我们看到的沿岸老房子相关联的故事。您看看这本书吧。"说着，他将刚从书架上取下来的另一本2009年出版的图书放到我手里。这本书讲述了发生在名人和并不十分有名的人士所居住过的老房屋里的故事。作者是拉里萨尔·勃罗依特曼。有了这些书伴随，漫步俄罗斯的游学活动一定会更精彩！

说到弗拉基米斯拉夫，我还想再提起两位我认识的俄罗斯人。一位是为我们开车的司机尼古拉；另一位是导游，一位毕业于圣彼得堡大学的年轻姑娘。当我分别问他们苏联解体后，他们最深刻的感受是什么时，他们的回答却出乎意料地一致：自由。

尼古拉年过五十，他给我谈起自己的家庭、自己与子女的职业和生活时满脸充满轻松愉快的神情。女导游在领我们参观冬宫博物馆时，不知是有意还是无意，在数不清的绘画作品中，专门为我们介绍了一幅画着一只狗的油画。这是一只纯黑色毛发的猎犬，它被主人用锁链拴在门廊中。在它面前，摆放着一只精致的食盆，里面是美味佳肴。但狗似乎对食物毫无兴趣，它的眼睛里流露出悲伤沮丧的感情。这只失去自由，沦落成为看门的奴隶的动物，在它的心中一定埋藏着对自由的强烈的渴望。我想关于自由，女导游用这幅画代替自己，对我和我的同伴道明了她的感悟。

今天，思想自由、言论自由、信仰自由、集会和结社自由越来越多地显现在俄罗斯社会生活中。在日常生活里，对失去自由、无辜遭惩罚、受伤害的恐惧已经逐渐远离正直的人们。我又想起莫斯科运河大军的许多无辜的被害者，其中有一位来自莫斯科第一模范印刷厂。他的名字叫拉留科夫，是一名排字工。由于他的粗心，在排印文选读本上出了差错，将"把托洛茨基的败类从苏联中清除出去"的句子，错排成"将苏维埃败类从苏联中清除出去"而遭逮捕，并于 1937 年 11 月 25 日在布托瓦被枪决。在布托瓦被枪决的还有许多与拉留科夫相似的无辜者。一些著名的登山运动员，因与外国教练有过接触而命丧黄泉，其中就包括 1936 年征服帕米尔山脉的参加者、队医兼登山运动员罗泽茨维依格等三人。

人的自由尺度与社会生产力的发展水平、与社会制度相关，同时，也与个体对社会及自然界规律的认识相关。一个思想被禁锢的人，他的工作动机和潜能是无法获得充分的发挥的。

仔细考察过苏联空间探索的早期历史的人，都会对这个领域中被誉为"总设计师"的谢尔盖·科罗廖夫满怀敬仰之情。但他的名字在他 1966 年逝世前一直秘而不宣。科罗廖夫在难以想象的失去自由的艰难条件下，为满足政府的要求制造出奇迹。自 1937 年被逮捕和关进一处劳改营后，便在一个特设的监狱实验室里钻研火箭技术多年。这个实验室属于亚历山大·索尔仁尼琴在小说《第一圈》里生动描写过的那种类型。直到 1953 年斯大林去世后，科罗廖夫才恢复正常生活，并参加军用导弹研制工作。他采取了将小型火箭发动机聚集成束，放在四五个可分离的舱里的方法，克服因无法获取特种抗热合金制造火箭发动机所带来的困难，成功地于 1957 年将世界上第一颗人造卫星送进太空，后来又将尤里·加加林送入轨道中。如果科罗廖夫的自由得到及早的保护，他应该可以创造更大的人类辉煌。

1965 年，曾在伟大的卫国战争中建立了不朽功勋的朱可夫元帅，这样回忆道："在 1947 年，我每天都等着被捕。我准备好一只小箱子，里面装了些内衣。"

因不小心说"错"什么话，或因一时的疏忽而遭逮捕和迫害所产生的恐惧因苏联的不存在而消失。只有经历或深刻认识那个时代的这种随意践踏人权的危害性的人，才会将自由视为人的生存中最宝贵的东西。

飞机离莫斯科来越远了，破晓的曙光透过舷窗的玻璃，给我重新带来了阳光和生气。莫斯科的日子里，许多耳闻目睹，亲身感受过的琐碎小事，一件又一件地叠印在我的脑海中。它们并没有因飞行的远离而模糊、消失，反而变得更加清晰、实在。我忽然意识到莫斯科已进入了我的心中。

　　我看到了红场边的街道上行走的行人，姑娘少妇衣着美而不艳，体态轻盈；男士气度不凡，风度翩翩，构成了一道变幻流动着的人的风景线。当这些身段姣好，裹着浅色薄薄的连衣裙的轻盈美妙的人飘走远去时，眼前出现了向我们兜售集邮册的小贩。他和蔼地朝我们点头微笑，用面部表情和手势回答着不懂俄语的游客的询问。

　　我看到了作仰视状、昂首阔步的马雅可夫斯基雕像。在这位无产阶级诗人的身后，有一幢六层高的土黄色的楼房。房顶上，竖起"菲利普"广告牌，墙壁上挂着一幅里面画着六个衣着暴露、作出媚态的女郎的广告。这使我想起了诗人的诗作《青春的秘密》，"两个不同的时代！"我想。

　　渐渐地，这些说不完的零碎的片断，开始让位于一些对我的感知器官产生更加强烈刺激的事物。

　　在一处配有舞台设备的豪华餐厅中，我们一行五人一边用餐，一边欣赏舞台上演出的节目。利娅娜和我附和着台上的演唱者，用俄文小声地唱起那两首有名的歌曲《莫斯科郊外的晚上》和《喀秋莎》。演出中，有一场充满寓意的短舞剧。剧情发展到高潮时，有一位魔鬼扮相的演员突然跳到台下，游走于进餐的客人之中，并最终选中了我们的餐桌停了下来。"魔鬼"倚窗而立，面目狰狞，斜目窥视着我们。我们赶紧将视线自然移到餐桌上……演出结束后，在我们下榻的小宾馆里，我与利娅娜，一位东正教信徒，讨论起戏中这个场景。她认为，魔鬼代表着罪恶。它们像饥饿的狮子一般遍地游荡，捕食猎物。那些丧失警惕，沉湎于不洁世事而不能自拔的人，在形形色色的诱惑面前，心中的邪念容易掀动，出来作祟，最终使自己成为罪的奴隶。利娅娜还说，在现实生活中，人们一旦被罪所控制，往往忘记了身份而变得不知廉耻。为了满足自己的欲念，而不顾损害别人的天真，乃至生命。更加可怕的是，有些人甚至不承认自己活在罪恶中，常用种种时髦的高谈阔论来模糊恶行，为歹行诡辩。

我想起在商店里见到的亮晶晶、金灿灿、五颜六色的工艺品来。它们是那样地让人眼神迷离、心颤神怡！那表现着繁衍不息、充满生命力的玛特寥什卡（套娃）；那么善良和勤劳，赢得命运改变的灰姑娘和她乘坐的南瓜车；为孩子们带来新年礼物的白胡子圣诞老人和他的小鹿；象征着生命复活的五颜六色的彩蛋以及别的许多童话和民间故事里的人物，将我们的注意紧紧地吸引在大玻璃柜前。我想，工艺品背后动人的故事和它所附着的意义更能使人得到快乐，促进生命力。

在那儿，我买下了一辆造型奇特、金边生辉、银边闪亮、玲珑剔透的南瓜车、一只绘画着乡村教堂的套娃和一尊可以置于书桌或书架上的捷尔任斯基小胸像。他微侧着头，目光犀利、炯炯有神。顺便说说，回国后，我将这尊人物塑像赠送给了在国家安全部门工作的一位中年公务员。他将塑像端详了一会，问道："他是谁？""捷尔任斯基。"我回答道，见他的脸上有疑色，我又补充解释道："他是十月革命胜利后，苏维埃政权中肃反委员会的领导人，其职位与我国的李克农同志相近吧。"公务员接着又问道："为什么会这么瘦？"我并没有很快对此加以回答，却想起由罗姆所执导、反映十月革命前后革命事件、据说存在着争议的两部影片：《列宁在十月》和《列宁在一九一八年》，又想起当年的契卡工作人员尤·格尔曼写的回忆文章《父亲》。

捷尔任斯基的办公室里有一扇屏风，屏风后面安置着一张行军床。每当他工作到困倦难耐时便会拽下脚上的靴子，和衣躺到床上休息。但每一回他只睡三到四个小时便会自动醒来，略作洗漱之后便打开通向秘书房间的门，问："我该没睡过了头吧？"紧接着，便了解起在他睡时所发生的要事，然后坐下继续工作。

在捷尔任斯基的办公桌上，摆放着等待他审阅的信函、字条、报告和文件。每当他在作出决策之前，他会在办公室的一个角落来回踱步，认真思考。这种习惯还是他当年在蹲沙皇的监狱时养成的。他走动的神态也很特别：双手叉在腰间，两眼露出微光……

夜间，秘书依照他的指示，召集契卡有关的工作人员在他的办公室里开会。他们共同研究文件，讨论敌情，部署行动。对大家提出的问题，捷尔任斯基都尽可能作出详尽的回答，认真听取大家的意见，有时也会提出善意的建议和有益的补充，以及提出某些警告。他还善于用工作人员本身的行为作为例子，来说明某些策略的正确运用。

有时，讨论正酣时，电话铃声响了起来。这时，他会拿起话筒回应道："是的，是我。您好，弗拉基米尔·伊里奇……"那是列宁打来的电话，每逢这个时候，办公室里便会寂静一片，甚至连大家的呼吸声也能听到。捷尔任斯基与列宁通话时，他苍白的脸会现出红晕，这使在场的人都产生了这样的一种感觉：列宁不仅仅是在与他们的领导人通话，而且通过他，捷尔任斯基，和大家说话。

每当会议结束后，捷尔任斯基经常可以在他的办公台上找到几小块糖块，一些卷烟纸或一小包烟草，用纸包裹着的一块面包。那个时代，苏维埃国家处于被饥饿包围之中，捷尔任斯基与别的党和国家的领导人也过着一种半饥半饱的日子。给自己的领导送上两小块糖，这让送"礼"者感到惭愧，并且还要提防捷尔任斯基会因为这种"搞特殊"而发脾气。但是，这些穿着被烈日曝晒而褪了色的军便服的士兵，蹬着裂开了边的靴子的水兵和工人，还是把用于表达自己心意的"礼品"留在台面上。然而，捷尔任斯基并没有生气。他拆开纸包，只见里头整整齐齐地摆放着两小块砂糖，一丝苦笑浮现在他的脸上。

契卡人员背地里称他为"父亲"。"父亲现在正在开会。""父亲到克里姆林宫见列宁去了。"有时夜间，他会巡视工作人员的办公室。他身穿敞开着的军大衣，脚穿靴子，微微地咳嗽，走进一位年轻的侦查员的办公室。对方站起身来，捷尔任斯基让他坐下，随后自己也坐了下来。他飞快地扫视交谈者的脸，问道："有什么解决不了的困难吗？"

"没有，弗里克斯·埃德蒙多维奇。"侦查员回答道。"这可不是真话，你的妻子病了，家中的取暖用的木柴用完了，这些我都知道。"侦查员不作声。"你还让彼捷卡一个人在家里陪着他害病的母亲，对不？"捷尔任斯基继续说道，并从口袋里取出那只纸包，用快活的口吻说："这是砂糖，整整两块。真正的白砂糖，它对你的妻子有益，拿去吧。至于木柴，我们正想法子去弄。"

在整整两个小时的时间里，他就是以这样的方式，与一位位契卡工作人员见面。谁都不会被他漏掉：从部门领导、司机到政治委员和通讯员，谁都会从自己的领袖那儿听到对他们的关爱的话语，获得和蔼可亲的微笑以及快乐的问候。对于这种交往方式，契卡人员称之为"父亲在进行医生般的探访"。

我想，格尔曼的回忆已将捷尔任斯基的"瘦"和他手下人称他为"父亲"的原因讲清楚了。

捷尔任斯基走了，安静寂寞的陵园——纳沃捷维奇公墓悠悠地漫泻开来。一个稚气尚未完全褪去的年轻人的脸庞出现在我的眼前。那是苏联英雄舒拉的照片，它镶嵌在他的墓碑上。他的嘴角挂着一丝微笑，一半带着调皮，一半带着羞涩。仿佛是在以此回答姐姐卓娅对他的"管教"，又好像是在不好意思地回应妈妈对他的赞扬。在那场战争中，有多少俄罗斯少男像初绽的蓓蕾一般，被法西斯的魔爪掐断了，又有多少他们的未婚妻，在几十年之后只能偷偷地羡慕别人家中的孙儿。苏联人在卫国战争中所经受的苦难，是用"在血水里泡三次"之类的比喻所难以概括的。

这儿的每一座坟墓，都是一本"人应当如何度过自己的一生"的教科书。墓石是它的封面，内容随同它的作者一起带进泥土中。在这看似最为宁静、一切都停滞不动的地方，却最能在每一个参观者的头脑中，不停地变换着生命不同的面貌，促使他们认真思考。当你向一些墓石询问，什么是生命的坐标时，你可能会听到这样的回答：忠实的生活，正直的奋斗，爱那美好的事物，好像明光照耀，显在这世代中。

我从旅行袋里取出这些日子以来细心收集到的各种带着苏联和俄罗

斯印记的小玩意，将它们一一放进一只防水透明袋中。同行的人见状，有的在暗自窃笑。利娅娜则说我像个孩子一样。女儿说，只有一直带着童年的记忆，保持住那颗好奇心的人才永远不会老。

在这些小物品中，我特别看重苏联时期发行的各种纪念章。它们见证着那个时代的人们所建立的功勋和创举。小小的纪念徽章，涵盖着生活中的各个领域的内容。它们纪念着人物、事件、自然、城市……在这些徽章中，我看到了八十年代初，乘坐"联盟 T–7""联盟 T–5"和"礼炮 –7 号"宇宙飞船飞行的宇航员谢列布罗夫；见到了"索达·卢斯塔维里号"轮船下水首航的情景。卢斯塔维里是十二世纪的格鲁吉亚诗人，曾任塔玛拉女王的司库。作品有世界著名史诗之一的《虎皮武士》。他参与早期文艺复兴，提出人文主义思想，反对教会禁欲主义清规，提倡个性自由，歌颂高尚的爱情、友谊、爱国主义，颂扬属于"智慧领域"的诗歌。他还是近代格鲁吉亚标准语的奠基人。在另一枚纪念章中，镶雕着 1975 年建造的"北极号"原子能破冰船的模型，此外，还有纪念 1979 年苏联举办的首届国际书展的徽章……那个时代，人们是多么崇尚功勋和业绩，社会对社会主义劳动英雄充满着敬仰和感激之情。因为他们在创造人们的新生活中走在最前面。

当最后一枚纪念章咣当一声掉进袋子后，我蓦地记起在跨出国家历史博物馆时的那最后的向上一瞥。挂在天花板上的那面鲜红的镰刀与锤子的旗帜，在无声地对着我们诉说苏联存在的最后日子的故事。

从 1982 年到 1985 年，苏共中央总书记的职务先后由三个人担任。勃列日涅夫逝世后，起初，总书记由安德罗波夫继任，后来又由契尔年科接任。1985 年选举出新的党的总书记。那天是 1985 年的 3 月 11 日，即原总书记契尔年科逝世后的第二天，政治局根据中央委员会的建议，同意戈尔巴乔夫为总书记。

与以往的老年掌权者不同，戈尔巴乔夫相对年轻，显得精力充沛，思想活跃。上任之后，戈氏在讲话中不断提起"改革"、"公开化"、"新思维"和"民主化"，并且将这些理念逐步运用到实践之中，以致这些字眼都成为戈氏的代名词。

在戈尔巴乔夫上台的最初的日子里，他不得不面对国内的酗酒，以及为苏军从阿富汗撤出作决定等国内外问题。此外还有如何处理 1986 年 4 月切尔诺贝利发生的核泄漏事件，被禁止的文学作品发表，对待持不同政见者以及社会上成立独立政治团体等诸多棘手的问题。但是，后来，随着民族危机的日益紧张、政治权威被削弱以及严重的经济滑坡，苏共模式的垮台和苏联国家的解体已成为必然。

1991 年 8 月 18 日，部分高官软禁了戈尔巴乔夫，密谋发动政变以挽救苏联覆灭的命运。但由于计划不周，行动迟缓，一些军事部门拒绝执行命令，政变受到以叶利钦为首的民主支持者的抵抗，政变者无法控制局面，导致政变很快失败。12 月 8 日，俄罗斯、乌克兰和白俄罗斯总统同意解散联盟。1991 年 12 月 25 日，戈氏辞去总统职务……

虽然我无法再见到这座曾经以无产阶级革命精神为城市文化标志的红色古都的原貌，但共产党的失政和苏联的解体并没有使这座英雄城市失色。长久以来，莫斯科保卫战的不屈精神，一直成为城市的灵魂。特别是他们在两次的卫国战争中所表现出来的视死如归的大无畏英雄气概，更是深入人心。莫斯科受到她的子民的热爱，而城市也永远感激为她的存在、发展与繁荣作出杰出贡献的儿女们。许多人在故去之后，遗体都安葬于纳沃捷维奇公墓中。他们的陵墓供后人瞻仰、凭吊。

我在想，如果想用一个形象符号对莫斯科的城市精神加以最简约地概括的话，那么，莫斯科公国的城徽便最为恰当。一名骑马勇士，挥枪刺杀凶龙恶兽于马下——善终将战胜恶。

我爱圣彼得堡的建筑与雕塑，我爱巴黎的浪漫与典雅，我爱威尼斯的娇韵，但让我最为动心的是莫斯科人的不屈奋斗的精神！

再见，我心中的莫斯科！

二、你好，符拉迪沃斯托克

机舱里，乘务员开始回收乘客借用的毛毯。扬声器里传出飞机飞抵符拉迪沃斯托克（海参崴）上空的通告。我系好座位上的安全带，感觉到飞机的飞行高度在逐渐下降。当我把脸贴近舷窗，只见稀疏的几片白云覆盖下，蜿蜒的海湾和四周起伏的山冈正静静地躺卧在缥缈的雾气之中。海岸线的轮廓越来越清晰，甚至还能依稀辨认出舔着海滩的海潮泛起的白色泡沫。两艘雪白的大邮轮和几艘黝黑的水上炮艇整齐地停靠在港湾里。从飞机上鸟瞰下方，所见的一切都正统统欢快地向你奔来，这感觉真好！

飞机的轮子碰到了地面，产生一阵震动，便开始沿着混凝土跑道滑行起来。机场主控楼上方，"符拉迪沃斯托克"的牌子一闪而过，在绕了一个半圆之后，飞机终于停了下来。直到这时，我才真正地意识到，我们真的离开了莫斯科，是向这座美丽的远东城市问好的时候了。"早安，符拉迪沃斯托克！"我心里默默地说道。

刚迈步走出机场大厅，还未来得及步下台阶，眼尖的利娅娜一下子看到了前来接我们的两位司机，他们正站在不远处的露天停车场边，一边微笑向我们招手，一边朝我们大步走来。我们迎了上去，相互问好，略略寒暄几句之后便登上两辆轿车，朝市区进发。

为我所乘坐的这辆车开车的司机名叫热尼亚，一个二十多岁、性格开朗的小伙子。与我交谈时，脸上一直泛着微笑，一种带着青春朝气，憨厚且略带腼腆的微笑。他使我一下子想起苏联影片《青年时代》里的男主角。后来，当我们结束了在这座城市的逗留回国时，也是热尼亚开车送我们到机场的。

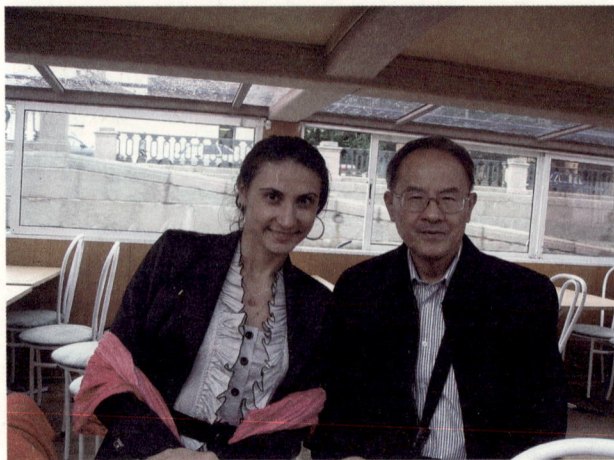

他与利娅娜一直把我们送到安检厅门口，脸上挂着微笑，目送我们离开，直到我在拐弯处回过头来，仍然见到他俩的笑脸。这最后一瞥所见到的微笑，包含着依依惜别和

美好祝愿的情意，它一直留在我的记忆中。至今想起，仿佛就像发生在昨天的事一般，耳畔又响起利娅娜那甜美的声音："欢迎你们下一回再来！"

过去的教科书这样告诉我们，俄罗斯人心地善良、热情好客，但在人际交往中却不苟言笑。据说，俄罗斯有句俗话："平白无故嬉笑，是傻笑。"他们认为，理由不明显的微笑，不但表达不了自己的善意，无法引起对方的共鸣，有时还会引起对方的反感。他们对此会从心里产生这样的疑问："干吗要微笑？"或"生活如此艰难，有什么东西值得你开心的？"

从俄国历史上看，说这个民族不苟言笑是有一定的事实根据的。俄国的大部分地区地处寒带。特别对于居住在俄罗斯北部的居民来说，漫长的冬天，寒冷的冬夜，限制了他们的户外活动和人际交往。长时间地待在房子里容易引起心情郁闷。记得有一回玛丽娜对我说："……圣彼得堡的确美丽，但那儿的冬季实在过长、过冷。你只得在大雪封门的日子里待在家中，与电视或书籍做伴，真叫人受不了。"

另外，历史上这个国家遭受到多次的外敌入侵。无情的浩劫使国家遭受到巨大的损失，使俄罗斯人在肉体与心灵上受到巨大的伤害。苦难成为俄罗斯文学创作中一个长期存在的题材。我读这些作品时，常常会不由自主地对造成这种苦难的根源加以思索，同时也会一次又一次地感受到俄罗斯人对战争的憎恨和对和平强烈向往的激情。

从普希金的《驿站长》、《石客》到涅克拉索夫的《严寒，通红的鼻子》；从陀思妥耶夫斯基《穷人》、《受侮辱和受损害者》的悲剧故事，到列夫·托尔斯泰的《复活》、阿·托尔斯泰的《苦难的历程》；从高尔基的自传体三部曲到索尔仁尼琴的作品无不满溢着痛苦的泪水。

地位卑微的十四等文官、驿站站长维林，因心爱的女儿被骠骑兵上尉明斯基拐走而经受不了精神上的打击，终日郁郁寡欢，借酒消愁，最后悲愤而终；善良的农民普罗克，因生活贫困，不得不在寒冬腊月奔波劳碌于荒凉的大草原之上，最后贫病交加，悲惨地死去，而他的妻子达妮娅在丈夫死后，为了不使孩子们挨饿，在冰天雪地中只身上林子里砍柴，最后冻死于荒野间。契诃夫笔下的凡卡、高尔基笔下的城市贫民以及苏联时期描写战争的小说中的人物，几乎全都与痛苦结伴而行。塔尔科夫斯基执导的影片《伊万的童年》中的小主人公伊万，在他短暂的一生中，痛苦成了他生命的主要内容。

我想，只有在一定的历史时期里，用"不苟言笑"作为对俄罗斯人的情绪特征加以概括才有一定的合理性，但在不断变化着的社会里，以及由于个体差异的存在，这种说法显然并不靠谱。这正如我们过去称美国人务实、认真、有创见；英国人古板、拘泥和守旧；德国人守时，办事力求准确；法国人生性浪漫；中国人勤劳俭朴；斯堪的纳维亚国家人矜持、沉着且节制；意大利人情感容易外露一样。

在俄罗斯的日子里，我从与我有过接触的俄罗斯人中，更多的感受是他们的微笑所产生的魅力。

记得初抵圣彼得堡的当天傍晚，在我们下榻的小旅馆里，当主人古利娅和尼娜问起我们对此次观光活动安排的意见时，我有点按捺不住内心的激动，抢先用俄语毫不掩饰地说出我们的意愿。她俩坐在我的对面，含笑地听着我讲，脸上的表情如同从教多年、经验丰富的女教师在倾听自己的学生回答课上的问题一样，充满着鼓励、期待和赞许。

我谈到我们大家对欣赏圣彼得堡的建筑艺术和风格的兴趣，谈到对两年前未曾见识过的有名景点和雕塑艺术作品的向往以及希望缅怀列宁格勒保卫战的悲壮史。我侃侃而谈，在座的人谁也没有插话，只觉得她们的脸上一直泛着笑容，眼神专注，安详和充满兴趣。末了她们问，我的俄语是从哪儿学来的。

五天后，当我们登上开往莫斯科的快速列车时，利娅娜有意无意地问到我们在圣彼得堡旅游的印象。我下意识地又将整个过程回忆了一遍，惊异地发现，那天我对她们所提的愿望，几乎无一例外地实现了，并且还为我们增加了不少其他令我们感兴趣的观光内容。直到今天，在提笔写这些往事时，心中仍然充满无限的感激。

听了大家七嘴八舌地感谢主人为我们安排的丰富多彩的活动和盛赞所获得的丰硕收获时，利娅娜的双眼闪烁着喜悦的光芒，脸上浮现迷人的微笑。这微笑，就是主人为我们作出的努力获得积极回报的一种心理反应。而她们所作出的努力，还包括她们对祖先创立和留下的历史文化的崇高敬意。先辈生活中一切英勇豪迈的业绩令她们感到骄傲，并有着急于向别人推介的热切愿望。在今年八月份莫斯科卢日尼基体育场举行的第十四届世界田径锦标赛开幕式的文娱节目中，这种豪情再次得到了释放！

我们下了车，走进旅馆的前厅，服务员笑容满面地迎上前来，说："我们已等你们好几天了，一直担心天气会转坏，影响到你们在这里的休息。"

十几个小时以前，莫斯科微笑地与我们道声"再见"，而今，符拉迪沃斯托克（海参崴）又用一样的微笑，迎接从远方来的客人。

三、想起斯拉夫语言、文化节

一踏上符拉迪沃斯托克（海参崴）这片土地，便会自然而然地想起腐败无能的祖先守土失责的那段历史。1860 年 11 月 14 日，清政府与俄国签订了《俄中北京条约》，将包括海参崴（即现今的符拉迪沃斯托克）在内的乌苏里江以东地域，拱手割让给沙皇俄国。

这是一片多么美丽的地方，城市三面临海，海港终年不冻，地理位置得天独厚。虽然面积只有七百平方公里，但海岸线长达一百多公里。海港在这座城市中被称为它的"心脏"，共有十六个码头，全长四千一百九十米，海洋资源特别丰富。站在这片土地上，心中想到的是一个国家的文明与富强对民族的生存和发展是何等的重要，与邻国的友好、和平相处又是多么的必要。当然，失去的故土为我们提供的警示还远远不止这些。

我们最先参观的景点是基里尔和梅福季兄弟纪念碑。这座雕像位于濒临海湾的一座高岗上。登高望远，到处是一片温柔的蔚蓝色。阳光给纪念碑后面稍远处的教堂圆顶涂上了一层金色。沿海湾一带，一个挨一个地停靠着一排排船只，这景象似乎在告诉人们，这是一座以渔业和机

器制造业为主导的海港城市。

我们走近纪念碑，它的造型是身穿教士袍的兄弟俩，他们胸前佩戴着十字架一起站立着，簇拥着一个一人多高的十字架。基里尔的双手捧着一本在他胸前展开的大书，书页上刻着六个俄文字母；梅福季的右手紧握着头顶上的十字架，左手搁在书页上。这长得十分相像的两张脸，面容瘦削但不憔悴，深陷的双眼目光祥慧。这样的造型和形象，使人看到了这兄弟俩身上那矢志不渝的信念，这信念显然是来自十字架所给予的盼望和力量。

基里尔（约 827—869）和梅福季（约 815—885）兄弟是斯拉夫启蒙思想家。曾受罗斯季斯拉夫公的邀请，从拜占庭来到大摩拉维亚国，建立不受日耳曼主教团管辖的斯拉夫教会。在九世纪中期，兄弟俩根据实际需要，在希腊字母的基础上创造了一套基里尔字母，作为用于记录和表达的斯拉夫人的语言。后来，这套字母便成为"俄语字母表"的基础。有了自己的语言文字，罗斯人自己编写和创作的历史、宗教、文学作品也大量涌现出来。

早在一千多年以前，在古代罗斯就开始庆祝斯拉夫语言节和斯拉夫文化节。这种庆祝活动，起初由教会组织。每年的俄历 5 月 11 日，即公历 5 月 24 日，东正教教会将这日子定为基里尔和梅福季纪念日加以庆祝。这一文化传统的纪念活动，一直继续到 1917 年布尔什维克取得政权为止。六十九年后，即 1986 年，纪念斯拉夫语言节的活动才又重新得到了恢复。

活动从教堂举行的祈祷仪式开始，以高举十字架带领的游行为先导，然后举办公众音乐会和科学讨论会。与会者有诗人、作家和学者。在这一天，无线电台和电视台播放着俄罗斯宗教音乐和俄罗斯民歌，电视台还会转播庆祝活动的盛况。

举行斯拉夫语言节和文化节庆祝活动的城市在俄罗斯有许多，但主办城市则轮流变换。1986年摩尔曼斯克承办恢复后的首次庆祝活动。1991年的主办城市是斯摩棱斯克；1992年是首都莫斯科。当天，在莫斯科市中心举行了基里尔和梅福季纪念碑的揭幕仪式。这座新的纪念碑的设计和造型，与我们在符拉迪沃斯托克（海参崴）所见到的基本相同。它的作者是俄罗斯雕塑家佳切斯拉夫·克雷科夫。

斯拉夫人纪念基里尔兄弟，是因为他们作出的贡献关系到整个民族的生存、发展与繁荣。民族是人们在形成共同地域、经济联系、标准语、某种文化和性格特点的过程中逐渐形成的历史共同体。标准语是这一群体中保存与传递信息的主要社会工具，并且支配着人们的行为。文化包括物质文化和精神文化，基础是物质生产的发展。文化也可以被狭义地理解为精神生活。人需要抒发情绪、陶冶性情，通过精神的修养和升华，获得内心持久的喜悦和宁静。语言和文化在民族生活中的这种举足轻重的作用，促使人们努力捍卫自己语言的纯洁性。

当今的俄语，正不断面临着外来语的冲击。广告、电视节目和书籍中会不时出现谐音的自我创造的不伦不类的"新词"。这些词缺乏民族文化的积淀，只是一些轻浮易碎的外壳。既缺乏可以引起联想的因素，也没有能引起美感

的东西。为此，政府和民间做了大量保护俄语纯洁性的工作。每年"现代俄语之父"普希金生日期间，各地都会举办纪念活动。其中，朗诵普希金的诗作是多年以来的传统保留节目。听到这一首首如同音乐一般动听的诗歌，有谁能无视和容忍种种有损俄语纯洁性的行为呢？

斯拉夫民族每年举行的斯拉夫语言节，不但使全社会怀念和记住了本民族语言文化的根，而且也提醒每一个人，要像保护自己的眼睛一样，维护语言文字。语言文字是民族文化存在的基础，是一条条永葆其文明持续发展的永不干涸和崩塌的渠道。对语言的爱护，正是民族自我意识增长的标志。俄语对于斯拉夫民族如此，汉语之于中华民族何尝不是这样？

四、在符市书店里

轿车缓慢地开上斜坡，在离一座人行天桥不远的路边停了下来。司机热尼亚下车为我们开了车门，指着前面五六米远的一幢房子说："那儿便是书店。"

八月的符市天空，阳光显得殷切可爱，既暖和又不过热。视线所到之处，多是一片温柔的蔚蓝色：天空、海洋还有城市里的一些建筑设施外表上的装饰。

利娅娜今天一身学生装打扮，淡黄色的衬衣配上带肩吊带的流线型浅色格子"工人"裤，浅棕色的女式遮阳帽上两根白色飘带随风起舞，一看便朝气十足。她兴致很高，话也多了起来。我想，符市是她的家，昨晚又见到了亲人，吃着可口的饭菜，睡着自己熟悉的床铺，享受着双亲的种种关爱，无论是谁都会有这种兴奋、心满意足的感觉。

"那架飞机你侄儿中意吗？"我问她。"飞机尚未交付呢。""怎么了，没见到他吗？""兄嫂一家要到周末才回我们家。"我说的飞机是指利娅娜在香港买的一架遥控玩具飞机。这架飞机随着她走南闯北，从香港"飞"到北京，再从北京"飞"往圣彼得堡，后转莫斯科，最后横跨俄罗斯领空抵达符拉迪沃斯托克（海参崴）。我想着，笑了起来，感受到她对侄儿的一片爱心。

　　进门后，迎接我们的是年轻的女服务员那双充满笑意、灵眸流盼的大眼睛。姑娘朝我们点头示意，算是说了"欢迎光临"的职业用语了。书店分左右两室，左边出售社科类图书，右边则全部陈列着学生用的教科书。我们在左边转了一圈之后便来到右室。

　　早在赴俄前，心中就盘算着买几本俄语课本，培养外孙学习俄语的兴趣。儿童学语言，特别是听说技能，往往比成年人更有优势。利娅娜将我引领到非俄罗斯本族儿童使用的教科书书柜前，不一会儿，便从中抽出一本由亚历山大·库切列斯基编写的入门读本。她匆匆浏览了一遍后，将书递给我，说："你看一看，这本行吗？"我看了看书尾部分的目录，了解到此书共有课文二十五篇。前十五篇的教学内容集中在字母教学与童话故事的讲读上。讲读的目的在于调动儿童对语言的学习兴趣，以及在无意注意活动中，加深对多重现的字母的感知。

　　我翻到第十一课的童话故事《阿寥奴什卡和伊万奴什卡》，只觉得这篇以少年儿童为主人公的故事，语言简练，情节跌宕起伏，可读性强。故事通过一对孤儿姐弟在谋生的旅途中的不幸遭遇，揭示了患难相助手足情的可贵以及善终胜恶的真理。

　　读完这篇童话故事，我余兴未尽地又读了另一篇。故事只有一百字：一对老夫妻，家中养着一只杂色母鸡。一天，母鸡产下一只金蛋，老两口一看，不禁喜出望外，他俩想方设法要把金色的蛋壳剥下来，但不论用什么方法，始终无法达到目的。后来有一只小耗子跳上饭桌，它的尾巴无意间将金蛋拂下桌子。金蛋掉到地上，摔得粉碎，就连金蛋壳也不见踪影。老两口见状，伤心得直掉眼泪。母鸡安慰道："别哭，别

哭，我再给你们下一只蛋，不过它不是金蛋，而是一只普普通通的鸡蛋。"

掩上读本，我在想，这确实是一篇让孩子们从小认识生命与物质价值之间关系的好故事，只有普通的鸡蛋，里面才孕育着新生命。我将书放到一边，决定将它买下来。这一篇篇的童话故事虽然在写作风格上有点格式化，但每一篇都包含着一个做人、做好人的道理。儿童、动植物，甚至没有生命的物体在里面唱主角，也很符合幼儿的生理上的泛灵现象，很容易为他们所感知和理解，使他们获得不仅仅是人类社会，而且包括自然界在内的共同的道德启示，为他们的健康成长奠定了坚实的基础。在许多故事中，儿童说出来的话，往往就是良心的话语，这对于成年人也是一种警示和启发。在《皇帝的新衣》中，围观的人群里，有个孩子嚷道："爸爸，皇帝并没有穿什么衣服呀！"倒是做父亲的不好意思地说："上帝啊，你听这个天真的声音！"

在另一篇童话故事《老橡树》中，写了一棵林中的橡树，在夏日里，用自己繁茂的枝叶挡住强烈的阳光，为周围的动植物营造一处凉爽、可安歇之处。随风摇曳的枝条，成为小鸟、松鼠玩耍的秋千；冬日里，用自己粗厚的外衣，抵御暴风雪的袭击，护卫着许多孱弱的小昆虫。它的根底部的洞穴，是像獾子、刺猬之类的小动物过冬藏身的好地方。老橡树，像一位身披银色铠甲、身经百战的老将军，又像一位心地善良的老爷爷，他那爱心之门，永远敞开；私心之窗，绝不开启。谁都可以在它那里获得庇护和喜乐。这不正是通过自然现象，向孩子们表述"天下为公"、"天下大同"思想的故事吗？

利娅娜手里拿着两本绿色封面的硬皮书朝我走了过来。她面有喜色地将书递给我，用近乎肯定的语气对我说："这两本，我想，你准会喜欢。"待我接过手来一看，原来是两本儿童诗选，我想，俄罗斯有爱读诗的优良传统。书装帧得很精美大方，图文并茂，便于阅读和保存。照例翻看目录，马上有许多熟悉的诗人的名字进入视线：普希金、茹科夫斯基、勃洛克、勃留索夫、尼基京、米纳耶夫、费特、普列谢耶夫、迈科夫、弗多洛夫、巴尔特蒙、叶赛宁和马尔夏克等。

随手翻读了茹科夫斯基的《小鸟》：

小鸟飞，小鸟玩。
小鸟把歌唱，
小鸟飞走了。

你去哪儿啦，小鸟，
你这鸣声婉转的歌手？
在远方，你动手搭窝巢，
在巢里，你再把歌儿唱。

诗人将孩子们心中对小伙伴的思念真实地表现出来。在尼基京所写的《迎接冬天》中，诗人将气候与民族性格联系起来，从严酷的冬季里发现它的美与功能：

你好冬天！
欢迎你到我们这儿作客。
在森林和草原中，
唱起你的北风之歌。

我们这儿地域宽广，
主随客便，请随意走走。

无论你带来的寒冷如何凛冽，
我们都等闲视之。
因为我们的血管中，
有俄罗斯的血液在沸腾。

除了与大自然有联系的诗，还可读到与孩子们所喜爱的游戏以及与儿童心理特性有关的诗。诗人米纳耶夫通过一个男孩玩骑木马的游戏，将他心中向往的侠义骑士的形象生动地表现出来：

挽盾牌、握梭镖，
马刀腰间挂，
我这骑士多威风。
"让路，让路，请留神！"
摇起木马，快如飞。

穿森林，爬山岗，
越过河流与海洋，
我这勇士的模样够吓人，
专为孤独抱不平，
像堂吉诃德一样护弱者，
他的良善我喜爱，
如今我也与他一个样。
……

我将这两本书与原先那本课本一起放到一旁，突然意识到，这类读物的编选内容不正好体现着教育哲学中的永恒主义吗？在永恒主义者看来，宇宙并不是简单在时空中偶然结合起来的纷纭事件，而是一个显示有秩序和有计划的意义结构。人性不变，也就是说，基本上始终一样。美好的生活，即最适合人的生活，应当遵守道德原则，以及应受的教育也是这样。这种哲学精神用于教育儿童上，目的只有一个，即"提高作为人的人"。而人性最普通的特点，最清楚地表现在文学和历史上。

这有一类诗，提醒大人爱护和发现儿童与生俱来的探索精神。在一首叫《小纠缠》的短诗中，诗人通过小儿子与母亲的对话，将这种日常生活里常见的现象表达出来：

> "为什么妈妈的脸颊上有小坑？
> 为什么猫儿把脚当手用？
> 为什么巧克力不长在卧床边？
> 为什么酸奶里有奶奶的头发？
> 为什么小鸟不戴手套？
> 为什么青蛙睡觉不枕枕头？……"
> "只因为我的小儿子，他的嘴巴没上锁。"

听到我"扑哧"一声，女儿转过脸来，一脸惊奇。

后来，我自个儿又挑了近期出版的几本新书，这些书都体现着可接受性、兴趣性、互动交际性、多重性，以及增进思考，学会学习等属于进步主义的教学原则精神，有现代感。

我捧着这挑选来的十来本书，心满意足地朝柜台走去。

五、壮哉，英雄潜艇，英雄的心

前一晚睡得早，第二天睁开眼时天色还很早，四周静悄悄，几乎听不到一点声音，整座旅馆，甚至整个城市，全都沉浸在睡梦之中。这种夜的宁静滋味，我已经很久不曾尝到了，如今想起，特别让人怀念。想起参观"英雄潜艇"，心情一下子兴奋起来，因为这唤醒了我对那位天才的法国探险小说作家儒勒·凡尔纳和他的作品《格兰特船长的儿女》、《海底两万里》的记忆。作家在他的书中，将潜艇描绘为一种呈雪茄状的流线型船只，不知有多少读者在他的引领下，走进书本世界中，去遨

游深广无边、神秘莫测的海底世界。

在卫国战争中，击沉敌舰十艘，荣获红旗勋章的 C-53 号潜艇就陈列在海湾边的一处山冈上，它是符拉迪沃斯托克人的骄傲。在它底下的海岸路是每年胜利日阅兵的场所。

我们拾级而上，来到这处功勋纪念场。立于中心位置上的潜艇长约百米，船体外表为粉白和碧绿两种颜色，呈长条雪茄状。在它左侧十几米的地方，有一座约三米高的人物纪念雕像。圆柱形的基座用红色灰岗岩雕琢而成。苏联英雄 C-53 号潜艇艇长库兹涅佐夫的胸像立于碑座上方。艇长身着军礼服，胸前佩戴着苏联英雄金星奖章和别的许多军功章，双唇紧闭、面容刚毅、神情严肃，一副精于思考、临危不惧的军人气概。在他身后是一面用栽种着的白、蓝、红三种颜色的花卉构成的俄罗斯国旗的图案，衬托出英雄保卫祖国的决心和祖国母亲对自己儿子的支持和赞赏。这座充满思想情感，造型与观念互相融合的纪念碑使我沉思良久，感慨万千……

离开了纪念碑，我们来到了场地中央，那儿有一面依傍山冈修建的纪念墙，上面镌刻着建立战功的军人名字和形象逼真的人物深浮雕，展示着军民一致抗击侵略者的场面。大家小声谈论着，想象和推测着

画面背后的故事。

外围参观完毕后，我们进入艇舱。最先见到的是一幅卫国战争时期最有名的宣传画——《祖国在召唤》，是格鲁吉亚人民美术家伊·莫·扎伊泽在战争爆发初期创作出来的作品，画面上，形象凛然而不可侵犯的母亲一手拿着一份展开的号召书，一手高高举起，神情严肃地号召着她的儿女们起来保卫自己的祖国："河川是我的血管，树根是我的神经，大风是我的翅膀，他们是我的孩子，如今我的血管断裂，我的神经受损，生命遭受威胁，我的孩子们，你们怎么办？"C–53 号潜艇的全体将士以自己的行动回答了祖国母亲的召唤。

我们沿着艇舱中狭窄的通道往前走，舱与舱之间只留着一个直径约一米的圆洞作通道。遇到危急时，比如说，某一艇舱的艇壁被深水炸弹爆炸的威力损坏，艇舱进水又无法堵塞裂口时，战士们便从圆洞通道撤进别的艇舱，其后将这圆洞堵住，防止海水进入。在紧急进出这一圆形通道时，战士们双手握住顶梁，一个鲤鱼打挺便可以迅速通过。由于潜艇狭窄低矮，因此当年招收艇员时，身高限于 1.65 米以下。在这样的环境中生活和战斗，是多么需要战士们有崇高的精神境界、稳定的心理状态和强壮的体魄啊！

我们来到潜望镜旁边，我不由自主地将眼睛凑近镜孔，却什么也没有看见，眼前是一片模糊。本来我想，这下子可以看到水天相连的海洋，说不定还能"发现"航行在海面上的"目标"。过了一会，我才醒

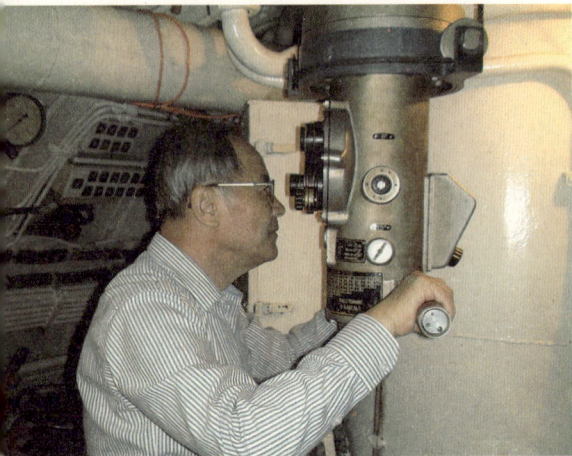

悟过来，这艘潜艇不是已停立在陆上多年了嘛，况且未经开启的潜望装置又能见到什么，甚至就连蓝天白云也见不着。想到这里，我不禁为自己深深投入的参观心理和浅薄无知而轻轻地笑出声来。

潜艇里战士们的卧铺靠着艇壁安置，同样十分狭窄，他们睡的是硬板，与我们在"阿芙乐尔"号巡洋舰艇舱中见到的吊床不同。这或许是由于前者空间有限，且常出没于海底，而海底相对比较平静的缘故吧。

最后我们参观了潜艇中的鱼雷发射管。鱼雷，如同海里的鲨鱼的利齿一样，是潜艇最有效的进攻武器，如今，它又增添了一种更加令人望而生畏的进攻手段——导弹，这种武器不但能对水面船只，还能对陆地目标进行远距离的攻击。就是在这里，战士们按照他们艇长的命令，将一枚枚导弹发射出去，给敌人以重创。我想起卫国战争中的另一位苏联英雄，被希特勒称作"头号敌手"的海军大尉，C-120号潜艇艇长马里宁斯科。他在苏联国家安全局对他进行调查，欲以其家庭背景为由置他于死地时，仍然不顾个人的荣辱安危，奉命出征，在双方兵力对比极为悬殊、潜艇被敌方深水炸弹击伤的危急关头，机智地与敌周旋，利用浓雾和发射假信号、改变航线等手段绕至敌舰另一侧，并浮出水面实施突袭，打得敌人措手不及，取得将排水量达二万五千吨的敌舰击沉、歼敌近两千人的辉煌战果。像马里宁斯科这样，因莫须有的罪名而遭"自己人"的怀疑、监视，甚至失去自由，遭到虐待和迫害的苏联军人，仍然含冤为祖国效忠，努力保卫祖国的人在当时并非少数。他们的精神和行为，构成了真正俄罗斯人的性格内涵。我想着这些故事，走出了"英雄潜艇"。

六、在游艇上

到符市的第四天我们起了个大早，匆匆吃过早点，便在利娅娜的带领下乘车前往码头，在那里，我们将乘游艇到海湾外的海面上钓鱼。在海上垂钓，对于我们来说还是生平第一次。

我们抵达码头时是早上八点多。下了车，只见高高的蔚蓝色的天空抹上片片轻柔的金色阳光。海湾里湛蓝色的海水几乎凝住不动，显得宁静和安详。岸上耸立着依傍山冈而建好的住宅群，一排高过一排，从侧面望去，屋顶参差如锯齿，颇为奇特。

不远处有一块空地，那儿修建着一个儿童游乐场，里面的一些设施都建成船只结构的模样，供孩子们攀登玩耍的驾驶台、瞭望台、桅杆、船舵一应俱全，就连"船舷"外侧也挂着一只只红蓝颜色的救生圈，只不过它们都是用水泥浇铸而成的。有几个孩子在大人的引领下，在空地上专心练习滑旱冰。游乐场的左边修有一间地下夜总会兼酒吧。它的外墙上蒙着一大幅黑色广告布，上面用白色绘画着大小号、大提琴、鼓等乐器。幕的中央则画着一个包着血红色头巾、右眼窝蒙着眼罩的海盗骷髅头像。用海盗来作为夜总会的名字，我想，老板所看重的是他们面对恶劣多变的海洋环境所表现出来的勇敢无畏的男子汉豪迈气概。记得 1975 年美国向火星

发射的两个自动轨道着陆装置，就分别取名为"海盗-1"号和"海盗-2"号。

我登上岸边的一处高岗，居高临下，大半个海湾的景色尽收眼底。码头边，整齐地停靠着一溜各式大小游艇，足足有三四十艘之多，气派壮观、漂亮新潮。海面上，不时有离岸的游艇正风驰电掣般地朝港外开去。这是符拉迪沃斯托克人休闲的一种方式，海洋被看作是他们居住地的不同质的延伸，在海风吹、海浪摇中与大海建立起亲密的关系。

利娅娜在下面招呼我们登船。没等我们走到船边，只见从游艇里走出三位身材魁梧的男人，迎着我们热情地打起招呼，他们被太阳晒成古铜色的脸上笑意盈盈。我们背地里将留平头的称为"水手"；穿着厨师制服的那一位当然被我们尊称为"大厨"；而把满头银发、满脸皱纹、蓄着八字胡的老者称作"船长"。

在这里，"水手"解开拴在岸上的缆绳，以自己的手肘为轴，把绳子绕成一圈，然后将它放回到船尾的甲板上。与此同时，听到游艇里的发动机发出突突的响声，游艇颤动了一下，慢慢驶离码头，在它的身后留下一条翻滚着白色泡沫的碎浪。

我们顺着舱里的梯子，爬上船顶的甲板，驾驶台就设在上面。"船长"正聚精会神地操纵着驾驶装置，我们站在他的身后，一边观赏着四周的海景，一边听"水手"连说带比画地给我们介绍周边的情况。

在我们左侧，树木郁郁葱葱的海岸上驻守着俄罗斯远东边防部队，有不少修筑于卫国战争和中苏珍宝岛事件发生时的明碉暗堡分布在那一带。作为军事禁区，那里严禁游艇靠近，更不用说行人了。阳光灿烂，海风习习，蔚蓝色的大海和远

处白色的孤帆构成了一幅精美的图画。我们在上面待了颇长的一段时间，才又重新返回船舱中。这里的阳光，虽然不像在南方那样，容易使裸露在衣服外面的皮肤感到灼热，但由于紫外线强烈，同样容易灼伤皮肤，当我们在第二天才有了这种感觉时，为时已晚。

经过船舱的小厨房时，我们见到"大厨"正在里面清洗盘碟，为做午餐做准备。没过多久，发动机熄了火，利娅娜告诉我们到了垂钓的地方。大家来到船尾甲板上，接过"水手"分给每个人的钓竿后便忙着在钓钩上挂上鱼饵。我学着"水手"奋力挥动起手中的钓竿，将钓线抛向尽量远的海面上，忙完了自己手头的活，"大厨"也加入了垂钓的行列。大家各执钓竿，两眼注视着浮子，握着钓竿的手捕捉着水下随时可能传来的动感，就连耳朵也在聚精会神地谛听水底王国的鱼儿的窃窃私语，总之一句话，每个人的全部身心都集中在钓竿上面，心中暗暗祈求着鱼儿快快上钩。

渐渐地，失去耐心的我开始将目光移向远处的海岸。那儿有度假者临时搭起的帐篷，周围有人影出没。离岸不远处有艘小木船，里面坐着几个专心垂钓者。

也不知道过了多长时间，忽然感到背后有了动静，转头一看，只见"水手"急速地转动着钓竿上的滑轮，眨眼工夫，一条咬钩的鱼便拍打着肥大的身躯浮出水面，白色的鱼腹在阳光下闪光。四周欢呼声骤起，大家无不朝"水手"投去钦佩和羡慕的目光。

"船长"闻声从船舱里走了出来，帮着"水手"将鱼从钓钩上取了下来，接着又给钓钩重新挂上鱼饵，动作十分麻利。抑制不住内心喜悦的"水手"满脸得意地跺起脚来，不时用眼角瞟仍然握着鱼竿、一声不吭的"大厨"。那眼色那举动，仿佛是在向对方炫耀自己的本事。但是，这种气氛并没维持多久，

便被"大厨"的战果所打破,他钓上来的鱼不是一条,而是一双!看来,得意的一方已从"水手"偏向"大厨"了,但后者并未像前者那样容易喜形于色。

让我们意料不到的是,临近中午时分,二十多条扁头、大肚的多宝鱼已将铁桶填满。"大厨"将钓竿交给小石,自己提着盛满战果的铁桶,朝厨房走去,那儿才是他的"主战场"。

没过多久,从船舱里便飘来了阵阵惹人食欲的煎鱼香。大家这才放下手中的渔具,进舱围坐到餐桌边。桌上盖着滚花边的台布,上面蒙着一层透明的塑料布,刚烹调上桌的各式海鲜的香味让我们的舌头禁不住啧啧地发出声来。除了海鲜外,面包夹鱼子酱也十分受欢迎,我最爱吃的还是那外表浅褐色,坚而不硬,越细咀慢嚼香味越浓的黑面包片。至于鱼子酱,萨哈林岛牌的腥味过重,而堪察加牌的不但腥味淡,且带一股清香。

吃完饭,照例清理餐桌上的残羹剩菜。当我将它们收集进一只塑料袋里,并准备把它们抛向海里时,利娅娜及时制止了我,我明白了她的意思。难怪这些海面,不论是在码头岸边,还是在海湾,都很难见到有什么漂浮物。2012 年,我国的吉林化工厂所发生的事故造成的生态后果危及中俄两国当地的居民,哈巴罗夫斯克(伯力)边疆区与黑龙江省政府起草了详尽的环保领域合作协定,其中包括对空气质量的联合监控,保护跨境水系生态系统,保护和研究区域特有的动植物物种等内容。

睡完午觉,当天的海上最后一项活动便正式开始。换上泳衣后,我们便接二连三地从船上下到海里,为了驱除初时的冷感,每个人都不停地奋力划水,使身体尽快发热。这儿的海水格外清澈,远远胜过海南岛的一些泳场,也没有南澳岛浴场那般混浊。在我看来,似乎海水的含盐量比较多，因为我深切地感到它那强劲的浮力，游了一会儿自由泳后，我将身体翻转过来，改用仰泳浮游，用双臂轮流划水，又将眼睛闭上，那感觉真是舒服！我们的"船长"、"大厨"、"水手"和利娅娜在水中不断地变换着各种泳姿和踩水动作，显示着过人的泳技，他们还不时地开起玩笑，向对方施以一些引起惊吓的小伎俩。尖叫声、欢笑声、溅水声此起彼落，那场面和气氛热闹极了！

第二天，我们吃早饭时听利娅娜说，她从昨晚的广播电视新闻上得知，在另一处地方发生了鲨鱼袭人的恶性事件。有一位游泳者的胳膊被鲨鱼吞食。值得庆幸的是受害者的生命仍得到保存。这使我们不禁暗暗倒吸了一口寒气，并为昨天的平安无事而庆幸……

时间过得真快，四天的工夫转眼便过去了。在从码头返回旅馆的途中，我见到了西伯利亚大铁路起点的火车站，心中想起五十年前我念高二时，与同班几位男生一起，照着地图上的这条铁路线挑选沿途与苏联学生建立通信联系城市的往事。想不到，在半个世纪后的今天，当年在地图上见到的小红点，转变成为眼前的这个符号指代的实物。我在想，不论当初沙皇俄国修建这条大铁路的动机何在，在二十一世纪的今天，当中俄两国成为好邻居、好伙伴时，两国的人民都会希望这条与中国铁路网接轨的大动脉成为传递两国人民真挚友谊的渠道，并且世世代代，畅通无阻。

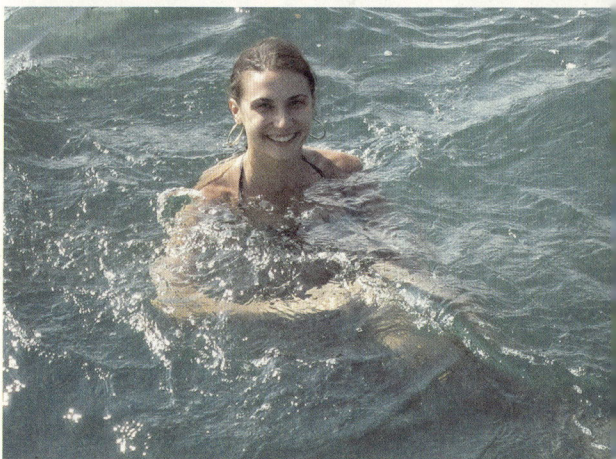

相关人物介绍

1. 弗拉基米尔·伊里奇·列宁 （1870—1924），原姓乌里扬诺夫，生于辛比尔斯克（今乌里扬诺夫斯克），逝世于莫斯科附近的高尔克村。

列宁是无产阶级革命导师马克思主义理论家，俄国共产党和苏维埃社会主义共和国联盟的主要创建人。他发展了无产阶级在资产阶级民主革命中的领导权思想，创设了资本主义革命转变为社会主义的革命理论，发展了马克思主义的哲学学说以及政治经济学和社会主义革命的理论，制定了与不同社会制度的国家和平共处的原则。经他的倡议建立了共产国际（1919），制订了建设社会主义的计划（国家工业化、农业合作化和文化革命），提议制定国家电气化计划和提出新经济政策的原则。

2. 尼古拉二世 （1868—1918），俄国末代沙皇（1894—1917），亚历山大三世之子。在位期间，俄国在 1904—1905 年日俄战争中遭到失败。1907 年俄国加入协约国，1905 年革命后被迫同意成立国家杜马，推行斯托雷平的土地法。在尼古拉二世的统治下，俄国在第一次世界大战中处于崩溃边缘。1917 年，二月革命推翻了尼古拉二世的统治。1917 年，根据乌拉尔斯克州苏维埃的决定，居古拉二世在叶卡捷琳娜堡被枪决。

3. 约瑟夫·维萨里奥诺维奇·斯大林 （1879—1953），原姓朱加什维利，苏联共产党和苏维埃社会主义共和国联盟领导人，国际共产主义运动活动家。马列主义理论家和宣传家，社会主义劳动英雄（1939）、苏联英雄（1945）、苏联大元帅（1945），1905 年革命参加者。1912—1913 年为中央委员，十月革命领导人之一。1917 年 10 月起任民族事务人民委员、国家监察人民委员、工农检查人民委员。1922 年起任联共（布）中央总书记。1941 年起任苏联人民委员会（部长会议）主席和国防委员会主席、武装部队最高统帅，是反希特勒同盟的组织者之一。对苏联建成社会主义，组织苏联人民在伟大卫国战争中夺取胜利方面都起了显著的作用。与此同时，他在理论和政策上都犯有错误，粗暴违反社会主义法则，背离党和国家生活中的列宁主义准则。苏共批判了对于斯大林的个人迷信，认为它是与马列主义格格不入的现象。

4. **库兹马·米宁**（？—1616），俄国人民民族解放斗争的组织者和第二民军领导人之一，人民英雄，原是下诺夫哥罗德的肉商。1611 年 9 月为地方司法税务官，在保卫莫斯科的战斗中英勇非凡。1612—1612 年为缙绅政府的成员，1613 年成为杜马贵族。

5. **德米特里·波扎尔斯基**（1578—1642），公爵大贵族（1613），俄国统帅、民族英雄。1611 年第一民军的参加者、第二民军领导人和指挥官之一，临时缙绅政府的领导人之一。1613—1618 年领导反对波兰干涉者的军事行动。主管过几个衙门。

6. **叶卡捷琳娜二世**（1729—1796），俄国女皇（1762 年起）。原为德国公主索菲娅·弗烈杰里卡·奥古斯塔。借近卫军之力，推翻彼得三世而上台。她规定贵族各阶层的特权，在位时大力巩固俄罗斯专制国家，加强对农民的压迫，从而引发了 E.普加乔夫领导的农民战争（1773—1775）。吞并的领土有里海沿岸北部地区、克里米亚、北高加索、西乌克兰、白俄罗斯、立陶宛的土地。这个时期，出现了一批卓越的政治活动家和军事活动家，如苏沃洛夫、乌沙科夫、鲁缅采夫、波将金等。十八世纪九十年代，叶卡捷琳娜二世限制自由思想，参与反对法国革命的斗争。

7. **尤里·加加林**（1934—1968），苏联飞行员和宇航员、上校、苏联英雄（1961）。1960 年加入苏联共产党，毕业于茹科夫斯基工程学院。1961 年 4 月 12 日驾驶"东方号"宇宙飞船完成人类历史上首次航天飞行。参加宇宙飞行员机组教学和训练工作，国际星际航空学会名誉会员。1962—1968 年苏联最高苏维埃代表。试飞时失事遇难，月球背面有一环形山以加加林的名字命名。

8. 伊凡四世（1530—1584），莫斯科和全俄罗斯大公，俄国第一个沙皇（1547 年起），号称"雷帝"，瓦西里三世之子。16 世纪 40 年代末起，由重臣会议辅佐治国。在位期间，开始召开缙绅会议，编纂 1550 年法典，实行管理改革和司法改革。先后征服喀山汗国（1552）和阿斯特拉罕汗国（1556）。1565 年，为巩固独裁统治实行沙皇特辖制，为夺取波罗的海的出海口发动了立窝尼亚战争（1558），在位期间同英国建立贸易联系（1553），在莫斯科创办第一个印刷所，开始并吞西伯利亚（1581）。伊凡四世的对内政策给农民带来的是大规模的镇压和日益加紧的奴役。

9. 彼得一世（1672—1725），人称"彼得大帝"。沙皇阿列克谢·米哈伊洛维奇的幼子，俄国沙皇，1682 年即位，1689 年实行新政，俄国第一个皇帝（1721 年起）。俄国政治、军事和文化活动家，实行了一系列重大的国家管理制度改革，设立参政院，成立主管各部门的"院"以代替原来的衙门，以及国家高级监察和侦察机构，规定教会隶属国家管辖。将全国划分为省，建设新的首都圣彼得堡。改变了俄国落后于西欧先进国家的状况，在工商业中实行重商政策（开办手工工场、冶金工厂、采矿工厂、造船厂、建立码头、开凿运河）。在 1695—1696 年亚速远征、1700—1721 年北方战争等战争中统率军队。在攻取纳特堡战役（1702）、列斯纳亚战役（1708）和波尔塔瓦战役（1707）中指挥军队作战。他建立了海军和正规陆军。作为推崇专制制度的思想家，他巩固了贵族的经济和政治地位。根据彼得大帝的倡议，开办了许多学校，建立了科学院，通过了市民体字母。彼得大帝的改革是靠最大限度地集中人力和物力，加强对人民群众的压迫来实现的。

10. 阿列克谢·米哈伊洛维奇（1629—1676），1645 年为俄国沙皇，沙皇米哈伊尔·弗多罗维奇之子。在位期间加强了中央集权并确立了农奴制度（1649 年颁布法律大全）。在位期间，乌克兰重新与俄国合并（1654）；斯摩棱斯克·谢韦尔斯卡亚领地及其他地区被收复；莫斯科、诺夫哥罗德和普斯科夫的武装起义（1647、1650、1662）以及斯捷潘·拉辛领导的农民战争均被镇压；俄国教会发生分裂。

11. 斯捷潘·拉辛（1630—1671），1670—1671 年农民战争的领袖、顿河哥萨克。1662—1663 年为顿河哥萨克统领，同克里米亚鞑靼人和土耳其人作战。1667 年率领哥萨克穷人队伍征战伏尔加河和亚伊克河流域。1668—1669 年沿里海进军波斯。1670 年春领导农民战争，显示出他的组织才能和军事才能。后来被哥萨克上层出卖给沙皇政府，在莫斯科被杀害。

12. 格奥尔基·朱可夫（1891—1974），苏联陆军将领，四次获苏联英雄称号（1939、1944、1945、1956）。1939 年在哈勒欣河战斗中指挥苏军作战。1941 年 1—7 月任总参谋长。伟大卫国战争期间于 1941—1942 年在列宁格勒和莫斯科会战中任预备队方面军、列宁格勒方面军和西方方面军司令。1942 年 8 月起任国防人民委员部第一副人民委员、最高副统帅。受最高统帅部大本营的委任负责协调参加斯大林格勒会战的各方面军的作战行动。1944—1945 年在维斯瓦河—奥德河战役和柏林战役中任乌克兰第一方面军和白俄罗斯第一方面军司令。1945 年 5 月 8 日代表苏联统帅部接受法西斯德国无条件投降。1945—1946 年任苏联国防部第一副部长。1955—1957 年任苏联国防部部长。1953—1957 年为中央委员。

13. 伊凡三世（1440—1505），即伊凡·瓦西里耶维奇，莫斯科大公（1462 年起）。瓦西里二世之子。执政期间形成统一的俄罗斯国家领土核心，并开始设置中央国家机构。先后统一了雅罗斯拉夫尔（1463）、诺夫哥罗德（1478）、特维尔（1485）、维亚特卡和波尔姆等地。在位期间，推翻蒙古鞑靼人的统治（1480 年的"乌格拉河之战"），编纂 1497 年法典，在莫斯科开展大规模建设，提高了俄罗斯国家的国际威望。"全罗斯"大公的尊号自此出现。

14. 德米特里·顿斯科伊（1350—1389），莫斯科大公（1359）和弗拉基米尔大公（1362 年起）。伊凡二世之子。在位期间建造了莫斯科石垒内城，曾领导俄国人民反对蒙古鞑靼军队的武装斗争。1378 年在沃扎河一战中指挥军队击败侵略者，取得巨大的胜利，表现出统帅的天赋，故得顿斯科伊之名。在其任大公期间，确立了莫斯科在罗斯国家的领导地位。德米特里·顿斯科伊首次不经金帐汗国批准就把大公职位传给瓦西里一世。

15. 尼古拉·什维尔尼克（1888—1970），苏联国务和党的活动家、社会主义劳动英雄（1958）。在萨马拉参加 1905 年俄国革命和建立苏联维埃政权的斗争。1923 年起任俄罗斯联邦工农检查人民委员部人民委员。1925—1927 年任联共（布）乌拉尔州委书记，1930 年任全苏工会中央理事会第一书记。1944 年起任俄罗斯联邦最高苏维埃主席团主席。1946 年起任苏联最高苏维埃主席团主席。1957 年起为中央委员会主席团委员。

16. 格利哥里·奥尔忠尼启则（1886—1937），苏联早期领导人之一。在高加索参加 1905—1907 年革命，1912 年被选为俄国社会民主工党中央委员和中央俄罗斯局委员。在圣彼得堡参加十月革命。在国内战争中是主要政治领导人之一，领导了北高加索和外高加索地区建立苏维埃政权的斗争。1920 年为俄共（布）中央高加索局主席，外高加索边疆区党委第一书记。1924—1927 年为苏联军事革命委员会委员。1926 年起为联共（布）中央监察委员会主席和工农检察院人民委员，苏联人民委员会和劳动与国防委员会副主席。1930 年为国民经济委员会主席。1932 年任重工业人民委员。1921 年起为党中央委员，1930 年为中央政治局委员。

17. 伊万·茨维塔耶夫（1847—1913），俄国学者、古希腊罗马历史、铭文学和艺术方面专家。莫斯科美术博物馆（今普希金造型艺术博物馆）创办者和第一任馆长（1911—1913）、彼得堡科学院通讯院士（1904）。

18. 玛丽娜·茨维塔耶娃（1892—1941），俄国女诗人，伊万·茨维塔耶夫之女。诗集《里程标》（1921）和《手艺》（1923）表现了诗人浪漫主义的最高纲领。侨居国外的时期（1922—1939）作品的主题是怀念祖国。她常同周围环境格格不入，著有讽刺长诗《捕鼠者》（1925）、《离开俄国之后》（1928）。组诗《献给捷克的诗》表现了对法西斯的仇恨，此外还写有抒情散文若干。

19. 塔拉斯·舍甫琴科（1814—1861），乌克兰艺术家、诗人。其作品被认为为乌克兰语言打下基础。农奴出身的他于 1840 年发表第一部诗集。因对沙皇和帝国统治进行批判，他于 1847—1857 年间被逮捕和流放。他的作品极大地推动了乌克兰民族意识的形成。在后苏联时代的乌克兰，他被广泛地赞誉为民族英雄。

20. 弗拉基米尔·马雅可夫斯基（1893—1930），苏联诗人。十月革命前的作品表达了对资本主义世界的强烈不满，预感到即将爆发的革命，著有长诗《穿裤子的云》（1915）、《竖笛》（1916）、《人》（1916—1917）等，创作剧本《宗教滑稽剧》（1918），短诗《向左进行曲》、《赫烈纳夫讲库兹涅茨克的建设、库兹涅茨克的人们的故事》、《苏联护照》等对新制度加以肯定。他有讽刺作品《罗斯塔之窗》、《开会迷》、《拍马者》等，以及剧本《臭虫》（1928）和《澡堂》（1929）等。手法新颖的优秀抒情诗有长诗《我爱》（1922）、《致谢尔盖·叶赛宁》等；长诗《弗拉基米尔·伊里奇·列宁》（1924）在广阔的历史背景上塑造了革命领袖的形象；长诗《好!》（1927）结合诗人的感受，叙述了十年的革命历史，这两首诗是苏维埃诗歌中社会主义现实主义的典范。

21. 薇拉·穆希娜（1889—1953），苏联女雕塑家、苏联人民美术家、苏联美术研究院院士。作品有充满英雄主义激情的概括象征雕塑品《革命的火焰》（1922—1923），雕塑《工人与集体农庄女庄员》（1937）、《粮食》（1939），形象高尚感人的苏维埃人雕像《希日尼亚克》（1942）、《A.H.克雷洛夫》（1945）、高尔基市的高尔基纪念碑（1938—1939）、莫斯科的柴可夫斯基纪念碑（1953），装饰性雕塑和墓雕造型雄伟、思想性强，五次获苏联国家奖。

22. 尼古拉·安德烈耶夫（1873—1932），苏联雕刻家、俄罗斯联邦共和国功勋艺术活动家。作品有果戈理纪念碑（1904—1909），赫尔岑纪念碑和奥加寥夫纪念碑（1918—1922），A.奥斯特洛夫斯基纪念碑（1924—1929），以上均在莫斯科。《列宁像》（1919—1932）由 100 幅雕塑和肖像版画组成，以临摹真人画稿为基础，塑造的领袖形象栩栩如生。

23. 米哈依尔·库图佐夫（1745—1813），斯摩棱斯克特级公爵（1812），俄国陆军元帅（1812）。苏沃洛夫的学生，参加过十八世纪俄土战争，攻打伊兹梅尔时战功卓著。在 1805 年俄奥法战争中指挥在奥地利的俄军，运用巧妙的机动战术，使俄军摆脱被包围的危险。在 1806—1812 年的俄土战争中，任摩尔达维亚军队司令（1811—1812），在鲁什丘克和斯洛博齐亚获胜，缔结布加勒斯特和约。1812 年卫国战争中，尽管敌军具有数量上的优势，但由于库图佐夫运用了灵活的战略，结果打得敌军疲惫不堪，被迫退却。在维亚济马、克拉斯诺耶、别列津诺战斗后，库图佐夫在追击战过程中，歼灭了拿破仑军队。

24. 巴维尔·特列济亚科夫（1832—1898），俄国商人，拥有纺织企业。从 1856 年起收藏俄国的现实主义艺术作品，支持以巡回展览派为首的进步民主力量，创立了特列济亚科夫美术馆。其弟谢尔盖·特列济亚科夫（1834—1892）收藏西欧绘画，1877—1881 年任莫斯科市市长，兄弟俩将收藏品赠给莫斯科市。

25. 米哈依尔·罗蒙诺索夫（1711—1765），俄国唯物主义哲学与自然科学的奠基者，诗人。积极提倡发展祖国的教育事业和发展俄国的科学及经济。1711 年 11 月 19 日生于杰尼索夫卡村一个沿海渔民的家庭。19 岁离家到莫斯科、圣彼得堡和德国求学。1742 年起任圣彼得堡科学院院士助理，1745 年起为该院第一个俄国院士。1748 年罗蒙诺索夫创建科学院附属的俄国第一个化学实验室。1755 年在他的倡议下创办了莫斯科大学。他的各项发现充实了许多知识领域，他的思想远远超越了当时的科学水平，他还是十八世纪俄国最著名的诗人，音强音节体诗歌的奠基人之一。

26. 列昂尼德·勃列日涅夫（1906—1982），1946—1950 年任乌克兰共产党扎波罗热州委第一书记。1950—1952 年任摩尔达维亚党中央第一书记。1960—1964 年任苏联最高苏维埃主席团主席。1966 年起任苏共中央总书记。1977 年起兼任苏联最高苏维埃主席团主席和国际委员会主席。